rowoh

macht Büche

die bislang verg...

Freuen Sie sich auf besondere Entdeckungen
und das Wiedersehen mit Lieblingsbüchern.

Alle **rowohlt repertoire** Titel finden Sie auf
www.rowohlt.de/repertoire

Rechtschreibung und Redaktionsstand dieses Buches
entsprechen einer früher lieferbaren Ausgabe.

Veröffentlicht im Rowohlt Verlag, Reinbek bei Hamburg

Umschlaggestaltung Anzinger und Rasp, München
Druck und Bindung CPI buchbücher.de, Birkach

ISBN 978-3-688-10718-6

rowohlt repertoire

neue frau
herausgegeben von
Angela Praesent

Esther Tusquets
Aller Sommer Meer

Deutsch von
Monika López

Rowohlt

Die spanische Originalausgabe erschien 1978
unter dem Titel «El mismo mar de todos los veranos»
bei Editorial Lumen, Barcelona
Umschlagentwurf Isa Petrikat-Velonis
Deutsche Erstausgabe

Veröffentlicht im Rowohlt Taschenbuch Verlag GmbH,
Reinbek bei Hamburg, Januar 1981

Gesetzt aus der Garamond (Linotron 404)
Gesamtherstellung Clausen & Bosse, Leck
Printed in Germany
580-ISBN 3 499 14519 7

die rororo-Reihe «neue frau» legt erzählende Texte aus den Literaturen aller Länder vor, deren Thema die konkrete sinnliche und emotionale Erfahrung von Frauen und ihre Suche nach einem selbstbestimmten Leben ist. Die monatlich erscheinenden Bände wenden sich an alle, die mit Spannung verfolgen, wie sich die Beziehung der Geschlechter und das Selbstverständnis der Frau wandelt.

Ich trete durch die schwere knarrende Tür aus Eisen und Glas und tauche in eine unsinnigerweise reinere Atmosphäre, weniger Licht, weniger Lärm, weniger Sonne, als sei ich vor dem staubigen, schmutzigen Vormittag – diese stickigen, obszönen Sommervormittage in meiner frühlingslosen Stadt – in die steinerne Kühle einer uralten Kirche geflüchtet, in der es schwach nach Feuchtigkeit und Kälte riecht, nach der Kälte eines hier noch nicht von der sommerlichen Schwüle verjagten Winters, und wo vielfache Lichtblitze aus den hohen bunten Glasfenstern in der Luft aufeinandertreffen. Ich mag das Zwielicht und die Stille und verharre auf der Schwelle, den Rücken zur Tür, die jetzt von allein hinter mir einrastet, bis sich meine Augen allmählich an das Dunkel gewöhnen und beginnen, einzelne Gegenstände darin zu unterscheiden. Es ist ein Dunkel, das ich übrigens seit jeher auswendig kenne, weil sich hier wie in alten Kathedralen kaum etwas geändert hat, weshalb ich der Skulptur auch schon zulächle, bevor ich sie überhaupt sehen kann, und als ich sie endlich erkenne, weiß ich nicht, ob ich sie auch wirklich sehe oder ob ich sie vor lauter Vertrautheit mit ihr einfach errate. Er sitzt da in nicht erlahmender Ruhe, eine Hand ausgestreckt zu einer freundschaftlichen Gebärde, von unten her mit der Handfläche nach oben ausgestreckt, in der beschwichtigenden Gebärde, zu der wir vor fremden Hunden greifen, die sich vielleicht unserer Absichten nicht sicher sind, einer Gebärde der Annäherung, die schon fast zur Liebkosung überleitet. Und dennoch ist das edle Hellenenantlitz dicht darüber in Gott weiß welche Träumereien versunken, so abwesend, daß es schwerfällt, die ins Unendliche blickenden Augen und das erstarrte Lächeln mit der herzlichen Gebärde der ausgestreckten Hand zu vereinen, obwohl wir uns natürlich schon lange kennen, und ich nehme es ihm auch nicht übel, sondern quittiere es mit einem friedfertigen Lächeln, daß er mich keines Blicks würdigt, und greife in einem reflexartigen, mechanischen, im Verlaufe langer Jahre vieltausendmal vorgekommenen Impuls neugierig zwischen seine Beine. Ein altes Spiel oder ein altes Ritual. Für erwartungsvolle und sehnsüchtige, leicht – nur leicht – erregte kleine Mädchen oder für reife Frauen, die nach Jahren zurückkehren, sich hierher flüchten wie in die Hallen alter Kathedralen, wie man zu düstren Kellern stets zurückkehrt, oder vielleicht auch nicht stets, vielleicht nur dann, wenn uns in der Welt draußen etwas tief verletzt hat oder zu Ende geht oder wenn uns alles zu dumm vorkommt. Ich gehe also ein auf das alte Spiel oder Ritual und sehe ihm neugierig – wirklich neugierig – zwischen die Beine und stelle mit einem Seufzer der Erleichterung – ja, noch heute der Erleichterung – fest, daß alles in bester Ordnung ist und das Geschlecht nackt zwischen seinen langen Beinen, seinen glatten Bronzebeinen prangt. Und jetzt steigt meine Mutter, eine ungenierte, verspielte, eigenwillige und dickköpfige Mutter, viel schöner und viel unerreichbarer als alle Statuen, eine Mutter, die es nie nötig hatte, vor dem Licht, vor dem erbarmungslos stechenden Licht in alte Kathedralen zu flüchten, und die sich hier nur vorübergehend aufhält, wie es sich für Vorhallen geziemt, denn um eine Vorhalle handelt es sich schließlich und nicht um eine Kirche oder Kathedrale, bloß um die Vorhalle eines alten Hauses im Stadtzentrum, eine Mutter, um vierzig Jahre jünger als diese Art englische Lady, die mir Postkarten mit vor ihrer ungeheuer riesigen, kein Zögern kennenden Schrift überquellenden Grüßen und Umarmungen schickt, aus Städten, von denen ich kaum den Namen kenne, in denen ich sie mir aber sehr gut vorstellen kann, wie sie Besitz von ihnen ergreift mit ihrem selbstbewußten, sportlichen Gang und ihrem geschmeidigen, immer noch jungen, immer noch schönen Körper – Schönheit, ich habe es nicht vergessen, beginnt und endet im Knochenbau –, in Kleidern, die an andern Frauen extravagant wirken mögen, bei ihr aber genau das Maß vollendeter Distinktion treffen, wenn sie mit ihren ironischen harten Lapislazuliaugen – die manchmal, sehr selten, auch gütig sein können – Beamte und Eingeborene mustert, und ich denke, Eingeborene waren wohl nie so eingeboren und Beamte nie so beamtet wie unter diesem blauen Blick einer alten englischen Lady, die herablassend durch ihre Güter lustwandelt und nicht weiß, daß die Welt sich verändert hat, ja sich auch nur verändern könnte, denn wo ihre Härte nicht hinreicht, da trifft unweigerlich ihr Charme, und genaugenommen trägt meine Mutter nicht eigentlich Kastenstolz, sondern den Hochmut einer Göttin durch die Welt. Und diese meine Mutter steigt nun also aus vierzigjährigem Dunkel auf, nähert sich dem Bronzejüngling – möglicherweise Merkur, ich bin nämlich fast sicher, daß hinten an seinen Fersen kleine Flügelchen haften, wenn ich sie auch nicht erkennen kann – rupft entschlossen ein ebenfalls bronzenes, der Figur aber eindeutig nachträglich hinzugefügtes Feigenblatt zwischen seinen Beinen ab, betrachtet es belustigt, läßt es auf ihren schlanken Fingern – Schönheit beginnt eben im Knochenbau –, ihren parfümierten Händen tanzen, rümpft dann die Nase, runzelt die Brauen, schnaubt kurz aus ihrem warmen Mund, der das Lachen nicht mehr halten kann, ein unterdrücktes Lachen, unter dem ihr Rücken erbebt und die Spitzen, die Volants an ihrer Seidenbluse, ihrem Samtkostüm, die Federn in ihrer prachtvollen, die nackten Schultern – breite griechische Göttinnenschultern, Schönheit beginnt eben im Knochenbau – umschmeichelnden Boa sich wie im Winde wiegen, und blickt mit Komplizenblick in die Runde der glücklichen Sterblichen, die sie als ihre Freunde anzusehen geruht, und während die dermaßen Geehrten Männchen machen, den bunten Ball auf ihrer Schnauzenspitze balancieren und wie außer sich mit den Schwänzen wedeln, verschwindet das Bronzeblatt geschwind in einer Ritze in der Sockelbasis oder im Topf der bleich dahinwelkenden Fuchsie, in der tiefen Falte des abgesessenen Samtsofas, auf dem theoretisch die Besucher warten sollten, auf dem ich aber nie jemanden warten sah, im dunklen, bodenlosen Loch des Fahrstuhlschachts, ja auf dem Rahmen der Tür zur Pförtnerloge oder sogar im Briefkasten der drei gnädigen Fräulein (und ich weiß nicht, warum meine Mutter das alles mit raschen, hastigen Bewegungen tut, spielt sich die Szene, die zahlreichen Varianten ein und derselben Szene, doch stets ab, wenn alles schläft und ich allein im Haus auf der Lauer liege), und erst ein paar Stunden oder ein paar Minuten später, denn diese Mutter mit dem stählernen Blick und dem spöttischen Lächeln – wobei Mutter nur der Name ist, mit dem ich sie auf recht trügerische und zweifelhafte Weise mit mir in Zusammenhang bringe, denn Mutterschaft schöpft die Möglichkeiten ihres wundervollen Wesens durchaus nicht aus, ja ist vielleicht nicht einmal in ihnen enthalten – führt ihre freche Missetat gern im Schutz des verbündeten mitternächtlichen Dunkels oder des ersten schwachen Morgenlichts aus, erst ein paar Stunden oder Minuten später also, bei Anbruch des neuen Tages, näherten sich die drei gnädigen Fräulein, die drei ledigen Schwestern – denn drei mußten es sein, wie in den Märchen aus meiner Kinderzeit –, die im Hochparterre am Ende einer breiten Treppe mit Marmorgeländer, einer weit prunkvolleren Treppe als die der übrigen Mieter, einer luxuriösen, teppichbespannten, nur zu ihrer Wohnung führenden breiten Treppe wohnten und den lieben langen Tag lang darüber murrten, wie übel unsereins mit dem Fahrstuhl umginge, daß der Schmutz bis auf die Treppenabsätze getragen würde, daß wir, die Mitbewohner, anscheinend die Glühbirnen aus dem großen Kristallleuchter im Foyer herausdrehten und dafür andere, durchgebrannte einschraubten – nicht einmal die Nachkriegszeit war in einem Bürgerhaus Grund zu solcher Knauserei –, daß die Dienstmädchen sich von ihren Verehrern bis ins Haus hinein begleiten ließen oder sich am Eingang mit ihnen abknutschten, daß der Plattenspieler auf den Parties der Mädchen aus dem Fünften zu laut gestellt war – wie sie das überhaupt hören wollten, in ihrem Hochparterre und halb taub, wie sie waren –, die drei gnädigen Fräulein, die in nie nachlassendem Ärger vor allem über die grenzenlose Frechheit der lachenden blonden Göttin aus dem ersten Stock murrten, die, ein so sündhafter Fremdling in ihrer eigenen – oder der drei Schwestern – Stadt, in ihren Pelzen und ihrem Lachen durch die Vorhalle schritt und dabei ihren unverwechselbaren Duft hinter sich zurückließ, der sich noch minutenlang hielt, so wie Luzifers Schwefelgeruch seinen Auftritt in den Weihnachtsvorführungen verlängert, und dem ich in ihren Taschentüchern und in ihrer Handschuhlade und in den Spitzen ihrer Unterröcke nachspürte, näherten sich also die drei gnädigen Fräulein, drei dürre, züchtige Drachen, ganz wirres gelegentliches Aufschreien, erschrockenes Schnauben und Knacken von Knochen und Korsetts – denn die drei zwängten ihre einst sicher üppigen Busen erbarmungslos in Stahlkorsetts, wo sie langsam eingingen und dahinschwanden und die Damen mit der Zeit flach und platt werden ließen –, sie näherten sich also, voran die Bulldogge, eine als Concierge verkleidete Bulldogge, denn vor echten Hunden entsetzten sie sich ebenso wie vor meiner Mutter und dem Bronzegeschlecht, das dem griechischen Gott zwischen den Beinen baumelte, und ich denke, Foyerfigur wie Dame aus dem Ersten waren für die drei Fräulein ein und dasselbe, gleichermaßen schön, gleichermaßen bedrohlich und schamlos und gleichermaßen unzerstörbar und nicht aus ihrer Welt zu schaffen, denn weder wagten sie es – konnten es wohl auch nicht –, uns aus unserem ersten Stock, wo wir seit Kriegsende wohnten, zu werfen – schließlich gehörten wir bei aller Schamlosigkeit unbestreitbar zu den Siegern und waren trotz Mutters verspielter Ketzereien über jeden Verdacht erhaben –, noch fanden sie einen vor sich selbst oder vor den Mitbewohnern plausiblen Grund, eine kostbare Skulptur (sie hatten wohl davon gehört, daß Nacktheit in der Kunst keine Sünde ist) aus dem Foyer zu räumen, die dort seit eh und je gestanden hatte. So näherten sich die drei also auf ihren Suchgängen über Treppe und Foyer, die breithintrige Bulldogge mit der rauhen Stimme voran, mit einem Heidenspektakel aus hohen Schreitönen und tiefem Gebell – auf keinen Fall menschlichen Lauten – der halb verdeckten Ritze, in der ich vor vierzig Jahren auf der Lauer lag, und hüpften wie hysterische Flöhe durch Foyer und Pförtnerloge, schauten auf die Straße, suchten im dunklen Fahrstuhlschacht etwas zu erkennen, stocherten mit bösen Fingern in den Ausbuchtungen der Figur, in den Sofafalten, wirbelten die unterm Teppich abgelagerte dicke Staubschicht auf, sahen in die Kelche der Wandleuchter, tasteten zwischen den karamelfarbenen Kristalltropfen des an der Decke hängenden Kronleuchters, denn sogar da, zwischen Tropfen schwebend, mit einem rosa Schleifchen festgebunden, war besagtes biedere, ach so tugendhafte Feigenblatt eines Morgens aufgetaucht. Und wenn ich sie auch nicht sehen konnte, das kleine Mädchen stellt sich seine Mutter doch vor, wie sie das Lachen unterdrückt, das dann, als sie vor ausgelassener Erregung überschäumt, nur ein klein wenig zu laut klingt, und wie zwei schöne, helläugige Männer – meine Mutter war immer von schönen Männern, jungen Männern, eleganten helläugigen Jünglingen umgeben –, die die Göttin ihre Freunde zu nennen geruht, sie hochheben. Der Vater nicht, der Vater steht nicht unter dem Leuchter; der glückliche Sterbliche, den die Göttin ihren Mann zu nennen geruht, lächelt ein wenig abseits, neben der Straßentür, und bei seinem Lächeln ist nicht klar – dem kleinen Mädchen ist nicht klar –, ist es ein mißbilligendes oder ein insgeheim belustigtes Lächeln oder ist der Vater bereits auf dem unendlich langen Weg zu Gleichgültigkeit und Überdruß; er lächelt von der Tür her, zieht gelegentlich kurz an seiner Pfeife und schaut der Gruppe zu, die sich unter dem Lüster drängt, während die Mutter im Takt des Gelächters, gewogen und geschaukelt von ihrem eigenen Gelächter, leise wankt und – flammendes Freiheitsbanner (welche andere Freiheit sollte es in den vierziger Jahren, und sei es für wenige, für die göttliche Siegerrunde, auch geben) – das kleine Bronzeblatt in die Höhe hält. Sekundenlang taumelt sie, versucht das Blatt auf den blanken Kristallarmen auszubalancieren, an den tropfenhaltenden Draht zu klemmen, und zuletzt – und hier büßt das Lachen endgültig seine Harmonie ein und bricht unaufhaltsam, uneindämmbar los, wird zu Mutters immer ein wenig maßlosem Lachen, und das kleine Mädchen könnte es hören, stünde es diese Nacht wie in so vielen anderen Nächten am halb offenen Fenster im ersten Stock, und vielleicht würde das Lachen sogar die drei Flohfräulein, die drei Drachenfräulein aufwecken, wären sie nicht so stocktaub –, zuletzt fährt die feine weiße schmale Hand flink wie ein verspieltes schnurrendes kleines Tier – wohin? fragen sich entsetzt die drei Jungfrauen und eine Bulldogge – in das dichte reiche Haar, das nach verstecktem Geißblatt riecht – wohin? fragt sich das kleine Mädchen – zwischen die schneeweißen Brüste, von denen es weiß der Himmel warum immer ein wenig schläfrig wird und ans Meer denken muß, oder vielleicht nestelt die Hand – den Flöhen wird ganz schwach, sie haben nicht einmal mehr zum Sichbekreuzigen Kraft, und die Bulldogge knurrt entsetzt bei der Vorstellung –, nestelt die Hand in einer flüchtigen, blitzschnellen Bewegung ja unter dem weiten Gazerock, dem weichen Samtrock, dem kostbaren Goldlamérock, und jetzt schwenkt die Mutter, buchstäblich halbtot vor Lachen und beinahe strauchelnd auf den Armen, die sie hochhalten und unter ihrem schwankenden Gewicht zittern, in der einen Hand das Feigenblatt und in der andern ein kurzes, seidenglänzendes, unerhört intimrosa Bändchen, und eine Sekunde später baumelt beides – das schamhafte Feigenblatt wie das unzüchtige Bändchen, Provokation über Provokation, die Provokation nicht summiert, sondern in die dritte Potenz erhoben – zwischen den majestätischen Kristallüstertropfen. Und da bleibt es den ganzen Vormittag über, wie ein Siegesbanner, während das kleine Mädchen, das jetzt entzückt am Fenster steht und aufpaßt und Blatt und Bändchen von ihrem Aussichtsposten aus längst entdeckt hat, zusieht, wie die drei gellend schreienden hageren Flöhe und der finster knurrende Köter wie tollgeworden durchs Foyer springen und dann plötzlich wie gelähmt, mit erhobenem Haupt und vier offenstehenden Mündern verstummen, weil das Ausmaß der Beleidigung ihr Begriffsvermögen übersteigt, weil es auch ihre Fähigkeit zu zorniger Erwiderung übersteigt, weil sie von dieser andersartigen, auf dem Boden dieser Stadt gewachsenen und doch irgendwie fremden Mutter, dieser spöttischen und kampfeslustigen Mutter mit dem locker sitzenden Lachen und den weißen Händen im Grunde von vornherein geschlagen sind. Bis das Feigenblatt eines Tages, vielleicht zu gut versteckt und auf Jahre hinaus nicht gefunden, vielleicht von der immer siegreichen Mutter, die des Spiels müde ist, sich aber nicht geschlagen geben will, beiseitegeschafft, oder, wer weiß, vielleicht heimlich weggeschnappt von den drei Gnädigen, die es einfach satthaben, umherzuspringen und sich aufzuregen und dabei immer die Verlierer zu sein, oder sogar von der heiser kläffenden Bulldogge, die ihre Vormittage nicht länger mit eintönigem Eckenschnüffeln, den keuschen hysterischen Frauchen hinterher, verplempern will, derweil die stets schuldige, aber nie überführte Lady, auf die eindeutig jeder Verdacht fällt und der doch nie etwas nachgewiesen werden kann – der unauslöschliche, aber eben nur für mich absolut unverwechselbare Duft, das einmalige, nicht wiederholbare Geruchsgemisch aus ihrem Eau de Cologne und ihrer Haut, reicht dazu nicht aus –, auf ebenso duftenden großen Kissen, weichen Federkissen, die blonde Haarpracht prunkvoll darüber hingebreitet und eine Hand über die leinenen Bettücher gestreckt, seelenruhig schlummert, bis das Feigenblatt eines Tages jedenfalls endgültig verschwindet.

Und so steht die Figur heute noch da, mit ihrer freundlichen, entgegenkommenden Gebärde, ihrer Hundestreichelgebärde, ihrem im edelsten – oder dümmsten – aller Träume verlorenen, edlen Hellenengesicht und dem endgültig da belassenen, schamlosen, triumphalen Geschlecht zwischen den Beinen, da steht sie, vierzig Jahre später, und ich lächle ihr im Vorbeigehen zu, und sie antwortet mir mit zustimmendem, freundlich komplicenhaftem, fast zärtlichem Ausdruck, obwohl ich natürlich, das weiß auch ein Bronzemerkur, nicht die Frau mit dem ausgelassenen, herausfordernden Lachen, der spöttischen Miene, den wunderschönen schmeichelnden Händen, die schöne ferne marmorne Dame bin, die immer siegt und mit der er vor langer Zeit einen Pakt unter Statuen oder unter Göttern geschlossen hat, jedenfalls nicht unter Menschen.

Die Wohnung steht seit Jahren leer, und meine Mutter, oder vielleicht Julio, oder auch beide zusammen, wie so manches Mal und in mancherlei Dingen, hätten sie wohl gern verkauft – wozu diese riesige leere Wohnung behalten, in der Staub und Feuchtigkeit Tag für Tag gnadenlos vorrücken und die in einem Stadtzentrum liegt, aus dem alle Verwandten und Bekannten nach und nach abgewandert sind, bis es zum Banken-, Versicherungs- und Reisebüroviertel verkam – und haben es wohl nur unterlassen, weil sie zu träge sind, um gegen eine meiner dunklen Eigenwilligkeiten anzugehen, die sie weder mitvollziehen noch entschuldigen können, die sie aber vielleicht gerade wegen ihrer Unverständlichkeit und Unentschuldbarkeit vage beunruhigen, und schließlich, was machte es aus, die Wohnung zu behalten, wenn sich die Kosten seit dreißig Jahren praktisch nicht verändert hatten und eine Pförtnerin da war – nicht die Bulldogge von einst, sondern ein blondes Andalusiermädchen, eine von diesen Andalusierinnen mit hellen Augen und strammer weißer Haut, um die immer zwei, drei Kinder jaulen –, die abends ab und zu raufgehen und eine Weile lüften, die Teppiche ausklopfen und auf den Möbeln staubwischen konnte. Vielleicht ahnten wir auch alle drei, daß der Moment kommen würde, da die ganze komplizierte, immer laufende Maschinerie, die sie so mühsam in Schuß hielten, am Ende über unseren Köpfen – oder vielleicht auch nur meinem Kopf – zusammenbrechen und Julio sich ein weiteres Mal als lachhafter Kapitän irgendeiner Geisteryacht mit unbekanntem Ziel und einer Zelluloidblondine zur Seite davonmachen würde, daß mir diesmal nur alles – genausogut hätte es aber auch vor zehn Jahren oder erst zehn Jahre später oder auch nie sein können – zu dumm, zu abgedroschen vorkommen würde, eine fade, unermüdlich abgespulte Geschichte, die einfach einmal abgebrochen werden mußte, bevor einen vor ihrer Endlosigkeit der unerträgliche Ekel erfaßte, und dann würde die polierte Pappmachéwelt, für die ich dressiert war, endlich über mir zusammenstürzen und ich würde mich, das ahnten wir möglicherweise alle drei, in meine allererste Behausung flüchten müssen. Und da stehe ich denn nun, einen Koffer in der Hand und im Gesicht die Miene eines frühgealterten Waisenkinds, atme den Geruch nach ungelüfteten Räumen und nach Feuchtigkeit ein und sehe von der Türschwelle aus den endlos langen dunklen Flur entlang, auf dem Staubflecken wie besessen in hellgoldenen Lichtströmen tanzen, die sich durch bleigefaßte Fenster – Fenster, an denen ich nachts Mutters triumphale Heimkehr und an langen Winterabenden das Kommen und Gehen der übrigen Hausbewohner beobachtete – in den Flur ergießen, von dem Bad und Küche, Vaters Arbeitszimmer und das Gästezimmer abgehen, den dunklen Flur, um den alle Kindheitsängste kreisten und über den ich jetzt zum Salon gehe, um dort nacheinander alle drei auf die Allee gehenden Balkons aufzureißen. Mir ist, als schaute ich von einer hohen einsamen Insel, von einem Steilhang überm Wasser, auf eine leichtbewegte, zartgrüne See. Ich höre das ewige, nasse Klatschen der Wellen, bei dem ich gern einschlafen möchte – ich schlief immer gern ein, wo das Meer zu hören war –, und wenn ich genau hinhöre und mich anstrenge, hinter dem grünen Getänzel herzutauchen, wenn ich die Augen halb schließe, um das gleißende Licht zu dämpfen, dann taucht wohl ein Stück von der versunkenen Stadt vor mir auf – graue Kiesel vom Meeresbodenbelag oder ein flink-flüchtig durch die Wellen vorbeihuschender Fischwagen. Ich weiß, später, im Sommer, wird das Meer täglich dunkler, da staubiger, dort goldener, von seinem glasklaren Smaragdgrün wird jedenfalls immer weniger zu spüren sein, bis es der Wind ganz hinwegreißt und zu federnden rotbraun-fauligen Blätterhaufen auf Gehsteigen und um Bäume herum zusammenfegt und hinter der verschwundenen Herbstpracht die bislang versunkene Stadt offenlegt. Dann erkennt man von hier aus, von jedem der drei Balkone im ersten Stock aus, daß die Baumstämme schwarz, schwarz wie ein unabwendbares Todesurteil sind. Aber jetzt ist erst Anfang Mai und der Herbst noch weit. Mir fällt ein, daß ich auch dieses Jahr den Einzug des Frühlings versäumt habe – versäumen wollte, wie ich ihn überhaupt nur einmal, vor tausend Leben, sah – und daß ich vor den

kahlen Zweigen ganz umsonst auf der Lauer gelegen habe, wenn ich im entscheidenden Moment, diesem sekundenkurzen, flüchtigen Augenblick, wenn die Blätter als kleine, säuberlich gezeichnete Punkte, als zarte Knospen in den blauen Himmel sprießen oder die Wellen unten, vom hiesigen Standpunkt, zum erstenmal liebestoll gegen meine Fenster branden, dann doch nicht aufpasse. In manchen Jahren – sehr selten – begann der Frühling in meiner Stadt mit ein paar lauen Tagen, an denen die Sonne mild schien und die Luft leicht und schwerelos war. An solchen Tagen konnte man – konnte zumindest einmal, vor tausend Leben – zusehen, wie das unschuldige Grün, die zaghaften jungfräulichen Knospen, die jungen Brustwarzen sich regten, wie sie sich in der noch kalten Luft zusammenzogen und wuchsen. Aber diesen Sommer brach der Frühling in meiner Stadt wie gewohnt zur Unzeit und unverhofft herein, und als mir auffiel, daß der Winter zu Ende war, prangten die Bäume schon in üppigem Grün. Wogten wie Matronenbusen unter meinen Fenstern. Jedenfalls wie Meer, und ich sehe es gern, wenn mein Zuhause – mein altes Zuhause, mein einziges Zuhause, das alte Haus meiner Eltern – einmal im Jahr von Wellen umspült wird und meine sonst so andere, so farblose, so ausgelaugte Stadt für ein paar Tage ihr Zauberflair einer versunkenen Stadt wieder hat und ich meinen alten Traum, meinen alten Kindertraum – sind nicht alle unsere Träume schon Kindheitsträume? – vom Leben am Meer, vom Eingelulltwerden am Meer, von Inseln, Steilküsten oder Leuchttürmen, von neuem träumen kann.
Das mildert dann die unzulässige Obszönität am Mai, an den Parks und Anlagen meiner seelen- und frühlinglosen Stadt im Mai, mit ihrem trüben, stehenden Geruch, der sonderbarerweise bis auf die offenen Plätze dringt, einem leicht fauligen Geruch nach langsam verwesenden Maiblumen, die vor einer blauweißen Madonna mit Rosenkranz in den Fingern in der Kapelle stehen. Auch das ist lange her. Ich stehe an einem Punkt in meinem Leben, an dem überhaupt alles lange, schon zu lange her ist. Damals war der Mai der Monat der Marien und der Blumen und uneingestanden vielleicht noch der unmöglichen Liebe, und vor unansehnlich absterbenden Lilien und weißen Rosen – den einzigen Rosen, die mir zuwider sind – auf schneeweißen goldgestickten Decken träumten wir von Brautgemächern, die vor Narden überquellen – nicht aus-

zudenken, daß ich Jahre später eines Morgens lachend und die Arme voller Narden vor eine Tür treten und den Duft dieser Blumen fortan nie wieder ohne einen Anflug von Ekel würde ertragen können –, von Brautgemächern, die vor Narden überquellen, in denen wir von dem heiß sinnlichen Nardenduft absichtlich in Ohnmacht fallen und wo uns noch gesichtslose junge Männer – orientalische Prinzen? schöne helläugige Jünglinge? – gnadenlos mit Mimosenzweigen peitschen, bis unsere Pobacken, unser Rücken, unser Busen ganz golden bepudert sind. In den fettigen Lilienblütenkronen von der Farbe toten Fleisches recken sich flaumige gelbe Penisse, und um die Rosen und Lilien herum waren, noch obszöner, noch schmutziger, noch fauliger, wie Samenregen winzige weiße Blüten gesteckt, wie ich sie nur auf den weißen Marienaltären im Mai sah. Abends, wenn von dem Wasser in den Vasen ein widerlicher Geruch, wieder nach Fleisch und Tod, ausging, hoben wir die grünen, blauen, mit goldenen Sternen übersäten Vasen von ihren Dekken, Decken, die rauhe Jungfernhände unermüdlich gestärkt, bestickt und gebügelt hatten, und trugen sie in die Sakristei, um den Blumen frisches Wasser zu geben und die Stiele abzuschneiden. Jeden Morgen trägt dann abwechselnd eine von uns einen solchen scheußlichen weißen Strauß zurück. In der Sakristei ist es um diese Zeit dunkel und kalt: bis hierher ist der Sommer nicht gekommen, nur obszöne Lilien, schlaffe üppige Wachsrosen, schmutzige samenähnliche Miniaturblumen, der Gestank vieler unter Weihrauchschwaden verwesender Blütenkronen – und wieder das Brautgemach, jetzt besteht kein Zweifel mehr, darin ein orientalischer Prinz mit Glutaugen, Schlemmerlippen und schwarzem Haar, der geradenwegs aus einer gereinigten und darum doppelt aufregenden Fassung von Tausend und eine Nacht zu kommen scheint – und mehrstimmige, immer falsche lateinische Gesänge. Aber wir entkommen, lachende Schatten, linkischer Nachwuchs toller Bacchantinnen, in die schattige Kapelle, fahren mit wißbegierigen, gar nicht so naiven Fingern die langen gelben, die rauhen und flaumigen Penisse hinauf, verstecken uns allein oder zu zweit in den Beichtstühlen, berauschen uns am ach so goldenen, ach so heimtückischen Blütenstaub. Und eines Mainachmittags entdekken wir in einer Seitenkapelle, in der gleichen, in der die geistlichen Übungen abgehalten werden und aus der so schreckliche, verschiedenartige Geräusche dringen, mal ein leises, schnurrendes, fast verliebtes Säuseln, das fast ohne sie zu berühren die Maiglöckchen liebkost und uns wie ein Luftzug oder eine Vogelschwinge Haar und Wangen streift, mal ein zitterndes, auf unerträglich hohen Tönen gehaltenes Heulen, das jeden Frühling in jeder Venus, die dem Meer entsteigen mag, ein Feuer entfacht, das bei aller Angst, über alle Angst hinweg oder gerade in den Armen der Angst, mit dem Grauen vor dem Unbekannten zu einem neuen Ganzen verschmilzt und uns einen sonderbaren Genuß verschafft, als hielte Savonarola selber uns nackt gefangen, nackt und gefesselt in seiner Hand, und kratze uns mit krallenlangem Luzifernagel den Rücken vom Hintern bis zum Nacken auf, in dieser grausig-seligen Kapelle, dem Gipfel und Abgrund nicht verbotener schwüler Träume, entdecken wir eines Mainachmittags eine tote Nonne in einem weißen Sarg. Hergebracht hat sie die Donnerstimme, die uns von der Kanzel herab vergewaltigt, und der süßliche Maiblumenduft. Alsdann haben sie dicke, im Dämmerlicht qualmende Kerzen um sie angezündet, Unmengen weiße Rosen um sie herumgetürmt und ihr einen riesigen Rosenkranz zwischen die runzligen steifen gelben Hände geschoben. Und obwohl wir nur verstohlen in die Kapelle schauen, in aufgeregtes Flüstern verfallen und, hin- und hergerissen zwischen der Versuchung, hinzusehen, und der Angst vor dem Gesehenen, auf der Schwelle verharren, obwohl das alles sehr nach erster Erkenntnis, nach – auch erregender und erschütternder – Lust am Tod, am Tod, wie er auch sein kann, aussieht, loten wir das Grauen doch noch nicht aus, ist unser Gefühl doch höchstens Angst, weil wir uns merkwürdig sicher sind, daß die Tote – so weit weg ist sie – eigentlich nie lebendig war, nicht lebendig wie wir, oder auch, daß sie vielleicht gar nicht wirklich tot, sondern nur, unvermeidlich und genial, da hingemalt ist, daß Wirklichkeit und Leben sich hier selbst überbieten, über sich hinauswachsen im treffenden Bild, einem Bild, das einem Ensemble von Gerüchen und Bildern seine Fülle und Geschlossenheit verleiht. Mai der Kapellen, der vielstimmigen lateinischen Gesänge, Mai der Weihrauchschwaden und Marien, Mai der mumienalten zeitlosen Nonnen, die immer im Frühling sterben. Stickiger, wollüstiger Mai mit der Beklemmung in der Brust und einem eigenartigen Geschmack auf den Lippen – vielleicht nur der Lust, sich in vor Narden überquellenden Brautgemächern mit Mimosenzweigen auspeitschen zu lassen –, wenn man von diesen Balkonen herab zusieht, wie, grün und jung, in kurzen verspielten Anläufen jeden Sommer das gleiche Meer ersteht.

Der blonden Göttin mit den weißen Händen, der alten Dame mit dem angelsächsischen Wuchs, die mir aus Städten, von denen ich nie auch nur den Namen hörte, Grüße schickt und die ihre Reise natürlich nicht unterbrochen hat – wie konnte ich nur im Traum daran denken, wie konnte ich hoffen, daß sie aus einer wenn schon nicht mütterlichen, so doch wenigstens menschlichen Regung heraus vom andern Ende der Welt hierher fliegen würde, damit ich mich nicht so allein fühle in meinem alten Fuchsbau, obwohl sie, das ja, einen weisen Brief geschrieben hat, endlich einmal einen Brief und nicht nur eine Karte, einen leicht aufgestörten Brief, voller Ermahnungen, doch ja vorsichtig zu sein, und obwohl sie sogar mehrmals angerufen hat, um mir auseinanderzusetzen, wie nervös sie ob meines unsinnigen Entschlusses doch sei und wie sich ihr Herzjagen und ihre Schlaflosigkeit dadurch verschlimmert hätten, kaum einschlafen könne sie, die Ärmste, in ihren amerikanischen Luxushotelsuiten, aus denen sie allmorgendlich herabsteigt, um alte Gemäuer und malerische Eingeborene zu fotografieren, bestimmt habe ich ihr den Reisespaß verdorben, wie früher so manch anderen Spaß, mit meinen immer ungelegen kommenden Launen, einer weiteren in der langen Liste von Launen und Affronts einer unbesonnenen Tochter, und ich nehme an, sie hat sich sehr rasch auch mit Guiomar in Verbindung gesetzt, und beide haben sich todernst, jede an einem andern Ende der Ferngesprächsleitung zwischen einem Elendsdorf in Indien und einer strahlenden Universität in den USA, im Duett ihr Herz ausgeschüttet über eine unvernünftige Tochter und übergeschnappte Mutter, und ich frage mich, was zum Teufel ich eigentlich in diesem braven Jungfrauenstammbaum zu suchen habe, ich verbogenes Glied in einer sonst einwandfreien Kette, indes sie sich über meinen Kopf hinweg bestens verstehen, die Göttin und die Frau Doktor, und Ansichten austauschen über das schwierige Kind wie über ein Hündchen, das sie nach einem Unfall auf der Straße mit kaputten Pfötchen aufgelesen haben, mit dem sie nun aber nichts anzufangen wissen, weil es auch noch bissig ist und ihnen ja solche Sorgen macht, wenn auch immer noch nicht genug, um deswegen aufzuhören, altes Gemäuer zu fotografieren oder an Abhandlungen über die Gehirnfunktionen bei bestimmten Mäusearten zu schreiben, und statt dessen ein paar Tage herzukommen –, der blonden Göttin mit den weißen Händen gefiel die dunkle alte, verwahrloste, verwinkelte und sich aufreizend verweigernde Wohnung wie gesagt nie. Sie versuchte uns – der Wohnung und mir – stets ihre Vorstellungen von Ordnung, Licht und Schönheit aufzuzwingen. Unzählige Male wurden neue Türen eingebaut, Fenster zugemauert, Verbindungen zwischen Räumen geschaffen oder unterbunden, alte Tapeten oder Wandfarbe übertapeziert oder übergestrichen, die wunderschönen bunten Fliesen, die Geometrie- oder Blumenmuster auf den Boden zeichneten, unter beige, rosa oder blaugrüner Auslegeware begraben, die goldenen Profile der Kassettendecke mit immer neuen Stuckschichten verdeckt. Und es war ein ständiger Wirbel von mühsam die Treppe hochgewuchteten Möbeln – die Männer keuchten unter der Last, taumelten von Absatz zu Absatz aufwärts – oder von mittels Flaschenzügen über die drei Balkone hochgehievten Möbeln, für die in der Wohnung, kaum angekommen, eine hektische Wanderung begann, von einer Wand zur anderen, von einem Zimmer ins andre, um über kurz oder lang wieder aussortiert, zur Emigration ohne Wiederkehr verdammt zu werden, um über neugierigen Passantenköpfen in der Luft zu schaukeln oder unter dem zornigen Gekläff der Pförtnersfrau treppab an Ecken zu stoßen. Der Dame des Hauses gefiel das Neue, das Allerletzte, das Glänzende. Darin war sie wenig Europäerin, sondern ganz einheimisch, so daß ich manchmal dachte, ob sie und der Bürgermeister, sie und die Stadtväter, sie und die honorigen Kaufleute der Stadt, nicht eine geheime Abmachung getroffen, einen bösen Bund geschlossen hätten, des Sinnes, daß alles Schöne, alles Vertraute hinausgedrängt, zerstört und erneuert werden sollte. Der Dame gefielen auch blonde, unbestreitbar angelsächsische, erz-arische kleine Mädchen, solche, die auf mindestens zwanzig Generationen ebenso blonder Mädchen aus der gleichen Ahnenreihe zurückblikken konnten und in ausländischen Illustrierten Strickmützchen und niedliche kleine Schottenkleider trugen. Und während es in der Wohnung von Schreinern, Malern, Dekorateuren, Stukkateuren und Antiquaren wimmelte, wurde die stelzbeinige schwarze Göre mit der unerklärlicherweise immer irgendwie gestörten Harmonie zwischen Bewegung und Gestalt, der alles zu eng oder zu weit war, zu Kinderschneidern, französischen Friseursalons, teuren Schuhgeschäften, Tennis- und Tanzstunden und fürchterlichen Kinderparties geschleppt, auf denen alle Mädchen Plusterröcke und weiße Söckchen trugen und sich todtraurige Clowns und Volkstänzer ansahen, deren Samthosen – bei den Männern – geflickt und deren Spitzenunterhosen – bei den Frauen – am Knie zusammengebunden waren, damit man beim Flattern der Röcke nicht ihre Beine sah. Alles umsonst. Meine so obenhin nonkonformistische Mutter mit dem schamlosen Lachen griff uns mit ihrem furchtbaren Erneuerungsdrang, ihrem olympischen Vernunftdenken und ihrem perfekt abgezirkelten Ästhetizismus jahrelang frontal an, und unter dem durchdringenden Blick ihrer entsetzlich blauen, mitleidlos hellen Augen war ich wehrlos und nackt, und ihren weißen Händen war es zuzutrauen, daß sie der Welt eine neue, nein, überhaupt erst eine Gestalt gaben, sie war, o Zauberspiegel, die Schönste und Klügste im ganzen Land – mein Vater und alle seine Freunde können es bezeugen –, so schön und so klug, meine Königin und Herrin, daß Ihr nicht mehr menschlich seid, nicht menschlich genug, Euch vorzustellen, Euch damit abzufinden, daß Eure Tochter Euch heute braucht, daß sie am andern Ende der Welt in ihren frühesten Höhlen umherirrt, obwohl ich auch wieder nicht weiß, wozu es gut sein sollte, wenn du bei mir wärst, jetzt, wo die natürlichen Kanäle für Verständigung und Zärtlichkeit seit Jahren, vielleicht von jeher, unbefahrbar sind, und letzten Endes ist es besser, ja, viel besser, daß ihr, Guiomar und du, wegen mir eure Pläne nicht geändert habt, aber trotzdem, gegen uns, die Wohnung und mich, kam die Königin jedenfalls nie an, wir beide setzten ihr, stumm, passiv, finster und stur, einen doppelt erbitterten Widerstand voller krankheitsbrütendem Dunkel, ungesund feuchter versteckter Stellen, voller geliebter Kellergeheimnisse und verbotener dionysischer Freuden entgegen. Bei allem hektischen Möbeleinräumen und Möbelwegschaffen, Fenstereinbauen und Fensterzumauern und tausendmal Wändestreichen blieb die Wohnung doch traurig und alt, wärmende Zuflucht für jedes Traumprodukt. Durch die schon fast unzählbaren Stuckschichten kamen die goldenen Girlanden, die alten Farbreste, die geheime Laube, in der sich die Hexen trafen, zäh wieder durch. Stets kam an irgendeiner Stelle die alte Tapete wieder zum Vorschein, und wo nicht, wurde doch wenigstens die eben geklebte Tapete oder der makellose frische Anstrich sofort von Feuchtigkeit oder Schimmel angefressen, bekam der einheitliche zurückhaltende Farbton Flecken, brachen die Linien in dem eleganten geometrischen Muster ab und traten statt ihrer grausige, wüste, aber vertraute Gebilde hervor: eine wilde Jagd mit Rössern und Drachen, verwunschene Prinzessinnen mit langen goldenen Zöpfen – Rapunzel, Rapunzel, laß dein Haar herunter –, schreckliche Gehenkte, die, ein Stück Zunge zwischen den verwesten Lippen, an knorrigen Ästen baumelten und ihre Riesenfüße leise über unheimlichen Mooren bewegten, in denen die Nixe, die es zur Frau bringen wollte, freundlich-erschrocken neben Erlkönigs Tochter wohnte. Und obwohl nichts, was hinfällig ist, was auch nur ansatzweise wunderlich oder krank ist und sich sanft überm Abgrund des Kitsches wiegt, in der Hellenengöttin oder Hexenkönigin stahlblitzenden Welt Platz hatte, obwohl das Kinderzimmer morgens oft mit wunderbarem teurem Spielzeug vollgepackt war und Gebrauchsanweisungen in Fremdsprachen dazu und dem Aufdruck Made in Japan, Made in England, vor allem Made in Germany, in irgendeiner Ecke, und obwohl mein Spielzeug immer anders war als das anderer Kinder, tauchte dennoch immer wieder, unbeirrbar und rätselhafterweise heil, die einarmige Zelluloidpuppe auf, die keine Kleider, sondern nur eine ausgefranste Strickstola besaß und die garantiert die ärmste, häßlichste und kränkste aller meiner Puppen war, oder der schon recht kahle und, seit ihn jemand einmal am Ofen liegengelassen hatte, halb verkohlte Plüschbär, oder ein auf mysteriösen Wegen – jemand mußte es mitgebracht haben, aber wer brachte dergleichen zu uns? – zu uns gelangtes Buch, in einer unverständlichen Sprache – nicht Deutsch, nicht Englisch, weder Französisch, Portugiesisch noch Italienisch –, bei dem schon bei der Ankunft die Hälfte der Seiten herausgerissen war, fehlte, das auf den übrigen Seiten aber die schönsten Illustrationen besaß, die ich je gesehen hatte und an Hand derer ich mir jede beliebige Geschichte ausdenken konnte. Ich glaube, die alte Wohnung und das dunkle Kind unterzeichneten einen Pakt der Finsternis. Sie dachten sich seltsame orphische Mythen, hintergründige Geheimrituale aus, um sich so der Göttin des Lichts, der donnernden Athene, zu entziehen. Wir brachten beharrlich Unordnung, Angst, Zweideutigkeit und Entstellung in eine Welt, die sich für vollkommen hielt oder es zumindest sein wollte. Und in dieser Höhle, in dieser verwunschenen und unheilvollen und rührenden Grotte, erstand das Wunderland, das Land Nirgendwo.

Bis die Baumstämme langsam schwarz wurden und die Stadt sich veränderte und die Vögel – vor Jahren, als ich noch klein war, hausten in den Alleebäumen eine Unmenge verschiedenster Vögel, Vögel, die das ganze Jahr über dablieben, oder Vögel, die erst im Frühjahr kamen – in schönere Wohngegenden abwanderten, Gegenden, die höher und weiter draußen gelegen waren und in die auch wir und alle unsere Bekannten zogen. Meine Mutter deckte die Bilder und Möbel mit weißen Bettbezügen ab – sie haßte die Wohnung und nahm deshalb fast nichts mit, wo wir hinzogen, sollte alles neu, blank und unbenutzt sein –, trug der Pförtnerin auf, ab und zu die Zimmer zu lüften, und sprach nie von Vermietung oder Verkauf, einfach weil sie manchmal zu träge war, sich mit mir anzulegen. Trotzdem, eins hatte sie vielleicht doch nicht vorausgesehen, konnte sie sich nicht denken, daß ich eines Tages, ein Köfferchen in der Hand und im Gesicht die Miene eines frühgealterten Kindes, hierher zurückkommen und mein Jungmädchenbett, mein schönes Bett mit dem goldglänzenden Kopf- und Fußende und der Häkeldecke, wieder beziehen würde und daß mir, wenn ich – die Zeit hat keinen Sinn mehr – auf einem der drei Balkone über der Allee stand oder langsam, fast mechanisch, die Leichentücher von den Salonmöbeln zog, die Stunden wie im Flug vergehen würden. Meine Verbündeten, meine Freunde, meine Komplizen seit eh und je – so erwachen die Möbel klaglos, still ergeben, aus ihrer schwarzen, stummen Quarantäne. Ich taste sie vorher ab, streichle sie durch die Überzüge und Laken hindurch, errate ihre Konturen und zeichne sie im Gedächtnis nach, um erst nach diesem kurzen Tast- und Streichelwiedersehen an einem Lakenzipfel, an der Kante eines Deckenbezugs, in dem der Staub dikke graue Furchen zog, zu zupfen und sie nackt, splitternackt der Maisonne und dem Tosen der zwar versunkenen, aber dennoch schrill lärmenden Elfuhrvormittagsstadt auszusetzen. (Um diese Zeit steht die Sonne prall auf den offenen Balkonen, und der schwerelose Goldstaub der ersten Morgenstunden tanzt nicht mehr, sondern steht fast reglos in den Strömen von Licht.) Danach lasse ich mich in den Ledersessel fallen, wo mein Vater Zeitung las und Siesta hielt, oder auch auf den weichen warmen Teppich oder das Sofa mit den Federkissen, die auf ihren Bezügen alte sonderbare Karten und Seefahrtswege zeigen, und denke, später, in den nächsten Tagen, mache ich vielleicht in der Bibliothek weiter. Da entblöße ich andere Möbelstücke, staube jedes Buch einzeln ab und blättere dabei bedächtig, wo es mir gefällt, lese wahllos von Louise May Alcotts musterhaften puritanischen Frauenzimmern, von den großen, erzliterarischen Gesten der Männer, vor allem aber der Frauen, Somerset Maugham oder Stefan Zweig oder schaue auch in die köstlichen französischen Übersetzungen von Ovid, vom Hohelied Salomos oder dem Satyricon, die knapp dem Kitsch entkommen, um dafür in Pornographie zu verfallen. Vielleicht finde ich sogar wieder zu dem Lesespaß meiner Jugend, als ich, auch das ist – ach, die vielen toten Ichs in mir – lange her, eine leidenschaftliche Leserin war und, kunterbunt, chaotisch, unorthodox, unkritisch, aber gefräßig, jedes Buch verschlang, das mir in die Hände fiel. Denn ich habe zum erstenmal seit Jahren Zeit wie noch nie. (Und auch Einsamkeit habe ich zum erstenmal seit Jahren, vielleicht zum erstenmal im Leben, wie noch nie.) Nach mancherlei Fehlschlägen endlich wieder Zeit. Und Besseres, Wichtigeres, Dringenderes gibt es ganz gewiß nicht zu tun, als geruhsam von meinem Elternhaus – dem einzigen, das mir jemals gehörte, in dem ich je ganz zu Hause war – Besitz zu ergreifen, als durch Salons und Flure zu wandern, alle drei Balkone über der Allee aufzureißen, dem unter meinen Fenstern aufsteigenden, schäumenden Blättermeer zuzusehen, die versunkene Stadt zu beobachten, mich mit meinen Mitverschworenen, den Möbeln, zu verständigen, eine Menge halbvergessener Bücher noch einmal zu lesen oder mich einfach irgendwo hinzulegen, ein Glas in Reichweite – merkwürdig, ich trinke wieder Cola-Rum –, stapelweise und wahllos Platten aufzulegen, alles Leben, was mir noch verbleibt, darauf zu konzentrieren, den Lichtpünktchen in der Luft beim Tanzen zuzusehen, dösend, mit halbem Ohr den von der Straße aufsteigen-

den Lauten zu lauschen und mir zum hundertsten Male die endlosen, unausschöpflichen alten Geschichten vorzuerzählen.
Zeit wie noch nie, kein Ziel, keine Verpflichtungen, kein Stundenplan und niemand, der mich zu irgendeiner Zeit irgendwo erwartete. Niemand, der an mich denkt, niemand, der sich vorstellt, wie ich hier melancholisch durch die alte Wohnung streune – es wissen ja überhaupt nur meine Mutter und Guiomar, und vielleicht Julio, ja, auch Julio, daß ich hier bin, und meine Mutter, die ihre Reise natürlich nicht unterbrochen hat, denkt sicher nervös und verstimmt an mich, an diese unberechenbare Tochter, die ihr den Schlaf raubt und nicht in ihre Pläne passen will, und Guiomar fragt sich zwischen Seminar und Laborstunde bei irgendeinem Problem aus einer Reihe etikettierter Probleme sicherlich, was man mit dieser unverbesserlichen Mutter bloß machen soll, aber keine von beiden denkt wirklich an mich, für keine bin ich wirklich da, wie ich auch für Julio nie wirklich da war, denn hätte er mich auch nur für einen Augenblick gesehen, wie ich bin, das Wunder wäre geschehen oder es wäre zumindest zwangsläufig alles anders gewesen –, niemand denkt daran, wie ich meine Sehnsucht von einem Zimmer ins andere schleppe, wie ich mich wund – wund? – in die hinterste, tiefste Höhle verkrieche, denn ich habe mich hier eingesperrt, wie sich ein krankes Tier auf sein Lager verzieht, zu einem letzten, vielleicht verzweifelten Versuch, magische Brücken zu schlagen zwischen dem greisengesichtigen Kind, das rührend und grotesk über dem Abgrund der entsetzlichsten Einsamkeit, nämlich daß keiner an einen denkt, baumelt, und dem traurigen Kind von damals, daß zu seinen einzigen Gespielen seine eigenen Phantasieprodukte hatte, dem Versuch auch, mich in diesem Kind, das zwar traurig und einsam, aber noch fern aller Verfälschung und allen Trugs aufgezwungener und angenommener Rollen, doch wenigstens da war, selbst wiederzufinden. In dieser zeitlosen Zeit habe ich Zimmer für Zimmer die Überzüge von den Möbeln abgezogen, mich aus den drei Balkonen gelehnt – und Farbton, Flüssigkeit und Licht des Meeres zu den verschiedenen Tageszeiten gesehen –, mich auf meine vier Sofas geworfen, habe mit angezogenen Knien im Ledersessel gekauert, Coca-Cola pur, mit Zitronensaft, Gin oder sogar Cognac – und immer mit dem unbestimmbaren ersten Jugendgeschmack – getrunken und mir selber, halb ausge-

dacht, halb erinnert, halb geträumt, eine Unmenge sentimentaler, trauriger Geschichten vorerzählt, die alle nach verschiedenen Melodien ein und dieselbe Niederlage variieren. Ich habe in den Schränken gestöbert, bin in die Spiegel gekrochen, habe Spaziergänge durch die Landschaften auf den Bildern gemacht. Und bin wieder, immer wieder, zum mittleren Balkon zurückgekehrt und schaue aufs Meer hinaus, und das ist jetzt, wo es Abend wird, grau, und darauf zittern warm die Lichter, fahren hundert Kähne, liegen reglos leuchtende Riesendampfer und kreuzen vibrierende, superschnelle Motorboote einander verfolgend auf den Wellen. Genau gegenüber, nur durch einen kleinen, meerblauen dunklen Zwischenraum von meinem Steilufer getrennt, liegt blendend weiß, aggressiv blau und funkelnd rot beflaggt, der bunte, unbestrittene, sagenhafte Herr über Nacht und Wellen, das Geisterschiff, das bei Tag kaum existiert und erst in den frühen Abendstunden zum Leben erwacht, das um so heller wird, je mehr der Tag an Licht verliert, das prachtvolle verwunschene Jagdschloß auf dem Märchenrummel, die Luxusvergnügungsyacht, die venezianische Prunkgondel, die auf Befehl des Dogen zu meinen Füßen, unter meinen Fenstern ankert, genau gegenüber liegt also das Kino, eröffnet, als ich noch klein war, nachdem sie monatelang daran gebaut hatten, während ich ungläubig hoffte und fieberte – ein Kino genau vor meiner Wohnung eröffnete mir mit meinen sieben acht neun Jahren ungeahnte Möglichkeiten –, während ich es wachsen, bunt werden und wie Geschmeide Lichter und Plakate anlegen sah, bis ich eines Tages hineindurfte, eng an meine Großmutter gedrückt, meine noch junge, noch schöne Großmutter mit dem weißen Haar und den sehr hellblauen Augen, wie bei meiner Mutter, nur ohne deren metallischen Glanz, und mit porzellanweißer Haut, bis ich hineindurfte, an der Seite meiner Großmutter, ein Loch in der Brust und verzückten Blicks, derweil die rosa Lichter aus tausend Goldmuscheln langsam schwächer wurden und dabei sanft auf die türkisen Sessel, die cremefarbenen Vorhänge und die teppichbelegten Gänge abfärbten. Heute, Jahre später – das Gold an den Muscheln ist abgeblättert und auch der cremefarbene Vorhang längst abgeschafft, geblieben ist die nackte Leinwand, und die Sessel sind statt türkis seit langem dunkelbraun bezogen – ist mir, als erklänge auf Deck Musik – dabei ist nirgendwo der dümmste und schönste aller Prinzen in Sicht –, und ich sehe, wie gehetzte Liebespaare, lachende Teenagergrüppchen und Mütter mit vielen Kindern in den bodenlosen Schiffsladeräumen versinken, in den Schlund des verwunschenen Schlosses springen. Und ein Stück weiter versinkt die zweite Spitze am magischen Dreieck meiner Kindheit fast im grauen Wasser. Sie ist dunkel, hat fast kein Eigenlicht und vergeht wie der Tag in den Wellen. Sie ist eine finstere Grotte – sechs Stufen abwärts und dann eine stumm verwinkelte Welt. Man taucht, man rudert, und wenn man unten ist und sich umschaut, wenn man nach oben und hinter sich schaut, erblickt man, wie Ströme smaragdgrünen Lichts herrlich in die Tiefe herabstürzen, und nie ist die strahlende Meeresfläche so schön wie von unten gesehen, aus den tiefen Schluchten einer Meeresgrotte, deren Dunkelheit um diese Zeit, da die Smaragde schon verlöschen, doppelt dunkel wirkt. Die Höhle ist vollgepfropft mit morschen Regalen, die vor Schätzen überquellen, Wunder an Buntstiftschachteln von Carandache mit sechsunddreißig verschiedenen Farben, obwohl der Regenbogen doch nur sieben Farben hat, aus denen man sich, wenn man nur will, alle andern Farben mischen könnte, was das Exzessive an den sechsunddreißig Buntstiften fast zur prunkhaften Verschwendung, zur sozusagen sündhaften, exotischen Übertreibung macht, so daß ich bis heute an keinem Schaufenster mit Carandache-Schachteln vorbeikomme, ohne die Buntstifte in sechsunddreißig Farben zu bestaunen: sinnliche Zirkelsets, die auf tiefschwarzem oder scharlachrotem Samt in ihrem Silber dahindämmern, jederzeit bereit, aus ihrem Schlaf zu erwachen und aus unausdenkbaren Kreisen eine fremde Welt zu erschaffen: große weiche Radiergummis mit sanft abgerundeten Kanten, auf denen sich Schneewittchen und die sieben Zwerge und der – immer ein wenig dümmliche, wenn auch hier weder dümmste noch schönste – Zauberprinz wiegen: komplette Kunstpostkartenserien mit Rennbahnen und dicken, von blonden Kindern umringten Frauen sowie gleichfalls blonden, tellerbreit behüteten Damen, von denen meine Mutter sagen würde, daß sie Klasse haben: Blumenvasen, die vor knalligen – geruchlosen – Blumen bersten, und überzüchtete Schoßhündchen mit nicht sehr schlauen Mienen und blauen Schleifchen. Und unterm Staub der allerletzten, obersten Regale geheimnisvolle, schlafende – verhexte – Kästen, von denen wir vielleicht nie erfahren, was darinnen ist. Und Löschblätter mit grellbunten Bildern darauf, ein so seltener Schatz, das auch nicht das verhätscheltste Kind je ein solches Löschblatt benutzt hat, weil sie unverkäuflich und darum auch nicht ausgeschildert sind, Kleinode unschätzbaren Werts, die man nur durch Gefälligkeiten oder Schmeicheleien an die Adresse der beiden weiblichen Vögel Greife bekommt, Greife von allerdings nicht ganz eindeutig erkennbarem Geschlecht, bei denen sich auch das Alter nur schwer bestimmen läßt, zwei wahrscheinlich unvergänglichen, jedenfalls zeitlosen Zwittergreifen, die in der Grotte herrschen, einem die Buntstifte und Postkarten oder glimmerbelegten Glanzbilder reichen, von denen einem silbriger Glitzerstaub an den Fingern klebt, herrische, auch großherzige Wesen, die einem, einer Laune folgend, manchmal doch ein Löschblatt abtreten und vor unsern staunenden Augen eines Tages vielleicht sogar die geheimnisvollen staubigen Zauberkästen auf den obersten Regalen öffnen. Ich denke, auch so lasse ich mich nachmittags demnächst in die Grotte hinab – wenn ich noch imstande bin, bis in so geheime Tiefen zu tauchen – und kaufe mir ein Fäßchen Tusche. Oder besser gleich einen ganzen Kasten, eine duftende Kiste aus blütenweißem Holz, aus Deutschland oder vielleicht auch Japan wie alles hier, in der die viereckigen Fläschchen fein säuberlich aneinandergereiht sind, das Unmögliche wird hier wahr, denn die Kiste enthält nicht nur blaue und schwarze oder auch noch rote Tusche – rot wie das Blut auf dem Fenstersims einer trauernden Königstochter –, mehr oder weniger denkbare rote Tusche, sondern auch noch solchen Unfug wie orangefarbene, violette und braune Tusche – wobei mir trotz der vielen Farben alle Landkarten immer danebengerieten –, und das Ganze gipfelt in einem solchen Unding wie gelber Tusche und zuletzt, der totale Nonsens, weißer Tusche. Irgendwann demnächst gehe ich nachmittags hinunter und kaufe mir einen Tuschkasten, den teuersten und größten, mit den meisten Etiketten Made in Germany oder Made in Japan, und den meisten Farben, dazu ein paar Blätter schimmerndes Zeichenpapier, cremefarbenes, rosafarbenes, goldfarbenes Zeichenpapier, und vielleicht meinen es die alters- und geschlechtslosen Vögel Greife an dem Tag ja besonders gut und legen ein grellbuntes Löschblatt «für die Kleinen» dazu – nur sind keine «Kleinen» mehr da, nur noch die so andere, so fremde Guiomar, die so ganz würdige Enkeltochter der eleganten angelsächsischen Dame und wandelnden Göttin, die ihre Reise natürlich nicht unterbrochen hat, die jeden Demeterkult im Vorübergehen austritt, die dionysische Geheimfeste seit eh und je und auch fürderhin übersieht, dabei weiß ich nicht einmal, ob Guiomar dieser Laden überhaupt auffiel, ob sie je Glanzbilder oder Löschblätter gesammelt hat –; dann eben ein Löschblatt für mich, obwohl es sehr wahrscheinlich ist, daß es auch die Löschblätter wie so vieles nicht mehr gibt, die angelsächsischen Ladies und ihre Enkel schreiben jedenfalls nur noch mit Kuli – wenn das schreiben heißt, mit einer Riesenschrift Postkarten so vollzukritzeln, daß nur Grüße draufpassen, oder große Blätter Rechenpapier mit Buchstäbchen wie Fliegenbeinchen auszufüllen, die dann ein Zahlen- und Formelspiel ergeben –, aber ein einsames, verstecktes Exemplar kann ja immer noch übrig sein, der letzte überlebende Vertreter einer ausgestorbenen Art im hintersten Meereshöhlenwinkel, warum nicht, schließlich gibt es ja auch mich noch, das altgewordene Kind, auf den dunklen Fluren der verlassenen Wohnung.

Es klingelt hartnäckig, und ich weigere mich sekundenlang, zur Tür zu gehen, denke, für mich kann es doch nicht sein – es ist doch ziemlich unwahrscheinlich, daß meine Mutter oder Guiomar beschlossen haben sollten, mir nicht mehr am Telefon erregt Vorhaltungen zu machen oder weise Mäßigung anzuraten, sondern selber zu erscheinen, was das mindeste ist, was sie tun könnten, gesetzt, sie wollen in dieser tristen, in dieser schäbigen Geschichte, die mich zerschlagen, verschmutzt und gealtert, wie aus den trüben Wassern und dem Morast der gefräßigsten Sümpfe gekrochen, zurückläßt, überhaupt noch eine Rolle spielen –, und für Augenblikke lebe ich in Furcht und Schrecken, es könnte Julio sein, der da klingelt, Julio, der mit seinem unwiderstehlichsten Lächeln und einen roten Rosenstrauß in der Hand vor der Tür steht, aber am Ende mache ich auf, außerstande, wie ich von jeher bin, ein Telefon, das klingelt, einfach klingeln zu lassen, eine Tür, an der geklopft wird, nicht aufzumachen oder einen an mich adressierten Brief nicht zu öffnen. Außerstande auch, irgendeine Verabredung nicht einzuhalten. Mein ganzes Leben – sowohl in Zeiten, wo es einen konkreten Anlaß gab, wie auch in den langen Perioden, da absolut nichts geschehen konnte – warte ich auf ein Wunder, hoffe ohne Unterlaß auf das Unverhoffte. Ich lache mich selber dafür aus, daß ich so fern aller Hoffnung hoffe, und gehe doch öffnen, aber es ist nicht Guiomar und nicht meine Mutter oder Julio, es ist – ich habe kein Licht gemacht – eine warme Stimme im Dämmer von Treppenabsatz und Flur, eine leicht heisere Stimme, die meist Belangloses sagt, in der aber oft ein angespannter, erregter Ton mitschwingt, als werfe sie eben vor sprachlosem, staunendem Publikum den siebten Schleier ab, dabei staunt sie selbst über nichts und wundert sich auch nicht, sondern findet es ganz selbstverständlich, daß sie mich hier antrifft – oder hat es ihr jemand gesagt? – in dieser Wohnung, in der seit Jahren niemand wohnt und durch die ich jetzt wie ein Schatten schleiche und meinen alten Gespenstern nachjage. Sie fragt mich kurz nach Guiomar, nach Julio, und bevor ich antworten oder sie hereinbitten kann, huscht sie schon an mir vorbei in den dunklen Flur und hält mir begierig einen leidenschaftlichen Monolog über sich und ihre Lebensumstände, einen Monolog, den ich gut kenne, weil er mich von Jugend an über weite Strecken begleitet hat und weil er, als sei er nie abgebrochen, stets da wieder einsetzt, wo er das letzte Mal aufgehört hat, wenn es auch etwas merkwürdig ist, daß er mich auch hier noch aufspüren konnte. Es ist eine hübsche, tiefe, ein wenig kratzige und sinnliche Stimme, aus der die Untugenden ihrer Klasse sprechen, eine falsche Erregung, die mich vage an meine Mutter erinnert, und es klingt, als habe sie den Mund zu voll von Vokalen, die sich aneinander stoßen und oft in einem hohen Finale auslaufen, und ihre Sätze sind «schick», fast immer unvollständig oder abgebrochen, und ihre Rede daher mit Selbstverständlichkeiten und Gedankenstrichen gespickt. Ich frage mich, woher dieser breite und dabei hastige, witzige und dabei schwerfällige, unkorrekte und zugleich distanzierte Sprachduktus der Menschen meiner Klasse kommt. Vielleicht liegt es an einer Mutation, vielleicht geht am Ende einer langen Reihe ordentlich ernährter Frauen ja eine feine Veränderung an den Stimmbändern vor sich – wie man am Ende einer endlosen Reihe nichtstuender Frauen ja auch Hände wie die meiner Mutter erhält –, oder vielleicht führte einst eine extrem snobistische, wunderbar schicke, leicht affektierte oder mit einem kleinen

Sprachfehler behaftete Frau diese Mode in einer Gruppe ein, und die Mode lebte dann durch alle Zeitalter fort, vielleicht werden wir allein dazu (oder auch dazu), daß wir diesen Tonfall lernen, dieses schreckliche gepanschte Spanisch der vornehmen Damen in meiner Stadt, in die Schule zum Heiligen Herzen oder ins Jesus Maria geschickt. Nur daß ich es – wie so viele andere Dinge – nicht gelernt habe, und ich frage mich manchmal, warum ich nie so gesprochen habe, warum ich schon als Kind nicht die Stammesmerkmale trug, warum ich mich immer in dem unbehaglichen Niemandsland herumgetrieben habe. Meine Freundin ahnt es gelegentlich, denn dann schwankt ihre Stimme, hält inne, balanciert unruhig auf dem Grat eines Satzes, als wüßte sie nicht recht, an wen und wohin sie sich wenden soll, und ihr Satz schlüpft danach in einen andern, der oft das Gegenteil aussagt, oder siecht dahin oder verendet elendiglich in regressiven, rettenden Pünktchen Pünktchen Pünktchen. Aber es bleibt bei der flüchtigen, ungemütlichen Ahnung, der – ihnen allen gemeinsamen – Angst, daß ich gegen allen Augenschein nicht zu ihnen gehören könnte, sondern der eingeschleuste Agent eines fremden Volkes und darum, auf Grund meiner Fremdheit, gefährlich und feindlich gesinnt sein könnte, aber die Befürchtung verfliegt schnell, und Sekunden später hat Maites Redefluß seinen alten Überschwang und seine selbstsichere Harmonie wieder, ist jeder Verdacht überwunden, jeder Zweifel ausgeräumt an der vagen, vereinfachenden und nur von meiner Mutter und vielleicht Guiomar nicht mehr geteilten Gewißheit, daß ich zwar leicht absonderlich, aber doch eine der Ihren bin. Auch eine etwas ausgefallene Bekanntschaft macht sich zur Abwechslung nicht schlecht.

Unermüdlich plappernd, umgab sich die Stimme auf dem Weg zum Wohnzimmer und zum Licht allmählich mit blonden Locken, mit vollen Lippen, draufgängerischen Brüsten und hübschen Beinen in fischgrätengemusterten schwarzen Strümpfen, die sie, als die Inhaberin der Stimme es sich auf dem Sofa bequem macht, unterm Gesäß versteckt. Jetzt sieht sie mich mit ihren Augen eines verdorbenen kleinen Mädchens, das allmählich hinter jemandes Schliche kommt, an und lacht, ohne daß sie das Lachen – o Wunder – vom Reden abhielte, leise vor sich hin. Dieses robuste Mädchen, von dem ich kaum den Namen kannte, weil ich ihn nur flüchtig hörte, wenn die Anwesenheitsliste verlesen wurde, wie auch ihr betonter als bei den andern gesprochenes «Hier!», als hätte es damit eine besondere Bewandtnis oder als sei sie wirklich mehr «hier» als wir, sie sprach es mit einem heiseren Stimmchen, das nur eine blasse Ahnung von ihrem übermütigen Spitzbubengesicht und ihrem kleider- und blusensprengenden Körper vermittelte, ihrem Körper, in dem jede andere sich unwohl gefühlt hätte, Maite aber trug ihn würdevoll und mit Feuer wie eine Fahne durch die Welt – dieses robuste Mädchen kam eines Tages im Universitätscafé, als das bequeme alte Sofa noch stand, das uns die Wände entlang wärmende kollektive Zuflucht bot, kam auf mich zu, streckte mir herrisch ein Exemplar des «Briefs an den Vater» entgegen und verlangte, daß ich es lesen sollte, denn es sei haargenau ihr Fall. Ich weiß nicht, ob das ihre gewohnte Art war, an Menschen heranzutreten, die sie einigermaßen interessierten, aber so lernte ich jedenfalls Maite und so lernte ich Kafka kennen. Und mit Maite traf ich es gut, denn ihre heisere Stimme stand damals, noch fern dem unvermeidlichen Verschleiß, an einem überaus angenehmen, fesselnden Punkt ihrer an niemand gerichteten Rede, sogar Freundinnen wurden wir, oder vielleicht nur Kumpaninnen, so weit man mit einer im Dauermonolog verstrickten Stimme eben befreundet sein kann, einer Stimme, der es mehr um Zuhörer denn um Gesprächspartner geht. Obwohl ich nie begriff, welcher Zusammenhang zwischen diesem begierigen und genießerischen Mädchen – heisere Stimme, schöne Beine, runde aufreizende Brüste –, die von sich selbst eingenommen, ja entzückt war, aber mit irgend etwas irgendwie unzufrieden war und sich, hemmungslos versnobt, ihre ganzen Universitätsjahre hindurch, mit einer Stimme und in einem Ton, der stets die Klosterschule vom Heiligen Herzen verriet, unermüdlich über Stundenhotels und die Spiegel darin verbreitete, über pastellfarbene Handtücher, in alle Badezimmerrichtungen schießende Warmwasserstrahlen, über vom Bett aus zu betätigende Beleuchtungseffekte und über einen weiteren, leicht geneigt genau überm Bett angebrachten Spiegel, der fast die ganze Decke einnahm und in dem sich, umringt von Stuckvenussen und Stuckamors, zwei nackte Leiber spiegelten, die wohl auch über einen schmuggelnden Verlobten plauderte, nach dem die Interpol fahndete und der sie zu Luxusparties auf eben aus Nizza eingelaufene amerikanische Yachten einlud und ihr, ehe er die Gangway herunterkam, den Rock voll Marihuana schüttete, oder über die Puddings, die die Pförtnersfrau heimlich für sie kochte und die sie, einander Küsse auf die bekleckerten gierigen Ferkellippen drückend, in den Bergen zusammen mit einem anderen schwulen Freund verschlang, derweil ein von ihrem ehrbaren verzweifelten Vater bezahlter untersetzter kleiner Detektiv mit Schnauzbart lechzend und mit unruhigem Wulst in der schlecht geschnittenen Hose Blut und Wasser schwitzte, obwohl ich wie gesagt nie begriff, welcher Zusammenhang zwischen diesem drallen Mädchen, bei dem Röcke und Jeans unter dem Druck ihrer schweren Hüften krachten und die Knöpfe fröhlich von den Blusen sprangen, zwischen dieser übermütigen Draufgängerin und dem kümmerlichen Prager Sonderling bestehen mochte, es sei denn beider Gefallen am Geschichtenerzählen, an endlosen Monologen, die – bei ihm, nicht bei ihr – vielleicht das Leben ersetzten.

Zeitlich ein bißchen verrutscht, ein bißchen deplaciert, steht jetzt die gleiche heisere, schicke Stimme vor mir und spricht diesen Monolog, der nur stellenweise bis zu mir vordringt, mich aber seit eh und je verfolgt – Maite war die einzige aus dem Bürgertum, mit der ich an der Universität zusammen war, die einzige, mit der ich mich vielleicht gerade deshalb auch hinterher noch regelmäßig getroffen habe. – Ich sehe ihren schwellenden dunklen Mund, ihre kleine rosa Schleckzunge, die kleine Zunge einer großen seidigen Katze, einer teilnahmslosen, trägen Bartleckkatze, die mit perfekten gebleckten Zähnen im Hintergrund auf der Lauer liegt. Atemlos und scheinbar nebenbei erkundigt sich Maite nach meiner Mutter, nach Guiomar und schließlich nach Julio, und mir kommt der Verdacht, sie könnte nur dazu gekommen, vielleicht gar dazu ausgeschickt worden sein, jedenfalls bin ich mir sicher, sie weiß Bescheid, sie wissen alle drei (wer sonst sollte es ihr gesagt haben?), daß Julio wieder einmal mit unbekanntem Ziel abgereist ist (und komisch, ich sehe ihn immer nur an Deck einer Yacht, eine Blondine zur Seite, ein Glas mit dem gerade aktuellen Modecocktail in der Hand, in Matrosenjacke und Matrosenmütze, als den schalen Liebhaber mit den grauen Schläfen aus den Werbespots), wobei im voraus feststeht, daß er zurückkommt (das beteuern und versprechen mir im Duett meine Mutter und Guiomar, als zweifelte ich einen Augenblick daran oder als machte es mir, wenn er nicht käme, auch nur das mindeste aus), nur daß er mich diesmal bei seiner Heimkehr nicht antrifft, weil ich in meine alte Höhle geflüchtet, weil ich aus dem Pferch weggelaufen bin (Grund genug offensichtlich, mir nachzustellen, diese große Katze mit der rosa Zunge nach mir auszuschicken, auf daß sie mich in der uralten Höhle meiner frühesten Träume nicht aus den Augen lasse), obwohl Maite meine Antwort, mein «Ich weiß nicht, wie es Julio geht, er ist verreist» kaum zu hören scheint – sollte sie doch aus einem andern Grund gekommen sein? – und mir frivole Kostproben aus der Vergangenheit auftischt, mir – schauderhaft! – ein Kommilitonentreffen vorschlägt und mich fragt, wen ich noch treffe aus den alten Zeiten, und als ich antworte, keinen, ich träfe mich mit keinem außer manchmal ihr – und es jetzt feststeht, daß sie mir nicht zuhört, denn um darüber zu sprechen, kommt sie auf keinen Fall, obwohl sie wahrscheinlich genauso wenig dazu da ist, mich über meinen Streit oder Nichtstreit mit Julio auszuhorchen –, da fällt mir plötzlich ein, daß ich Marcos in London wiedergesehen habe. Marcos oder was von Marcos noch übrig ist. Denn wenn es zu dem Treffen kommt, dann treffen sich da auch die Ausgespuckten, tafeln da die Geister, speisen mancherlei Spukgestalten, die Gespenster der ach so brillanten Nachkriegsgeneration, meist Männer, die der nackte, nicht zu bemäntelnde, unabänderliche Mißerfolg erbarmungslos zerbrochen hat (auch wenn man es vor sich selbst immer noch bemänteln kann); und nur einige wenige sind auf vielleicht subtilere, ein klein wenig subtilere Weise an einer grotesken, unendlich kläglichen Farce zerbrochen, nämlich, es geschafft, einen lächerlichen Erfolg errungen zu haben, der uns, den wenigen, den ressentimentgeladenen Haß der andern, der Mehrheit, der Versager schlechthin einträgt und unser Versagen – weil der Erfolg ja nie groß genug und nie echt genug ist und nie im richtigen Moment kommt, sondern mal ein wenig zu früh, mal rettungslos, trostlos zu spät, jedenfalls immer zur Unzeit, denn vor allem sieht er nie dem ähnlich, wonach wir uns als Kinder gesehnt haben, und wonach man sich als Kind gesehnt hat, sucht man dann später ja sein Leben lang, ist vielleicht das einzige, was einen zufriedenstellen kann, so schmählich und beleidigend ist der Unterschied zwischen dem Realen und unsern Wünschen, für einen solch sündhaft hohen Wahnsinnspreis wurde der Erfolg erkauft, oder so wertlos ist er, weil er uns vielleicht in den Schoß fiel, einen lächerlichen Erfolg jedenfalls – der unser Versagen für uns nur noch schmerzlicher und vor allem schmutziger macht, so daß wir vermeintlichen Sieger uns dann plötzlich dabei überraschen, daß wir uns beschämt für unsere Erfolge rechtfertigen oder so tun, als glaubten wir ungerechtfertigterweise an sie, oder daß wir gar die echten, unverfälschten, eindeutigen Versager insgeheim beneiden. Wenn es sich bei dem Essen wenigstens noch um ein würdevolles Treffen entrückter hagerer Spukgestalten mit unbewegten Grabesstimmen, großartigen Schweigeminuten, mit Geruch nach Moder und Gruft, mit kaltem Marmor und schleppenden Bewegungen handelte, um ein ehrliches Geistertreffen, bei dem keiner keinem mehr etwas vorspielte, weil alle Spiele ausgespielt und verloren wären, bei dem niemand neunmalschlau etwas simulieren oder fingieren wollte, wenn wir nur zusammenkämen, um eine Weile still beieinanderzusitzen und uns verständnisinnig, ja mitfühlend anzusehen und uns beim Auseinandergehen betrübt die Hände zu reichen, wenn wir die vielen ausgeträumten Träume in Ehren zu Grabe trügen, ohne mit Feriendörfern auf Ibiza, Bauernhöfen auf dem Land, mit Spanischlektoraten zu prunken, in denen wir unweigerlich die rechte Hand vom Chef sind, oder mit ewig hinausgeschobenen oder verteidigten Dissertationen, Artikelveröffentlichungen und Kinderfotos – all die Jahre hindurch Kinderfotos und jetzt schon bald Enkelfotos –, und das alles vor Servietten mit Soßen- und Sangriaflecken auf der Tischdecke und natürlich mit verschüttetem Wein, in den jemand die Finger getaucht und sich damit an die Stirn getippt und dann auch uns noch die Stirn damit bekleckert hat, vor einer Tischdecke, auf der sich die überquellenden Aschenbecher und Garnelenschalen türmen. Wenn es dabei doch ohne aufgeputzte Ehepaare abginge, er im offenen Hemdkragen über englischem Wollpullover, für Krawatten sind wir doch schon zu sehr Nonkonformisten und Snobs – Gott sei Dank ging Julio nie auf solche Treffen, weder mit noch ohne Krawatte-, sie allerdings im Perlenkollier mit Nerz- oder Persianermantel, oder auch nicht Nerz und nicht Persianer, sondern Katzenfell, und mit Krokodilledertasche, mit albernem Gekicher und hohlen Meins und Deins, in denen die gespenstische Lüge, an die keiner glaubt, wie Eiter pocht und schwärt und am Ende doch aufbricht, sich einzureden, man sei lebendig, man sei wichtig und gewissermaßen sogar glücklich. Mir fällt jetzt, als Maite in ihrem Monolog fortfährt und ich schon gar nicht mehr hinhöre, weil ich ganz sicher bin, es kommt schon noch etwas, das mich aufmerken läßt, ein Glitzern in den Augen, ein nervöses Zucken der Hände, besonders aber ein spezielles Vibrieren in der Stimme, das mich darauf hinweist, daß der Augenblick gekommen ist, da Maite zu ihrem Thema kommt, zu dem, was sie mir sagen wollte, wenn sie mir überhaupt etwas sagen und nicht bloß meine Einsamkeit ohne Julio ausspionieren wollte (was wissen die andern schon von meiner zwanzigjährigen Einsamkeit mit Julio), jetzt fällt mir ein – und ich würde es auch aussprechen, könnte ich mir einbilden, daß Maite mir zuhört –, daß ich Marcos in London wiedergesehen habe, und ich würde Maite – bestünde auch nur die geringste Chance, daß sie begreift –, ich würde Maite erklären, daß mir, kaum bei ihm im Haus, den Fuß noch auf der Schwelle, zumute war wie in dem dunkel beunruhigenden Moment, wenn die schöne Heldin, die furchtlose, leichtsinnige schöne Heldin, oft im lässig übergeworfenen seidenen Morgenrock, der ihr sanft liebkosend über die Schultern gleitet und vor ihren warmen Brüsten offensteht, oft eine unschlüssig flackernde Kerze in der Hand, wenn die Schöne also, statt den Schlüssel dreimal umzudrehen und Möbel vor ihrer Kemenatentür aufzutürmen – was mußte ich mich auch aus meinem Hotel zu einem alten Freund in diesen finsteren Bau wagen! – oder vielleicht auch nicht die unbesonnene Schöne mit dem schlecht behüteten Busen, sondern ihr verwegener Freund, der ihr bis hierher nachgeschlichen ist, weil er sie im stillen liebt und sie auf gefahrvollen Irrwegen in den Siebenbürger Wäldern weiß, wie in dem Moment also, wenn die Schöne oder ihr Freund, das ist auch egal, die knarrende Tür aufstoßen und die relative Sicherheit der Schlafkammer gegen die Geheimgemächer des Schlosses eintauschen – natürlich ist die Atmosphäre in der Londoner Wohnung ganz anders, aber im Grunde doch gleich – und nun von einer vagen Beklemmung, einem kurzen ersten Anfall von Angst, der sich mit einem Stirnrunzeln und Achselzucken noch schnell abschütteln läßt, gepackt werden von der furchtsamen, zagen, aber todsicheren Ahnung, daß irgend etwas hier nicht in Ordnung ist. Und man tritt ein, und man stößt bei seinen ersten Schritten, beim zaghaften ersten Erkundungsgang durch das Schloß auf nichts, was man ernsthaft als beunruhigend bezeichnen könnte, die Truhen und die gotischen Leuchter sind schön, die rostigen Ritterrüstungen und sogar die Folterinstrumente wirken in dem uralten Herzogsschloß eines Herzogs edelster Abkunft ganz natürlich, natürlich auch die imitiert spanischen Möbel – wie kommt man in dieser Stadt, in der das Alltägliche fast immer schön ist, nur zu solchen Greueln? – die Plastikblumen in venezianischen Vasen, der überm Wohnzimmer thronende Farbfernseher, die Gauguin- und Renoir-Reproduktionen im Apartment eines Spanischlektors in London, beziehungsweise fast natürlich oder zumindest nicht allzu beunruhigend, auch wenn man sich trotzdem immerhin seine Gedanken macht, schließlich sieht es aus, als flakkere die Kerze und sei kurz vorm Erlöschen, auch wenn sie dann doch nicht erlischt, nicht einmal, als eine Fledermaus aufgestört in wildem Flug quer durchs Zimmer rauscht und dabei der Schönen im Nacken von einem rosa Band zusammengehaltenes Blondhaar und ihren bebenden, ja, inzwischen wogenden Brustansatz streift – wäre ich doch in meinem Schlafzimmer geblieben, wäre ich doch nicht aus dem Hotel gegangen – leider auch die schwarzen Haare ihres Freundes streift; und schließlich hockt bei Marcos in der Wohnung noch ein besessenes, unansehnliches und hysterisches Kätzchen, das macht einen Buckel und faucht und knurrt und zerkratzt mir die Beine und zerreißt meine Strümpfe und mein Kleid und kriecht am Ende mit noch gesträubten Haaren und steifem Schnurrbart unters Büfett. Und jetzt wird aus der leisen Unruhe, der leichten Beklemmung blanke Angst, und die Heldin fragt sich zum erstenmal, ob es nicht besser gewesen wäre, sie hätte sich in ihrem relativ sicheren Hotelzimmer verschanzt, statt halbnackt mit einer flackernden Kerze in alten Schlössern auf Erkundungsgang zu gehen, und wenn ich schon nicht im Hotel bleiben wollte, hätte ich wenigstens einen Einkaufsbummel machen oder mich ins erstbeste Kino setzen und den Umgang mit Marcos auf die Kongreßsitzungen beschränken sollen, was zum Teufel habe ich auch hier zu suchen, und was mußte ich mich auf ein Unternehmen einlassen, dem ich nicht gewachsen bin! Und die Unruhe kommt ja nicht allein von den gotischen Truhen, von den Ritterrüstungen, den vor

Plastik überquellenden Vasen und von der Folterbank, an der man noch die Blutspuren ahnt, sie kommt nicht einmal von der zuckenden Berührung dunkler Fledermausschwingen oder dem hysterischen Gekratze einer halbirren Katze, sondern von dem Verdacht, das alles könnte mehr als Zufall, es könnte sorgfältig, zu jemandes Zwecken inszeniert sein, und dieser Jemand, der uns abstößt und erschreckt und doch auch stark genug anzieht, um uns in seine Höhle zu locken, fasziniert vom Unverhofften und Geheimnisvollen oder im Grunde vielleicht fasziniert von dem, was wir seit eh und je wissen, daß wir es in der Höhle finden werden, dieser Jemand disponiert nun diese Gehilfen auf unserm Weg, schickt uns diese Diener, die seine Boten sind, entgegen, so daß wir in einem grausigen Crescendo nur bei ihm, oder nur bei ihr, enden können. Er beobachtet uns sicher schon aus der zähen Finsternis oben an der Wendeltreppe oder hockt hinter der angelehnten Küchentür, mag er uns auch noch einen letzten Gesandten, einen noch vertrauteren, noch verwandteren, ja feierlicheren Boten als die arme Katze entgegenschicken, ein warzenbedecktes bucklich Männlein in Unglückslumpen oder ein pummliges kleines Mädchen mit Rotznase und Schleifchen, ein aufgedunsenes, reizloses, unmögliches Kind, und die Kerze verlöscht und wir fühlen uns unentrinnbar krank und wissen mit letzter Gewißheit, es führt kein Weg mehr zurück, die traute Wärme unseres Zimmers ist dahin, dahin die wärmende Geborgenheit von Londons Kinos und Geschäften, und sollten wir hier je wieder herauskommen, werden wir, wenn wir auf die Straße treten und uns unserem Hotel zuwenden, doch nie wieder dieselben sein. Und da ist ja auch endlich sie. Sie lächelt breit mit schiefem Mund, heißt als würdige Schloßherrin ihre Gäste willkommen, verwandelt jede liebenswürdige Geste in Herablassung oder Drohung, schenkt absonderlich schmeckenden Burgunder ein und serviert feuchtes Gebäck, als käme es tatsächlich aus modrigen siebenbürgischen Vorratskammern, und dazu faucht wütend die Katze, quengelt das Kind und füllt sich das Zimmer mit rasenden blinden Fledermäusen. Der zarten Jungfrauen mit flachsblonden schmachtenden Pagen das Blut aussaugende Graf – die furchtbare geniefressende, kinderfressend geniale-Kinder-auffressende Göttinmutter. Triumphierend und unschlagbar in ihrer Mittelmäßigkeit, absoluter Mittelpunkt einer von ihr selbst zu ihrem eigenen Ruhm erschaffenen erbärmlichen Welt, einer unheilvollen Atmosphäre, in der weder Bäume wachsen noch Naturblumen gedeihen könnten, einer dabei verlotterten Atmosphäre, bestehend aus einem dicken Kind, das in einer Ecke Pralinen verschlingt, mich aus den Augenwinkeln beobachtet und bei jeder Kleinigkeit aufheult, aus einer neurotischen Katze, die einem die Beine hochspringt oder sich einem in den Nacken setzt und stets den Moment abpaßt, da man nicht achtgibt und ihr den Rücken zudreht, und aus dieser doch erstaunlich geglückten Ausstattung, durch die dank Schläue, scharfem Kalkül und uraltem, überliefertem Frauenwissen ein scheinbares Dutzendapartment zur unbewohnbaren Höhle wird – und jetzt entdecke ich, ganz verloren in diesem tausendfachen Gruselschloß, auf dem obersten Bücherbord auch das graue Schnäuzchen eines Stoffhunds, den ich Marcos vor Jahren schenkte, und muß nun alle Aufmerksamkeit auf das Gebäck und den Burgunder, auf das heillos Lächerliche an der Situation konzentrieren, damit es durch Weinen nicht noch lächerlicher wird –, zur unbewohnbaren Höhle, in der das Weib seinen Hänsel mästet und verspeist, seinen verirrten und wiedergefundenen Hänsel, der jeden Tag dicker und gespenstischer wird und nicht einmal auf den Kongreßtagungen, in den Arbeitsgruppen, die er selbst leitet, mehr etwas zu sagen hat, weil er die Sprache längst nicht mehr liebt, sie wohl schon nicht mehr liebt, seit er aufhörte, sich selbst zu lieben; ach, hatte der Hänsel von damals schöne Augen und eine weiche Samtstimme, ach, und sein Parteibuch, seine dreisten, treffenden Fragen in den Seminaren, seine Vorliebe für guten Burgunder und französischen Cognac und seine klugen Referate über provenzalische Literatur, wie war er doch engagiert und erlesen, der alte Hänsel, wie schien er bestimmt für eine dieser Frauen, die sehr große Münder, einen geschmeidigen Gang und unergründlich traurige Augen haben, todernst über Tod und Einsamkeit in Bergmans Filmen dozieren und aussehen, als stünden sie mit dem Tod auf du und du, als spielten sie mit der Lieblosigkeit auf dieser Welt eine gefährliche Schachpartie, und die stets durchblicken lassen, daß sie etwas begriffen haben, was wir anderen nicht erkennen, daß sie eben – ewig umgetrieben – über unsere flachen Köpfe hinweg einen Pakt mit dem Unbekannten geschlossen haben. Ach, ist der Hänsel von heute seiner selbst entleert, nichts hat er mehr zu sagen, hat mir nichts zu sagen, in seiner guten Stube mit dem Fernseher und den Plastikblumen – und der traurig übers oberste Bücherbord schauenden Schnauze meines alten Hündchens; er hat ihn also aufgehoben, trotz allem, all die Jahre lang –, in der wir säuerlichen Wein trinken und muffige Kekse kauen und seine Frau ihn ausschimpft, weil er trinkt, weil er raucht, weil er schweigt, weil er sich überarbeitet, und obwohl ich an seinem speckigen Hals umsonst nach den Blutpünktchen suche, nach den eindeutigen Spuren der scharfen Saugezähne, ist dieser Hänsel doch seines Lebens entleert, ein armer Teufel, dem irgendwann sein Schatten und sein Lächeln abhanden kam, ein abgestorbener, schemenhafter, dick werdender Hänsel, der jedenfalls nicht sein Leben lebt und was sein Leben sein konnte oder zumindest das Leben, das ich an ihm kannte, einigermaßen konsequent fortsetzt, obwohl es ihm ja vielleicht bekommt, dieses Pflanzenleben in seiner merkwürdig abgeschlossenen, zugeriegelten Welt, in der die Pflanzen in einer doppelten, einträchtigen und genialen Metamorphose ein Plastikleben führen, und im Extremfall, im schlimmsten oder im besten Fall, spritzt er auch nicht seinen grünen Saft aus der Pulsader auf den Nylonteppich und jagt sich nicht vor den roten Glühbirnen im falschen Kamin aus falschem Marmor eine Kugel durch den Kopf, deren Knall bei dem Fernsehgedröhn ohnehin untergehen würde, und auf dem Teppich wäre so blasses, ja kaum noch grünes Blut sowieso kaum zu erkennen, und sicher erlaubt er sich nicht einmal die minimale Widerspenstigkeit, die mindeste Anstandsgeste, die schizophrene, wahrscheinlich unheilbare Katze an Leute zu verschenken, die Katzen auch halten können, oder das blonde schielende kleine Monster – immerhin seine Tochter – in ein Internat am Ende der Welt zu schicken. Und obwohl er meinen – anklagenden oder betrübten – Blicken ausweicht und sich bestimmt auch geschickt vor meinen Fragen drückt, obwohl man ihm schon ein kleines bißchen Unbehagen ansieht, läßt sich nicht behaupten, nein, daß er unglücklich wirkt, es hält sich im Rahmen des Üblichen, würde er wahrscheinlich sagen, wenn ich ihn auf dem Kongreß allein auf einem Korridor zu fassen bekäme, im Rahmen des Üblichen, weil er nämlich schon lange für sich beschlossen hat, daß es anders nun mal nicht geht, anders gar nicht gegangen wäre, und darum dick und gespenstisch wird und unter

Plastikblumen sein monströses Pflanzendasein lebt. Und sonst nichts.

Ich beginne Maite zu erläutern, wie ich Marcos in London wiedersah, aber sie steht in ihrem Monolog schon an einem ganz anderen Punkt und scheint nicht gewillt, innezuhalten und zuzuhören. Vielleicht hat ja auch sie sich inzwischen etwas von einer genialen Kindmänner auffressenden, beschützenden großen Göttinmutter angeeignet, aber sie riecht jedenfalls sehr gut und hat hübsche Beine und einen ansehnlichen Busen, und sie geht ohne ihre Kinder aus und hat sich anscheinend nicht verändert: derselbe an der Oberfläche bleibende Nonkonformismus und derselbe übermächtige Spieltrieb. Und während ich, die Arme um die Knie, resigniert am andern Sofaende kauere und sie anschaue, ohne selber allzu genau hinzuhören, was sie eigentlich erzählt, setzt in ihrer dauererregten Stimme plötzlich dieses winzige Schwingen ein, dieser leise, fast unmerkliche Wechsel im Tonfall, auf den ich mit den Jahren achten gelernt habe, weil er mir anzeigt, daß sie jetzt von dem spricht, weswegen sie eigentlich gekommen ist. Und kurioserweise geht es nicht um Julio, auch nicht um seine blonden oder roten jungen Begleiterinnen oder meine vermeintlich vorhandenen oder nichtvorhandenen Liebhaber, sie tadelt nicht einmal meine Mutter und Guiomar wegen der Art, wie sie mich vernachlässigen. Maite kommt wegen einer jungen Kolumbianerin und zeichnet ein phantastisches, effekthascherisches Bild von einer ungezähmten, einsamen Aristokratin, die barhäuptig auf rassigen Hengsten dahingaloppiert und die Peitsche auf ihr Palastgesinde niedersausen läßt, von einem intelligenten, sensiblen und außergewöhnlichen Mädchen – was nicht recht zur Peitsche paßt –, das anscheinend seit Tagen mein Seminar über Ariost besucht und das mir gar nicht aufgefallen ist. Kurios ist es schon, daß Maite deswegen gekommen sein soll, aber in ihren Augen glitzert es schalkhaft und bedeutet mir unmißverständlich, daß es sich um ein Spiel handelt, ein närrisches, frivoles Spiel, eins ihrer Spiele eben, bei denen sie sich aufregen und so herrlich lebendig fühlen kann, bei denen sie aber nie allzuviel riskiert oder riskiert hat. Da wurden alle Absteigen der Stadt durchprobiert, um dann jungfräulich einen Mann zu heiraten, mit dem sie in keiner war, da wurde unterm Rock Ware geschmuggelt, aber dabei doch der Schutz vorgeblicher Unwissenheit und des mächtigen Namens einer über jeden Verdacht erhabenen Familie genossen, da wurde mit einem Bekannten geschäkert, von dem man wußte, daß er sich für Frauen nicht interessierte, um damit einen anderen armen Teufel aufzureizen, der sich allerdings interessierte, sich aber nie im Leben, auch im Traum nicht, an sie heranwagen würde. Eben Spiele, nicht zu gefährliche Gesellschaftsspiele.

Ich verkrieche mich, um die Zeit des Vormittags totzuschlagen, in ein weiteres meiner uralten dunklen Löcher. Ich setze mich an meinen gewohnten kleinen Tisch vor einem der zum Innenhof hin halb offenen Balkone und bekommen, ohne darum bitten zu müssen, meine Folianten und Papiere gebracht. Ich hätte mich tagelang nicht sehen lassen, ob ich krank gewesen sei? Nein, krank sei ich nicht gewesen, obwohl ich mich, denke ich – sage aber, lächelnd, die Frühjahrsmüdigkeit, und der Bibliothekar sagt, ohne zu lächeln, ich arbeite zuviel, und ich werde wie immer verlegen und verstricke mich in eine meiner umständlichen Verteidigungsreden voller Widersprüchlichkeiten und Nuancierungen, bei denen ich am Ende selber nicht mehr weiß, wofür ich mich eigentlich entschuldigen will, ob für meinen vermeintlichen Fleiß oder meine tiefwurzelnde Faulheit, diese tödliche Trägheit, um deretwillen mir mein nichtüberwundener Puritanergeist immer noch Vorwürfe macht, auch wenn er mich auch wieder nicht so weit bringt, daß ich mich ernsthaft für etwas engagiere, daß ich meine lächerliche dilettierende Snobhaltung, meine Pose als vornehme, aufgeweckte und sensible Dame, die sich in ihren Mußestunden mit Literatur beschäftigt, aufgebe, auch wenn der Bibliothekar das nur so hingesagt hat, unglaublich, was im Laufe eines Tages alles so hingesagt wird und auch nur so halb gehört wird, auch wenn er mir schon nicht mehr zuhört, sondern mir lächelnd Feuer gibt und mich fragt, ob ich eine Coca-Cola wünsche, und, das Lächeln noch immer auf dem Gesicht, zu seinem Tisch zurückgeht, wobei das Lächeln aber verfliegt und er wieder zum dicken, steifen und strengen Kater wird, der bei jedem Leihgesuch in Klagen ausbricht und seine Kunstgeschichtsbände nur widerwillig an all die jungen Schnösel herausrückt, die sich hier aufs Examen vorbereiten, und wenn er auf den Hocker steigt, etwas von Rübe ab murmelt –, obwohl ich mich möglicherweise, denke ich, nicht so gut fühle wie sonst, nur richtig krank bin ich nicht, eher extrem empfindlich, aber wohltuend empfindlich, wie eine Genesende, oder zum Zusammenzucken empfindlich wie bei dem Warten, das großen Veränderungen vorausgeht. Und möglicherweise bin ich heute gar nicht hergekommen, um zu arbeiten – ich werfe ja kaum einen Blick auf die Stöße Papier vor mir –, sondern weil hier in der Bibliothek die gleiche von Flüstern und Lachen unterbrochene Stille und das gleiche gedämpfte Licht wie in der Kapelle mit den sterbenden Blumen, den schneeweißen Deckchen und den schon zu Lebzeiten toten, unter Maiglöckchen und Rosen in Seitenkapellen aufgebahrten kleinen Nonnen herrscht. Weil man sich hier wie Fische im Aquarium zwischen den Regalen bewegt und dumpfes Gemurmel wie von Gebeten hört. Weil der Qualm aus unseren Zigaretten so rituell, so übersinnlich wie Weihrauchschwaden in der Luft hängt. Und das hier? Eine Hand verdeckt die Bildunterschrift. Der Priesterkönig von Knossos, sechzehn vor Christus. Und das? Nofretete aus Tell el-Amarna, zu leicht, kommt bestimmt nicht dran. Und das? Und das? Amiens, Reims, Der Frühling von Botticelli, Die Nachtwache, die Moschee von Damaskus. Mechanisch sich abspulende Querverbindungen von Bild zu Wort, ohne fehlzugehen, ohne nachzudenken, ohne Lust. Lustlos stolperten wir zwischen Dingen herum, die wir hätten lieben können und die ich erst Jahre später auf verschlungenen Wegen liebgewann. Ich frage mich, ob die Kunstklausur im ersten Studienjahr immer noch an Hand derselben vielbändigen Kunstgeschichte, bei Zigarettenqualm und geflüsterten Bekenntnissen (Vézelay, ihr seid also nach Castelldefels und was hat er dann zu dir gesagt, nichts, dreizehntes Jahrhundert, er hat gesagt, es geht nicht) vorbereitet wird und ob das Licht dabei immer noch gefiltert und grüngold gesprenkelt vom Geäst der Hofbäume durch die Balkone hereinfällt und ob die Grundrisse gotischer Kathedralen noch mit mysteriösen Assoziationen einhergehen, ob am andern Ende des Lesesaals noch lauter alte Runzelweiber hocken, die in Zeitungen blättern und uns scheel ansehen, alte Runzelweiber, die zum Schein in ihre Hefter und Papiere schauen, dabei aber aufdringlich zu uns herüberstieren, sogar die Bibliothekare, sogar die putzigen Cheshirekater mit dem Lächeln, das verfliegt, sehen uns scheel an, weil wir kein Trinkgeld geben oder laut sind oder weil wir nie wußten, in welchem der zwölf Kunstgeschichtsbände – waren es zwölf? – welches Thema vorkam und in welchem das, was wir uns gerade vornehmen wollten. Auf den langen Tischen stapeln sich Bücher, Hefte, Zettel – sind wohl Juan Ramón Jiménez' und Zenobias Übersetzungen der Gedichte Tagores oder der Verse Omar Chajams dabei? Sartres oder Camus' Romane sind es sicher nicht mehr – und in den immer knappen Aschenbechern die Kippen. Alles ist immer leicht übertrieben – so viele Bücher muß keiner lesen, und auf die Hälfte der Hefte und Zettel ließe sich verzichten. Es wird zuviel geflüstert, es werden – nicht einmal zu Ende – zu viele Zigaretten geraucht, und es wird zuviel gestikuliert. Vor allem geht es zu ernst zu, so wichtigtuerisch ernst. Sie gehen mir wie immer ein wenig auf die Nerven, wie sie die ganzen Jahre hiersitzen, wie wir Jahr um Jahr hiersitzen, vor, während und nach meiner Zeit, und sich selber, uns selber, immer ziemlich gleich, aneinandergedrängt und geräuschvoll, vorlaut und schüchtern, um die großen langen Tische herum. Ich habe eben auch schon etwas von einem alten Runzelweib, von einem Cheshirekater ohne Lächeln, heute allerdings interessieren sie mich wirklich, bin ich vielleicht nur ihretwegen in dies dunkle Loch getaucht, denn es ist Mai, und der Mai ist ein stickiger, seltsamer Monat, in dem anscheinend so manches wiederkehrt, zusammen mit Examenserinnerungen, Erinnerungen an Blumen in Kapellen, an erstes Knospen zartester Schößlinge – obwohl ich die ersten Blätter an den Bäumen auch dieses Jahr verpaßt habe –, ans Kosten von Erdbeeren – die Erdbeeren sind fast verschwunden aus meiner Stadt – und an lange Spaziergänge ans Meer, oder vielleicht liegt es auch an Julios tausendundeinster sinn- und zielloser Reise oder daran, daß mir alles, selbst Mutters und Guiomars Lieblosigkeit, so dumm, so endlos, leer vorkommt und daß Maite gestern zu mir in mein Elternhaus kam, um mir eine kuriose Geschichte zu erzählen – eine Unzahl Geschichten, sie kam aber, dessen bin ich mir sicher, einzig und allein wegen der einen Geschichte und stachelte damit, so sehr es mich auch wurmt, mich derart manipuliert zu sehen, meinen Spieltrieb und meine Neugier an. Aus dem einen oder andern Grund oder aus allen zusammen verknüpft sich mir der heutige Mai jedenfalls mit längst vergangenen Maien, und es ist mir, als seien all diese fast dreißig scheinbar satten, scheinbar ausgefüllten, scheinbar fruchtbaren Jahre, in denen die sogenannte Blüte meiner Jahre lag, und alles, was ich darin erlebte, erkannte und tat – erlebte? – nur ein belangloser, hohler Einschub – als sei mein Leben im Grunde so hohl wie das meiner Mutter oder Julios –, ein aufwendiger platter Traum, an dem sich, nimmt man ihn auseinander, nichts Interessantes, Sinnvolles finden läßt, ein Zwischenspiel, das jetzt jeden Augenblick wie ein Spuk verfliegen kann, ein Traum, aus dem ich nun endlich erwachen könnte und zum einzig Realen, ohne Traum oder Zwischenspiel Realen, zu meiner Jugend und Kindheit zurückkehren könnte.

Ich stehe – endgültig auf der anderen Seite – am Tisch auf dem Podium und brauche nur die Hand auszustrecken, um hinter mir die Tafel zu berühren. Ein Stück weiter hängt zwischen der Tafel und dem ersten hohen Fenster eine erhabene Spanienkarte. Grün- und Brauntöne gedämpft von jahrtausendealtem Staub. Ich glaube nicht, daß solche Karten noch hergestellt werden, es kann durchaus noch dieselbe wie damals sein, unnütz und vergessen wie eh und je zwischen Tafel und erstem Fenster. Das Merkwürdige, als ich diesen Oktober – diesmal auf die andere Tischseite und aufs Podium – zurückkehre, ist nämlich nicht, daß vieles anders ist, daß mit der Zeit, mit den Jahren, fast dreißig Jahren, vieles heruntergekommen ist – nach fast dreißig Jahren wieder in der Universität, natürlich war da alles anders! – das Erstaunliche, Absonderliche ist vielmehr, daß hier eigentlich wie im dunklen Bibliotheksloch fast gar nichts anders ist. Hundert Jahre Schlaf, und doch hat man beim Aufwachen die altbekannten Fragen auf der Zunge – wo bin ich? Was hat das zu bedeuten? – und den Blick, den man sprachlos vor Verwunderung um sich schweifen läßt, schon fertig unter den Lidern, nur daß er in meinem Märchen daher rührt, daß man sich am selben Platz und unter den gleichen Dingen befindet, zwischen denen man eingeschlafen ist, weil dank der Gabe der guten Fee alles hinter der Dornenhecke mitgeschlafen hat, die ganzen hundert Jahre mitgeschlafen hat, damit einem beim Aufwachen nicht bange wird. Es sind dieselben dunklen Holzbänke mit in schläfrigen Seminaren geduldig eingeritzten Sprüchen – manche, viele mögen neu sein, die aus meiner Zeit aber haben sicher jede neue Farbschicht heil überstanden –, dasselbe zartschillernde Grün hinter den hohen Fensterscheiben. Das Rauschen der Bäume auf dem Platz ist nicht zu hören, aber es ist zu sehen, und es brauchten nur die Zweige oben zu schwanken, schon brach unvermittelt der Frühling mit all seiner Wärme in den kalten dunklen Seminarraum herein. An solchen Vormittagen im Prüfungsmonat Mai, wenn draußen der Frühling rauschte und drinnen noch tiefster Winter war, wenn wir, noch auf der Schwelle des Seminarraums, mit einem Fuß schon in der Bibliothek oder im Geschäftszimmer waren, an solchen Vormittagen beschlossen wir plötzlich, das Wesen menschlicher Freiheit, die Erfüllung eines Daseins, das unser letztes Wesen enthält, liegt doch in einem so einfachen Ding, wie aus der Universität zu laufen und zum Meer hinunterzubummeln (die Ramblas eine große schnurrende grüne Katze, die die Schwanzspitze ins Meer hängt), und wären wir nicht alle von Weckern aus dem Schlaf gerissen worden, hätten wir uns nicht hastig angezogen und hastig gefrühstückt (punkt neun hatte man da zu sein), hätten wir uns nicht der Gefahr ausgesetzt, in der Eingangshalle dem pummeligen Geistlichen über den Weg zu laufen, der uns Griechisch oder Latein beibringen sollte, aber nicht dazu kam, weil wir Minuten, ja Sekunden vor seinem Eintritt entwischten (jetzt sitze ich auf der anderen Seite des Tisches, auf diesem lächerlichen, wurmstichigen Podest, das demnächst noch mal zusammenbricht, und erkenne jetzt vielleicht selber die Gesichter der Studenten nicht, die an mir vorbei in den Frühling huschen, während ich in entgegengesetzter Richtung in den Winter trete), hätten wir nicht gewußt, daß es nur noch drei, vier, vierzehn Tage bis zu den Prüfungen waren, wir aber noch zehn, fünfzehn, zwanzig, alle Lektionen zu lernen hatten, das Hinauslaufen und Zum-Meer-Hinunterschlendern – und vorher noch Einen-Berg-Erdbeeren-mit-Schlagsahne-auf-der-Zunge-zergehen-Lassen – wäre nicht die zweckfreie, ungebundene, fast vollkommene Handlung gewesen, die es war, und teilweise war es, glaube ich, auch der Ausdruck, was uns so daran gefiel, es klang gut, «Stunden schwänzen», «zum Meer runterschlendern»; wir gehorchten damals vielleicht schlimmer als je später im Leben der Magie der Sprache, wir spielten unsere Rolle mit Genuß, wir boten, wenn wir hochnäsig und lautstark über die schattige Allee abwärtsdrängelten, uns gegenseitig das Wort abschnitten, uns in oft, aber schlecht abgeguckten Posen aus Kino und Büchern ergingen, boten den alten Männern, die uns von ihren Bänken aus mißbilligend – wie der Bibliothekar – hinterhersahen, boten den hinter Kindern und Einkaufswägelchen wie angriffslustige Wale herkeuchenden Frauen, die wir fast über den Haufen rannten, das Bild einer unmöglichen «Casa de la Troya», und letzten Endes führten wir das Programm (unverschämte Studenten, die Vorlesungen schwänzen und zum Meer runterschlendern) ja auch ihnen zu Ehren auf, damals mehr denn je unter dem Zwang, uns zu produzieren, uns darzustellen, aus der Sprache zu leben, als hieße jung sein nicht seit eh und je und, ich nehme an, bis heute – weil sie mir so anders denn doch nicht vorkommen, auch wenn sie Marihuana rauchen, freie Liebe – freie? – betreiben, Jeans tragen und «La Casa de la Troya» nicht mehr lesen, ja nicht einmal dem Namen nach kennen –, stundenlang hinter verschlossenen Türen, krank von Qualm, Literatur und tödlicher Maienluft, schlaff und dabei unruhig und erschöpft, in schwach erleuchteten Zimmern herumzuliegen und uns unbeholfem mit der Trauer und der Angst herumzuschlagen, die uns seit unserer frühesten Jugend oder, wie in meinem Fall, schon von Kindheit an zusetzen und die jetzt, wo sie schon im Begriff standen, zu verschwinden oder sich zumindest zu wandeln oder schwächer zu werden, ihre höchste Steigerung erleben, uns fast zu vernichten drohen, uns arme Opfer der Größe und Sklaverei unserer siebzehn Jahre, denn unter uns, in unseren rauchgeschwängerten Zimmern und bei Gitarrengezupf, bei noch kindlichen Käsebrötchen und schon emanzipierten Cola-Rums, gestanden wir uns schon ein, daß wir einsam, bedrückt und ängstlich und grenzenlos halt- und orientierungsbedürftig waren, aber draußen, ganz besonders auf der Ramblas, und vor allem in Examenszeiten, wenn wir zum Meer hinunterschlenderten, waren wir es uns schuldig, dieses geräuschvolle, atemlose, etwas leichtsinnige und freche Bild vorzuführen, das die, ohne zu lächeln, auf ihren Bänken sitzenden Alten und die hinter Kindern und Körben herschnaubenden Walfrauen in uns erst provozierten, um es dann abzulehnen. Die gleichen dunklen Holzbänke, das gleiche zartschillernde Grün vor den hohen Klosterfenstern, das gleiche schon damals wurmstichige und einsturzbedrohte Podium, der gleiche – damals schon so alt wie heute – lange alte Tisch, die gleiche erhabene Spanienkarte. Alles leicht schmuddelig. Abgeschabt, schmuddelig und staubig. Kalt. Heute reizt es mich, an die Karte zu treten und mit den Fingerkuppen behutsam über Berggipfel zu streichen und in Flußtäler zu fahren. Wozu ist sie sonst da, die Karte, seit Ewigkeiten vergessen in einem Raum, in dem nie Geographie gelehrt wurde? Aber ich sitze auf der anderen Seite des Tisches auf dem Podium – daß ich nicht recht weiß, wozu und was ich hier soll, tut nichts zur Sache –, ich kann mir nicht mehr in Milchbars den Bauch mit Erdbeeren und Schlagsahne vollschlagen – weil es dieses Jahr in meiner Stadt kaum Erdbeeren gibt und weil an der Stelle der einstigen Milchbar ein fürchterlicher Imbiß aufgemacht hat –, ich kann nicht mehr zum Meer hinunterschlendern, weil mir dazu die Begleiter und der Frühling und sogar die Lust abhanden gekommen sind, und darum bleibe ich lieber still sitzen und erzähle ihnen, sobald sie die Fragebogen ausgefüllt haben – die ich nur ausgeteilt habe, weil ich sonst nicht wußte, wie ich die Stunde beginnen sollte – irgendwas und lasse nicht zu, daß sie mich fast am Semesterende noch für eine Verrückte halten. Im Monat Mai also, wenn die Bäume vor den hohen Klosterfenstern ihre Zweige bewegen, wenn der Frühling auf dem großen Platz lärmt und drückt und ich mir die Parks mit den wollüstig sprießenden Blättern obszöner denn je vorstelle und alle Wege zum Meer führen – und ich mich frage, ob die junge Kolumbianerin jetzt auf einem solchen Weg läuft oder unter Magnolienbäumen in einem blühenden Garten steht oder ob sie unter meinen hiergebliebenen Musterschülern sitzt, die fleißig ihre Fragebögen ausfüllen: im Mai scheint es mir völliger Unsinn, daß ich mich auf die andere Seite des Tisches, aufs Podium setzen ließ und daß ich heute vormittag hier bin. Noch seltsamer aber scheint es mir, daß sie, die Jungen – von denen ich, ich bestehe darauf, nicht weiß, ob sie wirklich so anders sind als wir, auch wenn sie in Pullovern und Jeans, mit Krausköpfen oder langer Mähne herumlaufen und ständig eine Zigarette oder einen Joint (der allerdings ist neu) im Mund haben –, daß sie mir einer nach dem andern todernst ihre Fragebögen abgeben, brav zu ihren Plätzen zurückmarschieren, sich hinsetzen und erwartungsvoll mich ansehen, statt der hohen Zweige, bis ich von Ariost zu sprechen anfange.

Endlich steht sie vor mir, reicht mir einen Zettel. Braunes Haar, sehr lang und weich, fällt ihr über den Rücken, honigfarbene Augen, vorstehende Backenknochen, in der Taille gegürteter grauer Regenmantel: das Wetter ist schlecht heute draußen vor den hohen Klosterfenstern und färbt das zarte Grün der Zweige grau. Die ganzen letzten Vorlesungstage bin ich unfreiwillig und fast ohne es zu merken die ernsten Gesichterreihen auf den Bänken durchgegangen, um zu sehen, ob eins zu Maites maßloser, schwärmerischer Beschreibung paßt. Unbändige Aztekenprinzessin – nein, in Kolumbien gab es nie Azteken –, Nachtaugen, Haare im Wind, schwingt sich auf ungesattelte wilde Pferde, porzellanfeine blasse Lippen, blaugeäderte Schläfen, kleine Brüste und lange Beine, nimmt sie auf der Freitreppe ihres Palasts drei Stufen auf einmal – Palast? im tropischen Urwald? Palast am Meeresufer? Palast vielleicht am vornehmsten Platz in einer altkastilischen Stadt? – und läßt die noch von Schweiß und Schaum des Pferdes nasse Peitsche auf schwarzbezopfte barfüßige Kammerfrauen niedersausen, die ihr beim Entkleiden, beim Stiefelausziehen und beim Baden helfen und ihr hernach auf Intarsienwägelchen schwere Silbertabletts mit dem Teegedeck hineinschieben. Abwesender Blick, gerunzelte Stirn, ungeduldig spöttisch verzogener Mund, verschmäht sie auf ihres Vaters, des Tyrannen, Empfängen Fürsten, Botschafter, erste Konsuln und durchreisende Salonintellektuelle, indes ihre ganz elfenbeinerne, ganz europäische und schmachtende – Maite sagte, ihre «ganz französische» – Mutter auf Federkissen und Spitzendekken endlos mit dem Tode ringt. Ich hatte mir Gesichter ausgedacht, Szenen nachgelebt und denke insgeheim amüsiert und gereizt, daß mich wieder einmal jemand manipuliert hat, der mich nicht im geringsten versteht und doch geschickt auf meiner Tastatur spielt, hinterhältige Maite mit den gierigen Lippen und den prachtvollen Beinen, stolpert da herum und bedient blind Schalter, obwohl sie von Elektrizität ihr Lebtag nichts begriffen hat, mit ihrer seichten Weiberweisheit, dieser unerhört plumpen, aber furchtbar effektiven Kunst der Manipulation – von der auch meine Mutter und sogar Guiomar etwas besitzen –, dieser Mühelosigkeit, mit der sie niedrige Beweggründe aufdeckt oder dunkle Episoden auslöst. Maite wußte nämlich auf verhaßt raffinierte Art, wie Frauen eben Schaltvorrichtungen betätigen und mißbrauchen, die einem selbst unbekannt sind, daß ihre phantastische Beschreibung, ihr frei Haus gelieferter süßlicher Fotoroman, der mich, und sei es wegen seiner Stilfehler – seiner völligen Stillosigkeit –, hätte abstoßen sollen und an den sie selbst übrigens keinen Augenblick glaubte, der nicht die geringste Spur in ihr zurückließ, sie wußte, daß er mich, die ich genausowenig daran glaubte, in meiner pubertären Unreife dazu bringen würde, daß ich Geschichten ersann und Bilder zusammensuchte, stets bereit, auf Angebote einzugehen, alles anzunehmen, was irgendwie nach Herausforderung aussah, mich relativ ernsthaft bei dem Spiel, selbst dem dümmsten und voraussehbarsten Spiel, zu engagieren. Und so war der ernüchternden realen Gegenwart des von glattem dunklem Haar eingerahmten Blaßgesichts, von Maite zum Leben erweckt, schon eine lange Reihe Bilder vorausgegangen. Dagegen war die Gegenwart entschieden fad, und augenblicklich stoben auch eine Menge Gesichter mit nachtschwarzen Haaren und meergrünen Augen auseinander, eine Menge sich bös lebendig bis zu den Knien hinabschlängelnder roter Locken und goldener Flechten – Rapunzel, Rapunzel, laß dein Haar herunter –, um deretwillen ich zum entlegensten Hexenturm ohne Tür und Treppe gewandert wäre, eine Menge mondgrün schimmernder brauner Schläfen und viele sinnliche Münder mit anhaltendem tropischem Fruchtgeschmack. Clara ist endlich da – und sicher war sie es, die auf dem nichtunterschriebenen Fragebogen, wo man seine Lieblingsschriftsteller und Lieblingsbücher anzugeben hatte, Shakespeare, Homer und Peter Pan schrieb –, endlich da das voraussehbare Ende des ersten Akts, der – das weiß ich jetzt – gar nicht anders enden konnte. Nur ist sie überraschend dünn, überraschend hilflos und unscheinbar, überraschend jung – dabei wahrscheinlich noch jünger aussehend, als sie ist – und wird unversehens leicht rot und zittert leise, unmerklich in der Hand, die mir ihren Bogen Papier entgegenhält. Darauf wird so manches geäußert, beansprucht und gefordert, und ich sehe ihn an, ohne ihn zu sehen, und unterschreibe doch, weil ich, während ich unterschreibe und sage, daß Maite mir von ihr erzählt hat, und sie zu einem Kaffee einlade, daran denke, daß nur sie Shakespeare, Homer und Peter Pan geschrieben haben kann, und als wir die dunkle Treppe mit den abbröckelnden Wänden hinuntergehen, fällt mir ein, daß mein Café gar nicht mehr existiert, daß es vor vielen Jahren nach einem stürmischen Studienjahr – ich war gerade mit dem Studium fertig und machte die Vorbereitungskurse fürs Doktorexamen – abgerissen wurde, einem Studienjahr, in dem einer der ersten Studentenführer, ein Langer, Dünner, etwas Farbloser, von einer Bank im Philologiehof seine flammenden Ansprachen gehalten hatte und die Polizei zum erstenmal in die Universität einfiel und alle – Dozenten wie Studenten – über die Korridore rannten, in Seminarräume flüchteten oder – die Glücklichsten – übers Gartengitter sprangen, dem Studienjahr, in dem die ersten Flugblätter, die ersten Aufrufe, die ersten Parolen an den Wänden auftauchten und in dem – eines glorreichen Tages – eine von den unbesonneneren Erstsemesterstudentinnen auf den Turm stieg und wie von Sinnen die Glocke läutete, die Freiheit und eine neue Zeit einläutete, während wir fassungslos in den Kreuzgängen, den Seminarräumen und im Garten standen – und die Passanten zusammengedrängt auf dem Platz stehenblieben – und sogar die erbittert dreinschlagenden Gummiknüppel einen Augenblick Pause hatten, und obwohl die Aktion keinen Sinn hatte und nichts ausrichten konnte und obwohl die Chefs all der Grüppchen, die sich damals in der Universität herauszukristallisieren begannen und betätigten, sich scharf gegen derlei zwecklose und unvernünftige Handlungen gewandt hätten, weil wir schließlich alle, und die Täterin an erster Stelle, wußten, irgendwann würde sie wieder herunterkommen müssen, und zwar bald, lange bevor die Ihren – wenn es die überhaupt gab – oder die Meinen oder die Unsrigen oder wer auch immer, auch nur ein Zipfelchen Macht ergreifen konnten, lange bevor etwas errichtet werden konnte, was dem Zeitalter der Freiheit auch nur annähernd glich, lange sogar bevor die Polizei abzog, obwohl es also heilloser Unverstand war, war es doch wunderschön, selbst im Angesicht der wachsenden Wut der Grauen, die nach der ersten Schrecksekunde nun wieder mit frischen, verdoppelten Kräften dreinschlugen, minutenlang, viele volle runde Minuten lang, diesen einmaligen klaren Ton am jungen Morgen zu hören. Es war, glaube ich, dasselbe Studienjahr, in dem sich Studenden und mit ihnen ein paar Professoren im Auditorium Maximum einschlossen und – wieder ohne realistisches Ziel, ohne daß es einen anderen Ausgang gab, als daß wir mit gesenkten Häuptern, aber frohen Mutes und insgeheim vielleicht sogar stolz aus der Tür schlichen,

nur hoffend, die Knüppel möchten nicht auf unsere Köpfe niedersausen, unser Personalausweis möchte nicht zu lange einbehalten werden oder, das galt für die Studenten, man möge uns vor allem nicht relegieren, uns den Paß entziehen oder das Studienjahr streichen (wie es auch für die unbesonnene freiheitsliebende Kommilitonin keinen anderen Ausgang gab, als daß sie von ihrem Turm herunterkam und sich in die Hände der Kerle begab, die unten auf sie warteten oder ihr schon entgegenstiegen) – in uneinnehmbarer und uneingenommener Stellung Herr über ihr Schicksal waren oder es glaubten zu sein, und obwohl die Zeit für noch nichts reif war und draußen in der Stadt, bei der Menschenansammlung auf dem Platz oder bei den Radiohörern, eine feindselige Stimmung, eine sture Verständnislosigkeit uns gegenüber um sich griff, hatte sich doch nach vielen Jahren etwas zu ändern begonnen; nach genauso vielen Jahren, wie die meisten von uns lebten, wurde etwas Neues geboren, etwas Warmes und Hinfälliges, aber Berauschendes, und war dieses grundlos verzückte Sturmläuten (obwohl die Polizei am Fuß des Turmes geduldig wartete und draußen in der Stadt nichts geschah), dieses ziel- und zwecklose Sicheinschließen, um zu erleben, wie sich zum erstenmal eine ganz besondere, innige Solidarität entspann (obwohl an der Tür die Grauen warteten und sich draußen in der Stadt, im Reich, noch so gut wie nichts regte), schreckenerregend und schön und verheißungsvoll.
Und jetzt, auf dem Weg die dunkle, abbröckelnde Treppe hinunter, fällt mir all das wieder ein, hochgeschwemmt von der etwas späten Besinnung darauf, daß die lange Bank, die um die Caféwände lief, ja gar nicht mehr existiert, die Bank, auf der es sich so schön diskutieren und geheimbündeln und tuscheln ließ, auf der ich saß, als eines Tages Maite auf mich zukam und mir verkündete, sie sei genau wie Kafka, wo Marcos mit seiner schönen Samtstimme über östliche Philosophie dozierte, wo ich ein paar Jahre später, nicht viele, Jorge kennenlernte, in dem Café, wo zuletzt eine stürmische, halb illegale Versammlung auf die andere und Kundgebung auf Kundgebung folgte und das sicher darum für ein ganzes Studienjahr geschlossen wurde. Und bei der Wiedereröffnung war dann die Bank nicht mehr da, die kleinen Tische standen in regelmäßigen Abständen weit voneinander entfernt und drum herum steiflehnige, stramm ausgerichtete Stühle. Ohne die Bank und oh-

ne seine Ecken ist das Café kein guter Platz für einen ersten Trunk, darum fasse ich Clara am Ellenbogen und bugsiere sie die Treppe hinauf wieder auf die Straße, auf die Mary-Poppins-Straße, und von da weiter hinauf, zum Gipfel des – heute bedeckten, an anderen Tagen sonnenklaren – blauen Berges. Und während ich sie rastlos die Allee hinaufschleife, stumm, gehetzt und eilig alle beide, als kämen wir zu spät – wohin? – frage ich mich, ob Clara zwischen den Baumwipfeln wie ich die übermütige Kuh auf dem Flug zum Mond entdeckt oder ob sie auch hinter jedem Baumstamm mit dem Auftauchen lockichter Zwillinge rechnet.

Der dritte Winkel im Zauberdreieck meiner Kindheit, zu dem ich Clara an diesem Vormittag unserer ersten Begegnung schleppe, ragt nicht wie ein bewimpeltes Prunkschiff in die Luft und liegt auch nicht in der Tiefe wie eine Unterwasserhöhle. Es befindet sich genau an der Straße, an der Meeresoberfläche, und hat genau die benötigte Menge Licht. Um diese Zeit ist er leer, auch wenn sich nachmittags Frauen und gefräßige kleine Schreihälse hier drängen, und die graue Luft des Regenvormittags zieht blaß durch die Glastür und die Fenster herein. Wir setzen uns in eine Ecke, auf ein – doch, hier ja – gepolstertes Samtsofa, und warten stumm, daß eine der gelangweilten Kellnerinnen hinter der Theke aus ihrem anhaltenden Dämmerschlaf erwacht und zu uns kommt und uns fragt, was wir wünschen. Clara schweigt verbissen und würdigt den über die ganze Wand gehenden großen Spiegel nicht einmal eines flüchtigen Blicks, dabei wird auf seiner Unterseite in winziger gestochener Schönschrift – von hier aus kaum zu lesen – kritisch, streng wissenschaftlich und keimfrei das Angebot analysiert: nach Zahl und Art der Kugeln, Geschmack der Sauce, Sauerkirsch-, Mandel- oder Likörzusätzen, Schokoladencreme oder Schlagsahne, und über den fein säuberlich gepinselten Buchstaben prangen überaus verlockend und ganz und gar nicht keimfrei die farbigen Abbildungen: magische Schokoladen- und Johannisbeersaucenbäche, schaumige Schlagsahneozeane, unbesteigbare Krokant- und Zitronen- oder Kokosorangengipfel, hauchzarte schwankende Puddinge, alles im verzückten Taumel weichster Ockertöne, eines Rosas wie Wolken bei Sonnenuntergang im Frühling, eines Elfenbeins von bleichen Prinzessinnen, die an rätselhaften unheilbaren Krankheiten leiden, dazu ein Blutrot und Ebenholzschwarz und ein weißeres Weiß als Schnee, wunderhübsch die Bildchen, weitaus hübscher als das reale Eis, und trotzdem ist auch das noch nicht das Entscheidende, nicht die detaillierte wissenschaftliche Inhaltsbeschreibung und nicht der verzückte Farben- und Formenrausch, entscheidend ist der Name, wie er da in großen bunten, verschnörkelten Lettern, die sich auffällig von der nichtssagenden korrekten Schönschrift im unteren Spiegelteil abheben, ganz zuoberst auf dem Spiegel steht, damit sich nur ja niemand versieht. In diesem alten Eissalon mit den gepolsterten Samtsofas – warum sitzt Clara nur so steif, so starr und unbequem auf Sofas, die zum Versinken, zum Sichfallenlassen, zum Erschlaffen gedacht sind? –, mit den Samtsofas und den englischen Drucken, auf denen superblonde Knaben goldene Reifen durch üppiges Parkgrün treiben und mit den Armen zwischen Märchennamen rudern, eine Welt, in der man statt an Schlagsahne an Schneewittchen denkt und das Rot nie einfach nur rot, sondern blutrot ist und das Meer keine Zusammenballung von viel Salzwasser, sondern blaue Weite, darin die verliebteste Meerjungfrau haust, in dieser trügerischen, schlimmen Welt erlernte ich das falsche Leben, indem ich nämlich stets Worte und nie Realitäten wählte. Schade, daß auf des Spiegels eben doch begrenzter Fläche nur vorhersehbare, orthodoxe Eiszusammenstellungen angeboten werden und man die dösende Kellnerin, die ohnehin in jedem Falle nichts begriffe und weiter unbeteiligt starren würde, nicht damit schrecken kann, daß man um sündhafte, einander beißende, verbotene Mischungen bittet, daß man bei jedem Mal perverse, nicht herstellbare Leckereien ersinnt, statt immer nur das gleiche Eis, den Punkt, an dem seit über vierzig Jahren all meine unentschlossenen Spiegelfahrten zusammenlaufen, zu bestellen, wo es mich doch an diesem regnerischen Vormittag nach Zitroneneis und dickflüssigem Likör, der über Sauerkirschen tropft und rinnt, nicht allzusehr gelüstet. Im meiner samtenen Ekke sitze ich neben einer jungen Unbekannten, die zwar bis hierher mitgekommen ist, jetzt aber weder spricht noch zu mir hinsieht, spiegle mich mit ihr verworren zwischen Schnörkelbuchstaben und bunten Bildchen und verspeise dir, holde Nixe mit den Mädchenbrüsten und dem schönen, fast beingewordenen Schwanz, zu

Ehren ein Eis, das mir im Grunde gar nicht schmeckt, nur weil ich – trübes graues Bild im Spiegel von einer dunklen Frau, die immer wieder an die alten Stellen kommt – stets zu dir zurückmuß und weil dich lieben, Nixe, mit dem Kopf gegen die Felsen rennen heißt, den Schwarm Japaner, einander zum Verwechseln ähnlicher Japaner hinter ihren Fotoapparaten ignorieren, die Horden sentimentaler Schweizer und informierter Deutscher vergessen, die scheinhungrig sind nach allem, was zu ihrer Scheinbildung gehört, die keuchenden Vielvölkermassen vergessen, die gleich wieder von Reisebussen, die hinter grüner, ufersäumender Hecke warten, verschluckt werden, weil das alles vergessen und über glitschige Steine und grünbemooste Felsen aufs Meer zu balancieren, sich dabei wegen eines idiotischen Fehltritts womöglich das Genick brechen bei dem idiotischen Versuch, deine Beine, die unmögliche Frucht deiner unmöglichen Liebe zu berühren, deiner Liebe zu einem dummen Prinzen, der nie etwas begriff – wie auch die Japaner, die unentwegt knipsen, nichts begreifen, und die Deutschen, die schon am Morgen, bevor sie herkamen, im Hotel alles im Fremdenführer nachlasen und wie die Schweizer oder belgischen oder tahitischen Liebespaare nichts begreifen, die sich ausgerechnet jetzt, vor der aussichtslosesten Liebe, küssen müssen –, denn leider, meine Nixe, schönes Kind aus dem allerschönsten Märchen, leider war dein Prinz nicht einmal ein Träumer, kein böser Zufall hinderte ihn am Erkennen, sei gewiß, die Meerhexe spielte in dieser Geschichte die geringste Rolle –, er war schlicht und einfach etwas blöde, und was du in seinen entrückten Augen sahst, waren nie Rätsel, sondern Dummheit, Unverständnis, radikales, nicht vorübergehendes, nein, heilloses Unverständnis für deine magische Unterwasserwelt, und kurz aufflackerndes, plattes, ordinäres Verlangen, beim großen Festschmaus – den du, kleine Meerjungfrau, immer fremd und abstoßend fandst – mitzuspeisen, beim Festschmaus des Lebens, dralle Prinzessinnen, in ihren Sehnsüchten so seicht wie er, kurz zu tätscheln, biedere Prinzessinnen mit Schweineschnütchen und runden Waden, aus guter, natürlich irdischer Familie, niemals Unterwasservolk, sonst nichts, meine Nixe, und weil eines Tages hinauswaten, unbeholfen stolpern, auf glitschigem Moos ausrutschen, vor weißblonden Dickmadams, schmatzenden Liebespaaren, vor Fotoapparaten und vor Fremdenführern, die dich in sieben acht neun zehn Sprachen «erklären», alles, um eine Sekunde lang mit den Fingerspitzen, den hochempfindlichen, zartfühlenden Fingerkuppen an die kalte Glätte deines – so nah am Meer und doch so fern! – schon fast beingewordenen Schwanzes zu fassen, weil dich lieben, Unterwasserprinzessin, eben auch heißt, sich nachts hinausschleichen – und in gewisser Hinsicht schleiche ich mit den Tätern mit – und dir, flüsternde Wellen im Hintergrund und dein süßes Gesicht von zärtlichen Träumen verklärt, behutsam und doch grimmig – aber, ach, zu spät, immer zu spät – den Kopf abzusägen, dir frohgemut sachte den Kopf abzutrennen, während sich die Säge, o Schmerz, Millimeter um Millimeter in deinen zarten Hals vorfrißt, und dein fades Jungmädchenantlitz dann, o untröstliche Liebe, an die tiefste, unauffindbarste Stelle im Ozean zu werfen, aus dem du nie hättest aufsteigen sollen, denn nun muß dir der Kopf abgesägt oder ein lächerlicher BH aus Satin und Spitzen umgebunden werden, obwohl du sowas weiß Gott nicht nötig hast, Meerestochter mit den schönen Jungmädchenbrüsten (auch wenn die englische Lady mit ihrer gelehrten Enkeltochter im Duett kreischt, das sei ein Rockerstreich, unbegreiflich! Sie begriffen ihn auch nicht, wenn ich ihnen sagte, ich sei dabeigewesen, hätte in der Nacht mit den Mördern mitgeköpft und mitgehöhnt und hätte dich auch noch vergewaltigt, wenn das möglich wäre, ganz sicher hätten sie dich vergewaltigt, wenn das möglich wäre, deine unnütze Scham aus Bronze, vor der Meeresspinnen ihre Netze weben), oder dir muß dein zarter, salziger, fast schon beinförmiger nasser Schwanz eine kurze Sekunde gestreichelt werden (egal, ob man sich damit lächerlich macht oder mit Schande bedeckt, und lieber erst gar nicht daran denken, was wohl, empört im Duett, die angelsächsische Greisin und die Harvard-Doktorin, die göttliche Athene und ihre strahlende Priesterin, dazu sagen, oder vielleicht doch, vielleicht liegt gerade darin ein neuer Reiz, es ist ja doch schändlicher, dich zu lieben, als dich zu köpfen, furchtbarer, eine Sekunde deinen Schwanz zu streicheln, als dir den Kopf abzusägen oder einen Satin-BH umzubinden und dabei zu riskieren, daß man sich das Genick bricht oder einen nassen Po bekommt oder einem zierlichen Japanerchen das Foto verdirbt oder ihm, wer weiß, vielleicht das Foto des Jahres verschafft), eine kurze, flüchtige Minute gestreichelt werden, so wie wir jetzt dir zu Ehren, kleine Meerjungfrau, ein Eis essen müssen, das mir im Grunde nicht schmeckt, das aber deinen Namen trägt, und ich frage mich wieder einmal, ob du und dein erlauchter Schwachkopf von Prinz und die magische Märchenwelt, in der ich die Worte setzen und Träumen nachhängen lernte, nicht ihr gut Teil dazu beigetragen haben, daß unser, daß mein Leben verpfuscht ist, obwohl Clara nichts von all dem versteht und die Bilder und die Namen – Negerlein, Schneewittchen, Kleine Meerjungfrau, Tropical – sieht, ohne sie zu sehen und nicht im Traum daran denkt, welche Auswahl sie hat und daß sie sich hier auf den Pfaden der Lust rettungslos verirren darf, weil ja auch der jüngste der drei Königssöhne am Kreuzweg angelangt ist, und wie soll man sich auch entscheiden zwischen Mokkaeis und Erdbeereis, sind es doch zwar Namen für Eissorten, aber für geheimere, intimere und unendlich bedrohlichere Dinge als Eissorten? Aber Clara begreift heute einfach gar nichts, und mit der Nase will ich sie nicht darauf stoßen, nur denke ich, daraus kann nichts Gutes werden, bei diesem Blaßgesicht, dieser dürren, faden Göre, die lieber Kaffee schwarz ohne Zucker bestellt als ein ausgefallenes Eis oder eine prachtvolle Krönung aus Schaum und Schnee auf sattem Schokoladenbraun und die die Kekse, die ich ihr reiche, zerstreut in ihren ungesüßten Kaffee tunkt, sie dann völlig geistesabwesend in den Mund schiebt, wie sie auch eine Zigarette an der andern anzündet und – mit nikotingelben Fingern – gierig und besessen, süchtig und freudlos raucht.

Spät am Vormittag schrecke ich, bitteren Geschmack im Mund, die Augen trüb und am ganzen Körper steif und zerschlagen, aus langem und – wie nach einer zu großen Dosis Barbiturate fast immer – traumlosem Schlaf, unfähig, wie es scheint, mich an eine Wohnung ohne Menschen zu gewöhnen, an ein Zimmer, das ich mit niemandem teile, an ein großes Bett, das ich allein nur schlecht und recht ausfülle. Der abrupte, unvermittelte Wechsel von bleiernem Schlaf zu hellem Erwachen macht mich heute fast krank, ich fühle mich außerstande, auch nur für Augenblicke in den lauwarmen, langsam ausklingenden Dämmerschlaf zurückzutauchen, außerstande, noch einmal den Morgen zu erleben wie als Kind an Feiertagen, wenn ich wie heute erschrocken aus dem Schlaf fuhr –

nur brauchte ich damals, um fest zu schlafen, kein Valium und kein Aneurol –, aus Angst, zu spät zu kommen, aus Furcht vor der kalten dunklen Straße, aus Beklommenheit auch wegen nicht erledigter Hausaufgaben oder nicht gelernter Lektionen, bis mir dann einfiel, daß ja Sonntag war und ich mich in den warmen Laken rekeln und beruhigt noch einmal einschlafen konnte, bis ich kurz danach erneut aus dem Schlaf fuhr, in jedesmal kürzeren Abständen, und mir auch jedesmal schneller und gründlicher bewußt wurde, daß ich ja einen ganzen Feiertagsvormittag vor mir hatte, bis ich an den Punkt kam, wo auch diese winzige Portion Schrecken, für eine Sekunde zu glauben, ich müsse aufstehen, als ein Bestandteil in die freudige Erkenntnis einging, daß ich im Bett bleiben konnte. Jetzt ist bei mir jeder Tag Sonntag – vor elf habe ich nie Seminar –, und beim Erwachen verspüre ich nie, hier nicht und nicht zu Hause bei Julio, die leiseste Spur von Genuß. Ich trete übergangslos in einen staubigen, stickigen, feindseligen Mai. Und denke sofort an meine schweigsame Kolumbianerin Clara, die schwarzen Kaffee schlürft, süchtig und freudlos raucht, kaum ein Wort spricht, anscheinend Shakespeare, Homer und Peter Pan liebt, treppauf, treppab mit subversiven Blättchen läuft, die weltfremde, von der Wirklichkeit längst weit abgetriebene Dozentinnen ihr dösig ungelesen unterschreiben, meine kleine Kolumbianerin, von der ich so gut wie nichts weiß, erstaunlich, wie ich überhaupt so lange an sie denken kann, ohne konkrete Anhaltspunkte zu haben, an denen sich meine Gedanken festmachen können; Maites phantastische Erklärungen sind schließlich inzwischen hinfällig, taugen nichts mehr, sie treffen in keinem Punkt zu auf die junge Frau, von der ich zwar, zugegeben, so gut wie nichts weiß, die mir aber immerhin in mancher Hinsicht nah und real ist. Ich denke sie mir also in statischer Strenge und tue, ohne ersichtlichen Grund, die Erinnerung an andere wundervolle, fast schon vergessene Morgenstunden hinein, als ich mit dem Studium gerade zu Ende war – und kurz, erst kurz vorher Jorge kennengelernt hatte – und mich morgens nicht mehr wie als Kind vor den Prüfungen, vorm Zuspätkommen, vor Kälte und Dunkelheit und ungemachten Hausaufgaben fürchtete. An der Decke leuchteten genau über meinem Kopf vom Fenster reflektiert parallele Lichtstreifen auf, und die gleiche Hand, die den Abstand zwischen den Jalousieblättern weitergestellt hatte – nicht

Sofias weiche, dünn behäutete, fast durchscheinende Hand, die mich als Kind Morgen für Morgen geweckt hatte und an die ich in den herrlichen Monaten damals, als ich mein Studium abschloß und Jorge kennenlernte und jeden Morgen wie zu einem eigens für mich gerichteten Fest zum Leben erwachte, einfach nicht dachte, obwohl ich mich heute frage, wie ich es fertigbrachte, mich ihrer nie zu entsinnen, wie ich überhaupt ohne sie weiterleben konnte, ohne ihre beschützende, sanfte Berührung, die ganze hohle Endlosigkeit lang, die jetzt schon Millionen Jahre dauert –, die gleiche Hand, die die Jalousie höhergestellt hatte, gerade so hoch, daß sich meine Augen schlaftrunken allmählich an das Licht gewöhnen konnten, die Hand, die jedenfalls nicht Sofia gehörte, sondern dem nächsten und übernächsten Hausmädchen, einem der vielen, die meine Mutter anstellte und wieder entließ, diese Hand reichte mir ein riesengroßes, überall mit Goldsternchen übersätes und oben goldumrandetes Glas voll eisgekühltem Orangensaft. Ich griff mit beiden Händen danach – und frage mich, ob es bei Clara im tropischen Urwaldpalast ähnlich zugeht, auch wenn sie wahrscheinlich von Mestizenhänden auf Silbertabletts mysteriöse Fruchtsäfte mit bestrickenden, ausgesuchten Namen serviert bekommt –, einfach um das kalte Glas an meinen warmen Handflächen zu spüren. Und während ich schlückchenweise trank, rauschte nebenan Wasser in die Badewanne, und unweigerlich kam, im Morgenrock und die Brille und die Zeitung in der Hand und mit der anderen, immer noch weißen, immer noch glatten, immer noch sehr schönen Hand behend im Halbdunkel gestikulierend, meine Mutter zu mir hereingestürzt, um mir mitzuteilen, wie schlecht sie geschlafen habe, welche Änderungen sie in der Wohnung vornehmen wolle, welche schrecklichen Auswirkungen es haben könne, wenn eine Tochter wie ich, also doch wohl eine unverbesserliche Tochter, verreise, ohne vorher zur Schneiderin zu gehen (vielleicht hatte diese Sorge sie bereits heute nacht so schlecht schlafen lassen, und heute nacht hieß jede Nacht, trotz Valium und Veronal, und merkwürdig, denke ich heute, daß wir uns auf verschlungenen Wegen am Ende wieder unseren Müttern nähern, denen wir doch um nichts auf der Welt gleichen wollten), und ich lächelte unwillkürlich belustigt, denn wenn meine Mutter von Jorge wüßte, wenn sie wüßte, daß ich Jorge kannte und wie er war und wie ich ihn liebte, wenn meine

Mutter wüßte, daß endlich in meinem Leben der Mann aufgetaucht war, auf den ich gewartet hatte, und daß wir ihnen bald Lebewohl sagen würden, daß ich die groteske Zukunft, die sie sich sorgfältig, aber umsonst für mich zurechtgelegt hatten, bald, sehr bald hinter mir lassen wollte, daß ich eine Welt aufgeben wollte, die nicht die meine war, die ich nie als die meine empfinden konnte, daß ich meine geheimen Kellergewölbe und meine verbotene inzestuöse Liebe zu Minotaurus hinter mir lassen würde, denn Jason oder Theseus war ja gekommen und würde mich auf dem Argonautenschiff mitnehmen, zu einem unbekannten, aber im Traum gesehenen Planeten führen, wo ich an seiner Seite ein nicht ausdenkbares und doch stets gewünschtes Leben beginnen würde, wenn meine Mutter das alles wüßte, ich bin sicher, die Umgestaltungen in der Wohnung und meine unpassende Kleidung – was scherte mich meine Kleidung, da ich auf dem Mars nichts von alledem brauchte – verlören auf einen Schlag jegliches Gewicht, und meine Mutter hätte – wie es wenige Monate später dann auch tatsächlich geschah, nur war es da für mich eindeutig zu spät, gab es keine Hoffnung und keinen bewohnbaren Planeten mehr, ja, sogar die Erde war unbewohnbar geworden – Besseres und Ernsthafteres gehabt, um das sie sich kümmern und sorgen konnte (da sie sich ja anscheinend darin gefiel, zu leiden und nachts miserabel zu schlafen), obwohl meine verzweifelten Kampfesjahre, mein aufrührerisch-bacchantisches Umsichschlagen, um ihrem allgegenwärtigen olympischen Einfluß zu entfliehen, damals, in meiner einzigen kurzen Jugend, als ich morgens so froh erwachte, eigentlich vorbei waren und ich mich ganz auf den, so schien mir, nahen Augenblick freute, da ich, als Siegerin aus den letzten harmlosen Gefechten, fast schon Geplänkeln, hervorgegangen, zum Angriff übergehen und gebieterisch verkünden könnte: «Der Krieg ist aus, ich habe gewonnen!» ohne daß der Göttin noch eine andere Waffe bliebe als ihre letzte Karte, als die nicht sehr faire, nicht sehr zünftige, dafür aber um so durchschlagendere Waffe, die Waffe ihres Altwerdens, dieser Metamorphose, bei der man vor Verblüffung wehrlos und entwaffnet dasteht – der hundertäugige Drachen plötzlich ein armes Kätzchen, ein weißes Mäuschen, ein Vögelchen, aus dem Nest gefallen vom vielen Fliegen, nicht vom Nesthocken –, und vielleicht weil ich wußte, daß der Krieg schon gewonnen war, weil ich die letzte Karte, die meine Mutter ausspielen, den letzten Stein, den sie unweigerlich rücken würde, in Gedanken voraussah, hatte ich ihr noch nicht von Jorge erzählt, sondern wartete lieber ab, bis ich an Bord war und das Schiff die Anker lichtete und in See stach, um ihr von der Brücke aus ohne Verbitterung, nun schon fast zärtlich, zuzurufen: «Unser Krieg ist aus, und ich habe ihn gewonnen!» Denn Mutter Juno war ja damals noch wunderschön in ihren scharlachroten, türkisblauen oder hellrosa Samtmorgenröcken, in ihren silbernen oder goldenen, bommelverzierten Satinhausschuhen oder karminroten, aber gleichfalls golden oder silbern bestickten Pantoffeln, zu denen sie pausenlos hektisch – zu hektisch für den geringen Anlaß, zu hektisch für eine Göttin –, aber mit beschwingter Anmut ihre Königinnenhände bewegte, während in ihre blitzenden Augen ein fast menschlicher Ausdruck kam. Alles an meiner Mutter – ihr Körper, ihre Taschentücher, ihre Kleider, ihre Handschuhe, ja, sogar Stücke, die sie jahrelang im hintersten Altkleiderfach verwahrt hatte – roch unverwechselbar nach Thymian, Wald und Lavendelblüten. Mitunter setzte ich mich an ihren mit weißem Tüll und rosa Samtschleifen verkleideten Frisiertisch aus Palisander vor das Bürsten-, Fläschchen- und Kämme-Set, schraubte eine Flasche auf und betupfte mir mit ihrem Eau de Cologne Haar, Kleid und Handflächen und roch damit sehr ähnlich, aber doch anders, es kam dicht heran, blieb aber doch stets eine dürftige Variante des Dufts, der aus ihrer Handtasche strömte, wenn ich darin wühlte, der von ihrem Hals und ihren Brüsten ausging, wenn sie sich zum Kuß beugte – und meine Mutter bückte sich immer betonter, als es der reale Abstand zwischen uns verlangte –, der von ihrer Feenhand kam, wenn sie mir in Fiebernächten für Augenblicke die Hand auf die Stirn legte. Und wenn ich an die Mutter meiner Kindheit denke, mit ihren blauen Augen, aus denen wortwörtlich und ganz unmetaphorisch Feuerstrahlen oder besser eisige Kältestrahlen schossen, daß man jedenfalls in beiden Fällen erschlagen war und mit Angst in der Brust auf seinem Stuhl festgenagelt saß, wenn ich an ihre maßvollen, vernünftigen und treffenden Worte denke, auf die es keine Widerrede gab, an ihre unnahbaren Lippen, die so wenig küßten, so steril waren – vielleicht gerade soviel küßten, wie es das Kindererziehungsbuch vorschrieb –, dann glaube ich, ich liebte sie wegen ihres herben Geruchs, der von ihr ausging und ihre Dinge dann für immer ergriff, und wegen ihrer weichen, wunderschönen Hände, die eigentlich – vielleicht – wie dafür geschaffen waren, mütterlich zu sein, und die, stets trocken und stets kühl, in Fiebernächten wie Feenhände auf meiner Stirne lagen. Jetzt läuft meine Mutter, die Brille in der Hand und die Zeitung unterm Arm, unentwegt sprechend hinter mir her ins Bad, rümpft sekundenlang über den starken, etwas süßlichen, ein wenig oder ziemlich ordinären Geruch von bunten weichen Kügelchen die Nase, die das Badewasser färben und deren Aroma bis in die letzten Ecken dringt (so daß der weitaus zartere, abgestimmtere, diskretere Thymian-, Wald- und Lavendelgeruch gar nicht mehr wahrnehmbar ist), fragt sich wohl insgeheim, – auch sie hat mit den Jahren an Kampfeslust verloren –, ob es an wahrscheinlich vom Vater geerbter, angeborener Vulgarität liegt oder ob sie es mit verschiedenen Ausprägungen des Widerspruchsgeists zu tun hat, einer Eigenschaft, die ich ebenfalls von meinem Vater geerbt haben könnte, jedenfalls ist es ein fürchterlicher Gestank, der ihr zartes Parfüm da überdeckt, und da sie sich jeden Kommentars zu den bunten Kügelchen, an denen sich Harun Al-Raschids dritte Kebsweiber weiden, offensichtlich enthalten will, rümpft die Sultanin, die eine, die einzige Königin, eben nur die Nase, wedelt mit der Zeitung, als wimmele es in meinem Bad von Fliegen, und läßt mit liebenswürdiger Stimme irgendeine Bemerkung über meine braune Haut – die sogar jetzt im Winter, meint sie, zu dunkel sei – und über meinen schmächtigen Knochenbau – zu schmale Schultern, mickrige Hüften, dürre Stelzbeine – fallen, weil die Königin natürlich aus fernen nordischen Landen als Herrin über den Harem geholt wurde und blond, weißhäutig, groß und unbestreitbar arisch ist. Aber das Wasser ist angenehm heiß, und ihre Stimme – der liebenswürdige Ton, auch wenn sie gar nichts Liebenswürdiges sagt – schläfert mich ein, und an solchen Vormittagen – Jorge liebt mich, Jorge hat mich erwählt – ist es mir völlig egal, ob ich nur das dritte Kebsweib in einem Palast bin, dem ich ohnehin bald auf Nimmerwiedersehen den Rücken kehre. Später setzten wir uns im Eßzimmer einander gegenüber, sie mit dem Rücken zum Licht und jetzt ganz auf ihre Zeitung konzentriert, ich vor einer großen Tasse schwarzen Kaffee – ich trank Kaffee damals schwarz wie du, Clara, bei jungen Leuten ist das wohl so –, schwarzen ungesüßten Kaffee und einem Berg knusprigen, frischgerösteten, warmen goldbraunen Toast, auf dem die Butter schmolz. Durch die Fenster fiel gleißendes Sonnelicht herein, und die Kanarienvögel sangen davon wie toll geworden. Ich glaube, der kalte Orangensaft im großen, sternenübersäten Glas, das Lichtstreifenmuster an der Decke, die überfallartigen Besuche meiner Mutter mit der Zeitung unterm Arm, der gnadenlose Kampf gegensätzlicher Gerüche im rosa gekachelten Badezimmer, das intensive Gelb der Kanarienvögel vor dem helleren Gelb der durch weiße Musselinstores mehrfach gefilterten Morgensonne, das harmlos dahinplätschernde Gespräch, das doch immer auch ein wenig bissig war, immer auch darauf abzielte, wenn auch in dieser Zeit mehr im Scherz, meine empfindlichen Stellen, meine wunden Punkte zu treffen, all das ist für mich auf immer Teil meiner Erinnerung an die Monate mit Jorge, an meine aussichtslose Flucht auf dem Argonautenschiff aus dem tödlichen Labyrinth, und hat bei mir die bleibende Sehnsucht, vielleicht die Vorliebe für große Hotels, für komfortables Ambiente und weitläufige teppichausgelegte Schlafzimmer hinterlassen, in denen ich nur eine kurze, dumme Freude suche: daß mich jemand, nachdem er die Vorhänge halb beiseitegeschoben, die Fensterläden aufgestoßen und die Rolläden um drei oder vier Spalten hochgestellt, mit einem großen Glas kalten Orangensaft weckt, derweil auf einem Tischchen neben dem Bett Kaffee und viel Toast angerichtet wird und im Zimmer nebenan mein Badewasser in die Wanne läuft.

Ich steure den Wagen über die alte Küstenstraße und genieße den klaren Morgen, die durchs offene Fenster hereinstürmende Frühlingsluft und das blaue Meer, das sich kräuselt und unter immer neuen Schaumkämmen überschlägt, heute fast noch mehr, mit dieser dünnen, scheuen Katze an meiner Seite, die sich ans andere Sitzende kauert, so weit, wie es die Platzverhältnisse im Wagen nur erlauben, die sich verstockt und unwirsch hinter ihrer brennenden Zigarette – dabei erlebe ich die Freude an einer Fahrt ans Meer zu zweit selten intensiver als mit mir allein – ans Fenster kauert: einer fast feindseligen Clara. Dabei war ihr Miauen am anderen Ende der Leitung das erste, was ich heute morgen hörte: Ich bin's, Clara.

Darauf blieb es lange still, angespannt und fast schmerzhaft still – vielleicht ist es das, was sie mir jetzt nachträgt –, weil ich es lustig fand, nicht sofort einzugreifen, sondern wie sie zu schweigen und abzuwarten, bis sie irgendeinen in diesen Tagen zurechtgebastelten Vorwand oder auch die erstbeste Entschuldigung herstotterte. Als wüßte ich nicht, warum sie anrief, als hätte ich nicht längst begriffen – ein Längst, das aus drei realen Tagen bestand –, daß ihr Anruf unvermeidlich war, daß sie früher oder später teilweise aus der Deckung gehen und meine Nummer eben doch von vorn bis hinten würde zu Ende wählen müssen, nachdem sie die Tage davor ungezählte Male die Anfangsziffern gewählt und wieder aufgelegt hatte, daß sie es würde klingeln lassen müssen, ohne wieder aufzulegen, und abwarten, bis ich den Hörer abnahm und «ja, bitte» sagte. Als wüßte ich nicht, daß sie in ihrem Zimmer umhergewandert war und soviel Zigaretten, wie man in drei Tagen nur rauchen kann, angezündet und wieder ausgedrückt hatte, bevor sie sich entschied. Schließlich habe ich Maites Spiel durchschaut und mich darauf eingelassen: zustande gekommen wäre es vermutlich ohnehin, auch wenn mich Maite nicht im Hause meiner Eltern aufgesucht, mich nicht darauf gestoßen, mich angestachelt oder davor gewarnt hätte. Nun nimmt alles nur noch fast unabänderlich seinen Lauf. Früher oder später mußte mich Clara anrufen – obwohl, viel später konnte es auch nicht sein – und mußte ersterbend ins Telefon fauchen: Ich bin's, Clara. Und ich mußte die Stille sich beängstigend ausdehnen lassen, beängstigender übrigens für sie denn für mich, weil ich meinen Spaß am Schweigen habe. Wie ich auch die drei letzten Tage meinen Spaß dran hatte, sie in den Seminaren kaum anzusehen, pünktlich zu Stundenbeginn – fast schon zu spät – zu kommen, bereits redend zum Pult zu eilen und mich bei Stundenende hastig, als stünde hinter mir die Spanienkarte in Brand oder als explodiere ein Knallfrosch unter meinem Tisch, zu verdrücken. Demgemäß blieb auch alles wie angenagelt mit offenen Mündern und aufgerissenen Augen verblüfft auf den Bänken sitzen, weil man Unsinnigeres als meine Seminare der letzten drei Tage an der Universität noch nicht erlebt hatte (derselben drei Tage, an denen Clara in der vorlesungsfreien Zeit in ihrem Zimmer Zigaretten angezündet und ausgedrückt hatte, die Schritte von einer Wand zur andern gezählt und tausendmal den Telefonhörer abgehoben und wieder aufgelegt hatte, ohne je viel weiterzukommen als bis zu den ersten drei Ziffern einer Nummer, die sie seit drei Tagen auswendig konnte). Es waren Seminare, in denen Angelika vorübergehend mager und braunhäutig wurde und wie eine besessene Bacchantin mit gierigen Lippen und brennenden Augen durch unverhofft tropische, eindeutig amazonische Urwälder streifte, derweil undurchdringliches Schlingpflanzengerank die hohen Klosterfenster überwucherte und Natterngezücht und Drachenbrut unterm schattigen Sonnendach zischte und der verliebte Roland heiser und wie von Sinnen in der Ferne schrie. Ich ließ die Stille sich dehnen wie eine schmerzhaft gespannte Schnur, die reißen und uns verletzen konnte. Dabei wußte ich im voraus, daß Clara am Ende sprechen würde, ich wußte, daß ich sie hierher zu diesem uralten schwarzen Loch bringen würde, einer weiteren Bleibe von mir; daß ich über die alte Uferstraße mit ihr fahren würde, die seit der Eröffnung der Autobahn kaum noch jemand benutzt. Darum ist diese Strecke am Meer heute ja auch noch mehr mein Geheimnis, meine Zauberwelt, noch intensiver mein eigen, weil neben mir, aber so weit weg, wie die Verhältnisse im Wagen es erlauben, die aztekische Angelika sitzt, ganz rätselhaft, ganz feindselig, ganz verkrochen hinter tausend Stacheln, so daß ich auflachen muß, als plötzlich ein Windstoß am Fenster hereinpeitscht und im Auto sekundenlang lange dunkle Haare, Zigarettenglut und Funken durcheinanderwirbeln und eine kleine feine Hand blitzschnell auf verwaschenes Blau von Jeans und auf die Autositze einschlägt, um auszuklopfen, was von der Zigarette noch schwelt, und dadurch wieder Bewegung und Körperlichkeit in die Sphinx gekommen ist, weil sie sich ja immerhin nicht verbrennen will. Und ich lache auch, als sie fragt – die Sphinx kann sich also nicht nur bewegen, sondern auch sprechen! –, ob das die Costa Brava ist. Was wissen wohl orientalische Prinzessinnen, ob aus dem neuen oder dem alten Indien, über meine Küste? Irgendwie ist es aber doch gerade ihr unübersehbarer Ausländerstatus, der es ermöglicht, sie hier in Riten einzuführen, die sie nicht kennt, von denen sie vielleicht nicht einmal weiß, daß es Riten sind, wie sie auch vor drei Tagen nicht wußte, daß der cremig dicke Sahneberg, der zähflüssig aus Sauerkirschen über Zitroneneis tropfende Likör und das Zitroneneis selber neben dem goldgelben Biskuitgebirge ebenfalls ein geheimer Initiationsritus, ein heidnisches Abendmahl, war; wie sie nicht wußte, daß wir uns in einem meiner Tempel, an einem Kreuzweg befanden, von dem aus, im Zauberspiegel, alle Wege offenstehen. Ich führe sie ohne Vorbereitung in ein Initiationsritual und hoffe insgeheim dabei vielleicht, sie möge nichts begreifen, oder wünsche mir verbotenerweise vielleicht, nach so langer Zeit möge endlich jemand begreifen. Jedenfalls machen wir heute darum auf keinen Fall – zumindest nicht vorrangig, nicht in erster Linie – einen Ausflug zum Meer, sondern einen Ausflug – wohin? in die Zeit? ein kompliziertes Ritual, so fein, so zart, daß es jeden Augenblick zerbrechen oder auseinanderfallen kann, bei dem wir auf dem Umweg über drei schwarze Löcher – ein Loch in einem Loch, und das Loch wieder in einem Loch, denn drei müssen es sein, wie ich auch drei Tage gewartet habe – zu einem fernen Ziel gelangen können. Natürlich nur, wenn Clara mitkommen will, wenn sie kann, natürlich nur, wenn sie bedachtsam vorgeht – jeder Fehltritt, die kleinste Ungeschicklichkeit, die geringste Verfehlung des richtigen Tons kann den Bann brechen, und warnen möchte ich sie nicht, helfende Anweisungen möchte ich ihr nicht geben, ihr keinen Faden durchs Labyrinth in die Hand geben, darin besteht ja gerade das Spiel und das Schwere an der Prüfung, auch wenn vielleicht nur ich es so entschieden habe –, nur, wenn Clara mit will und mit kann, wenn es ihr glückt, die Fetzen meines Lebens zu entdecken, die unterwegs wie Wimpel an Platanenzweigen und Palmwedeln hängen, für immer still von den ans Ufer brandenden Wellen gezaust werden oder sich zwischen die Marktbuden ducken, an denen ich meine ersten Nelkensträuße für Großmutter kaufte, während an andere Buden von eben gelandeten Booten frisch gefangene, rot oder silbern glänzende, schuppig um sich schlagende Fische gebracht wurden. Clara muß mir – so sie will und kann – von Grotte zu Grotte, Loch zu Loch folgen, ohne einen Faden auszulegen, mit dem sie sich still und heimlich und doch in Ehren aus der Affäre ziehen könnte, ohne auch zu wissen, hinter welchem Felsblock, hinter welcher Kurve, im Wasser welcher unterirdischen Lagune ihr Liebhaber oder Mörder – ihr Liebhaber und Mörder – der Minotauros auf sie lauert, sie muß mir – so sie will – aus freien Stücken folgen, in eine ferne Zeit, die außer mir keiner kennt, an die sich niemand sonst erinnern kann, auf die keiner etwas gibt. Und in meinem ersten schwarzen Loch – wir sind von der Hauptstraße abgebogen, das Ritual beginnt – ragen Zweige in den auf einmal höheren Himmel – wir beginnen nicht umsonst hinabzutauchen –, wiegt sich ganz in der Nähe Schilf und stehen alte, anheimelnde Häuser zwischen mächtigen Baumstämmen, Stämmen, so dick, daß ich mit meinen Kinderarmen nicht darum reichte und beim Versteckspiel bequem zwei oder drei von uns dahinterpaßten, Stämmen mit dünner, brüchiger Rinde, unter der, fuhr man mit dem Nagel in einen Spalt und stemmte die aufgeworfene, zerklüftete Borke ab, Dutzende Ameisen entsetzt hervorstoben. Diese Grube, mein erstes Loch, ist grün und feucht und umgibt uns mit süßlichem, leicht fauligem Pflanzenduft. Vielleicht harrt unser ja ganz nah die Zauberwelt geheimer, unterirdischer Riten, die Welt, in der Demeter spielt, in der Demeter mit dem Minotauros den Todestanz tanzt, vielleicht brauchen wir nur noch ein Stück tiefer zu steigen – und der Weg ist nicht allzu mühsam, Clara – um den furchtsam aufgestellten Stummelschwanz eines schulmeisternden weißen Kaninchens zu sehen oder die gütige – grausame – Frau Holle zu treffen oder drei bärtigen Zwergen zu begegnen, die uns alsdann in gold- und schuppenbewehrte Zirkusattraktionen verwandeln, die unentwegt Rosen und Perlen oder Kröten und Schlangen spucken, wieder nach oben schicken, und ob Perlen oder Kröten, täte nichts zur Sache, genauso gut könnten es Rosen und Kröten oder Schlangen mit einer Perle sein, Gut und Böse liegen ja vielleicht doch nicht so weit auseinander, wie die Kindermärchen behaupten, und bin ich denn wirklich ein artiges Kind? Besorgter Blick aus sechs Augen dreier Lehrerinnen, drei müssen es auch hier sein, auch drei Lehrerinnen, immer eins oder drei oder sieben, höchstens zwölf, wie in den schönsten Märchen, nie zwei, vier oder sechs, das wäre platte, das wäre die abgeschlossene, einmal las ich, die weibliche, Abgerundetheit des Geraden. Drei hagere, spröde, aber ach, auch so zärtliche Lehrerinnen sehen mich sorgenvoll an, was soll aus dem tollen Kind, der leidenschaftlichen Göre nur werden, die immer nach den Sternen greift? Allen Grund hatten sie zur Sorge, haben doch derart aberwitzige Frauen, die da herumlaufen und anscheinend erwarten, daß ihnen jemand nur mal so, an einem roten Rosenstock oder an einen Katzenschwanz gebunden, ein Stückchen Stern überreicht, haben solche

Frauen im allgemein auf der Welt doch nichts zu lachen, und die drei Lehrerinnen wackeln mit ihren Köpfen, und in jedem Kopf brennen rot zwei kleine Drachenpupillen, Jungfrauen und Ungetüme in einem, Jungfrauen mit Drachenschuppen und mit feuchter, zugewachsener Scham, einer Scham, die mit jedem Jahr mehr austrocknet und zuwächst, die selber ein Brunnen, ein zugeschüttetes Loch ist, die vor lauter Übersehenwerden schon kaum noch existiert, die aus ihrer Kaum-noch-Existenz aber schreit, so laut und beängstigend, daß ihr Geheul die Welt aus den Angeln zu heben droht, und warten doch, mürrische Jungfrauen, vergeblich auf einen säumigen, schüchternen, trägen Sankt Georg, der sein Schwert in ihre drei Brunnen stößt und den Bann von ihnen nimmt, aber der Heilige Georg hat vielleicht noch gar nicht erkannt, daß Königstochter und Ungetüm ein und dasselbe sind, daß Jungfrauen und Drachen ein und dasselbe sind, er hat vielleicht kein Ohr für den stummen Verzweiflungsschrei, der aus ihrer brackigen dunklen Grube, aus der brennenden Wunde zwischen ihren Beinen dringt. Ach, es waren garstige, gestrenge, mürrisch rührende, scheue und überaus zärtliche Schuljungfrauen, die mit ihren großen schweren Köpfen wackelten, mit ihren plumpen Schädeln, in denen Gut und Böse – absolute Wahrheiten, unveränderliche Wahrheiten – einen eintönigen, nicht enden wollenden Kampf ausfochten. Sie wackelten mit ihren Köpfen und sahen mich mit roten Drachenaugen mitleidig an, dabei wußte ich doch, sie hatten ein dunkles Schlammloch zwischen den Beinen, aus dem schrie es tödlich verzweifelt, aus dem schlugen alles versengend dichte lodernde Flammen, dabei wußte ich, sie litten daran wie an einer unheilbaren Wunde, von deren Dasein sie vielleicht nicht einmal wußten, warteten auf den Wunderspeer, den doch kein Lanzelot ihnen bringen, kein Heiliger Georg in sie stoßen würde, sie aber sahen mich mitleidig an, die alten Frauen, weil sie mich auf ihre Weise liebten – wie ich sie – und weil ich in ihren Augen ein schwaches, leidenschaftliches Kind war, stolz und verletzlich und den Anfechtungen einer verhängnisvollen Wut, einer verheerenden Leidenschaft ausgesetzt, deretwegen ich unweigerlich an den Felswänden des Lasters oder an den nicht weniger schroffen Klüften von Heiligkeit und Tugend zerschellen mußte. Auf dieser schattigen Allee, auf der ich als Kind ging, unter denselben mächtigen

Bäumen mit der aufgesprungenen Rinde, wo nach vierzig Jahren wahrscheinlich nur die Ameisen andere sind, beim dumpfen Branden des Meeres am Ufer, bei dem man nahebei den Wind im Schilf pfeifen ahnt, im Schilf, wo wahrscheinlich andere, neue Kinder dieselben Hütten wie wir damals bauen, hier gedenke ich unendlich mitfühlend, überaus geringschätzig und zutiefst zärtlich meiner mürrischen Jungfern, die mich liebten, gleich ob Engel oder Dämon, mich in meinem ständigen Kampf zwischen Engel oder Dämon liebten, mich auf höchste oder – und – schäbigste Ziele zusteuern sahen, und frage mich, was sie wohl sagen würden, wenn sie wüßten, daß das Leben – nach so vielen Drehungen und Wendungen – mich wieder hierhergetragen hat.

Das Haus steht leer. Es riecht leicht staubig und ungelüftet. Meeres- und Blätterrauschen bleiben draußen, auch der im Schilf mehr geahnte als hörbare Wind. Völlige Stille – fast völlige, weil mehrere Uhren penetrant ticken – und schwaches Licht herrscht in meinem zweiten Loch. Jemand hat, obwohl niemand im Hause ist, die Rolläden hochgezogen, die Zimmer ein wenig gelüftet, ist mit dem Staubtuch kurz über die Möbel gegangen und hat sogar ein paar Margeriten und Nelken in die Vasen gestellt. Sogar der Kühlschrank ist angeschlossen, und es sind Eiswürfel da. Die Speisekammer ist, sollten wir Lust zu essen bekommen, aufgefüllt, Obst, Salat und kaltes Huhn stehen in weißblauen Keramikschüsseln. Jetzt lacht Clara, noch scheu und schüchtern, aber eindeutig vergnügt: «Wer von uns beiden ist denn hier die Schöne? Und an welcher Ecke lauert das Tier?» Wir gehen weiter, erkunden das verwunschene Haus mit schweren bauchigen Mahagonimöbeln, Korbschaukelstühlen, hohen Blumentischen, mit durchsichtigen Scheibengardinen, geblümten Vorhängen und Spitzendeckchen unter angeschlagenen Nippesfigürchen. Wir gehen weiter bis zum letzten Winkel in meiner unterirdischen Welt, weiter bis zum dritten Loch, dem Loch im Loch in wieder einem anderen Loch, können nämlich erst da – sollte es sich zeigen – dem Tier begegnen, erst da kann der Minotauros auftreten, erst da spielt Frau Holle jeden Abend beim Dunkelwerden mit dem weißen Kaninchen. Und in diesem Märchen ist ohne allen Zweifel Clara die Schöne und ich höchstens Zuschauer, ein neugieriger, vielleicht schwach interessierter Zuschauer, auf keinen Fall engagiert, denn wie sollte ich mich engagieren in einer Handlung, die hinter tausend Glas- und Spiegelwänden spielt, gefangen und abgeschirmt, wie ich bin, so scheint mir, im Aquarium meiner verflossenen Zeit, von wo ich in der Glaskugel des Wahrsagers oder auf der magischen Leinwand, wo künftige Zeitalter vorüberziehen, ein Geschehen verfolge, in das ich wohl kaum noch eingreifen kann. Wir stehen im Innenhof, an der hintersten ausweglosesten Stelle meines letzten Loches, genau am Mittelpunkt des unterirdischen Tempels, in der geheimgehaltenen Kammer unschuldiger, perverser und verbotener Rituale. Das Bernsteinlicht des Frühlingsmorgens wird hier, wenn es durch die Bougainvilleen und die violetten und blauen Prunkwinden hereinfällt, grün und blau gesprenkelt. Es flirrt im schweren Staub wie in den farbigen Strahlen, die, aus bunten Glasfenstern kommend, das stille Dunkel alter Kathedralen durchschneiden, und wie in Kathedralen herrscht hier auch die feuchte Kühle, die freudige Gewißheit, daß das Leben – das ordinäre, verworrene, aufdringlich lärmende Nichts Leben – vor der Tür bleiben muß, und zwar draußen weitertost, uns aber zumindest, bis wir gehen, eine Atempause gönnt (denn gehen müssen wir immer, aus Höfen, aus Löchern und aus alten Kathedralen). Taucht man in diesen Hof, so ist es, wie wenn man an ländlichem Augustnachmittag vom Marktplatz in die tiefe schattige Stille eines fast leeren Domes tritt. Die Augen gewöhnen sich an das vielfach gebrochene Dämmerlicht, und in einer Ecke ahnen wir das große Waschbecken. Den Wasserhahn hören wir, ehe wir ihn klar erkennen, monoton über dem noch nicht sichtbaren Wasser tropfen, hören nur dieses rhythmische monotone Tropfen und das Abplatzen einer Prunkwindenblüte, die dann auf Fliesen, Marmortisch oder Hortensienkästen schlägt. Und hier, zwischen die Blumenkästen in den Korbschaukelstuhl, placiere ich Clara, als sei sie eine meiner Puppen, als sei sie meine langbeinigste, dünnste, ausdrucksloseste Puppe. Hier unter die Bougainvilleen und die Prunkwinden, denn ich sähe es gern, wenn ihr eine schwere, duftende lila Blüte besiegt und überreif in den Schoß oder auf ihr dunkles Haar fiele. Könnte sie nur einen Augenblick aufhören zu rauchen und völlig stillsitzen, meine große blaugekleidete Puppe! Starr und unnahbar, immer noch leicht abweisend und insgeheim womöglich amüsiert und spöttisch, läßt sie mich, ohne sich zu rühren – nur die Hand führt die Zigarette zum Mund –, Gläser füllen, Aschenbecher holen, Teller, Besteck und die Schüsseln mit Salat und kaltem Huhn auf den Marmortisch stellen, und ich weiß nicht, stammt die erstaunliche Selbstverständlichkeit, mit der sie mir beim Hantieren zusieht, von zehn Generationen Aztekenprinzessinnen – aber in Kolumbien gab es ja nie Azteken –, die sich von barfüßigen braunen Sklavinnen ankleiden, baden, kämmen, bürsten und füttern lassen, oder ist es die herzergreifende fromme Selbstverständlichkeit eines hilflosen Kindes, von dem das sichere Gefühl ausgeht, sollte jemand heute vormittag (ich zum Beispiel) sie bitten, doch ein paar Teller hereinzutragen oder eine Gabel zu holen, sie würden ihr in den Händen zerspringen oder sie würde unter ihrem Gewicht zusammenbrechen.

Clara kommt jetzt allabendlich in das Haus auf dem Steilhang, über dem schillernden Meer aus noch frischen, noch jungen Blättern. Am ersten Tag fragt sie mich lachend – ihre abweisende Scheu, ihre ungemütliche, mich hemmende und sie lähmende Angespanntheit einen Augenblick durchbrechend –, ob ich davon noch mehr auf Lager habe, ob ich leerstehende alte Wohnungen regelrecht sammle. Alte, zugeschlossene, verlassene Wohnungen mit ihrem Geruch nach verstaubten Tapeten und Teppichen, mit ihren vergilbten, allmählich von Motten zerfressenen Gardinen und Stores, mit den stockfleckigen Büchern und den gepreßten Blumen zwischen den Seiten, mit antiquierten Schallplatten, die zuweilen eine ganze verlorene Zeit heraufbeschwören und neben dem Plattenspieler kreuz und quer auf einem Haufen liegen, und mit diesem gedämpften, bernsteinfarbenen Aquarien- oder Kathedralenlicht. Und ich lache mit – es ist wundervoll, Augenblicke zusammen zu lachen – und sage, nein, ich sammele grundsätzlich nichts, ich hinge nur an exklusiven Einzelstücken, dabei hat Clara genaugenommen ein wenig recht, was ich hier aufbewahre, hege und pflege und ihr vorführe, ist im Grunde eine kostbare Sammlung, nur besteht sie aus zwei einzigen Stücken: dem Haus meiner Großmutter am Strand, mit Meeresrauschen, vorschriftsmäßig wiederkehrendem Zügepfeifen, mehr geahntem als hörbarem Wind im Schilf und ganz hinten und versteckt einem bougainvilleenumwachsenen magischen Brunnen, und der alten Wohnung meiner Eltern – meiner Mutter – mit den drei Balkonen, die das Kabbaladreieck über dem veränderlichen – und ebenfalls rauschenden – Meer aus Frühlingsblättern beherrschen. Zwei Pflanzenhäuser, zwei Wasserhäuser, säuselnd und dunkel, in denen ich vor langer Zeit wohnte und wo wie eine zähe, böse, tief verwurzelte, in die Erde verkrallte Pflanze etwas von mir rätselhaft weiterwuchs, damit ich diesen verschütteten Teil meiner selbst, den ich für tot hielt und der unterdessen, in schwindelnden Abgründen, verbotenen Tiefen, wucherte und gedieh, heute in der Maienhitze wie eine prachtvolle fleischfressende Rankpflanze, wie eine in Windeseile wachsende gefräßige Schlingpflanze, wieder hervorkommen und aufblühen sehen kann. Und in dieses Museumshaus, dieses Tempelhaus, dieses Grabeshaus, über diese Schwelle zur Welt des Traums, führe ich Clara, meine Ariadne, die vielleicht niemandem den Weg zeigen kann, die mir aber ganz ohne Faden durch verschlungene Labyrinthgänge folgt; führe ich Clara, meine Aztekengöttin – ja, wozu daran erinnern, in Kolumbien gab es keine Azteken – mit den blutrünstigen Kulthandlungen und dem unbefleckten Herzen, Clara, meine braunhäutige Angelika mit den in tropischen Urwäldern herangereiften süßen Lippen und Honigbrüsten, nach deren Geschmack der liebestolle Roland vergeblich bergeweise Waben durchwühlt, Clara, die alleinige Bewohnerin meiner unbewohnten Zeit, meines entschwundenen Vorlebens, meine stelzbeinige Puppe, die ich genüßlich durch die Irrgärten meiner nicht wieder auffindbaren Zeit führe. Ich placiere sie auf dem Balkon, die Ellbogen auf die Steinbrüstung gestützt, und lasse vor dem zartgrünen Laubhintergrund den Wind in ihren langen dunklen Haaren spielen, als habe man – Hexenwerk – Rapunzels Turm aus dem düstren Wald ans Ufer der Wellen verlegt. Ich setze sie in den Ledersessel, wo mein Vater Zeitung las, lege ihr Fotos und Briefe vor und unterstrichene, vollgekritzelte, auswendig gelernte Bücher, und finde, sie sieht einer großen stelzbeinigen blaugekleideten Puppe – blaue Jeans, blauer Pullover – ähnlicher denn je. Oder ich drücke sie sanft auf den Teppich, lasse nur in der Ecke schwach eine Lampe brennen und Isoldes Liebesklage – stellenweise übertönt von Rolands Wahnsinnsklage – wie rollende Brandung das Zimmer ausfüllen, wie runde volle Wellen, die Stoß auf Stoß übereinanderstürzen, bevor sie am flachen Strand auslaufen oder ans Steilufer klatschen, bevor sie durch die ganze Wohnung schäumen und durch die offenen Balkone wieder abfließen in den Lärm einer jetzt ausgelöschten, besiegten Außenwelt. Bei diesem gedämpften Licht, in diesen musikdurchfluteten Interieurs, blüht meine dürre Puppe – unwirsche Gesten, grauer Regenmantel, in der Taille gegürtet –, meine unter ihren Kommilitonen in den Seminaren, auf sonnenglitzernden Straßen, in Gartencafés, auf Uferstraßen oder in Kinofoyers so farblose, ja, fast unansehnliche Puppe zu neuen Reizen auf. Sie ist eben eine Innenraumpuppe, erst in geschlossenen Räumen wird ihr zerbrechliches, linkisches Wesen gewichtiger, wird rührend und herzergreifend anders, erwacht in ihren brennenden Augen – ihrem Blick, so stark, daß ich ihn nicht aushalten kann und verwirrt wie in frühester Jugend dastehe – ein feuchtes Glitzern und kommt Leben in ihren feingliedrigen langen, endlich gelösten Körper mit der Haut, die ich mir mattbraun und üppig wie Fruchtfleisch denke, und der trägen Anmut von Raubtieren. Ich stelle mir vor, die neue Ariadne sucht wie ich seit langem und ohne es zu wissen dieselben Labyrinthe, ist wie ich ein dunkles, pflanzenhaftes Kellertier, hängt ebensolchen absonderlichen, verbotenen Mondkulten, abartigen Bacchanten-Initiationen an, rauscht wie Meer und Schilf und ist dazu bestimmt, sich unbeholfen, matt und betäubt des Minotauros' roher Krallen und des Dionysos' heißen schweren Atems und Zwittergeschlechts zu erwehren. (Theseus war in dieser Geschichte in gewisser Hinsicht immer überflüssig, kurzes Zwischenspiel der Hoffnung zwischen zwei großen Verhängnissen, und Ariadne wankte, ohne je erwachen zu können, in tödlichem Schlaf nur vom Labyrinth zum Bacchushain und war auch an der Seite des unerreichbaren, schon die Flucht planenden Theseus im Grunde nie sie selbst.) Meine katzenhafte Clara, Prinzessin Clara, orientalisch wie nie – vielleicht hat Lanzelot endlich seine Liebe zu der undankbaren Ginover verwunden, vielleicht ist er es, der sie zu sich in den Turm am Meer holt, wo er gefangen sitzt, vielleicht ist es gar nicht Rapunzels Turm – rekelt sich blühend auf dem Perserteppich mit den stattlichen Kriegern, die lange Lanzen schwingen und ihre Rosse steigen lassen. Claras dunkles Haar fließt über das mythische Schlachtfeld und ringelt sich zwischen flinken harten Hufen, und vielleicht fochten diese sonderbaren Männer mit den Mandelaugen und den glatten schwarzen Schnurrbärten, ohne sie zu kennen, ja schon vor tausend Jahren nur um sie – ich fragte mich als Kind schon immer, wofür die wunderlichen Burschen auf dem Perserteppich nur so erbittert aufeinander einschlagen –, vielleicht lassen die berittenen Streiter ihre Pferde jetzt ihretwegen über den – unter dem – schönen blühenden Mädchenleib tänzeln, der da hingebreitet liegt wie ein Geschenk, wie eine Herausforderung oder gar wie der Lohn für den verwegensten Kämpfer, und der sich gleich einer wurzellosen Liane – Wurzeln braucht sie nicht – riesenhaft und doch klein zwischen den Miniaturkriegern schlängelt, ein neuer Gulliver in Liliput, nur weiblich und blühend und unglaublich zierlich und mit cremig zarter Haut, langem dunklem Haar und dem verwaschenen Blau von Jeans, das vor dem Rosa, dem Malvenrot und dem Tiefblau des Teppichs verschwindet und mit ihm verfließt; bis auf die brennenden Augen, die als einzige noch leben, mir das Blut in den Kopf treiben und mich wieder zur Halbwüchsigen machen, und bis auf das auffällige, ganz leichte, aber genauso beunruhigende Flattern an ihrem langen schmalen, wehrlosen, nackten Hals, sonst ist sie schon ganz Seide, ganz Teppich, ganz tausend Jahre alte fremde Geschichte, nur eben die versengenden Augen und das versteckte Pulsieren an der Kehle nicht. Und vor der teppichgewordenen, der lieblichen Clara, der pflanzlichen, weit entfernten Clara, klappe ich – ist dies Verwechslungs- und Verkleidungsspiel nicht schön und verdorben? – meine Kostümtruhe auf, lege langsam meine Kindertrauer an und erkenne, was ich eigentlich in diesem stickigen, staubigen Mai, diesem frühlinglosen Frühling meiner dumpfen Stadt, die sich auf Nuancen und Abstufungen nicht versteht, wiedergefunden habe: In diesem Frühling der Prüfungen und der Madonnenblumen und des heimlichen Blättertreibens bekam ich heil, bekam ich unversehrt meine alte, meine für immer verlorengeglaubte – vielleicht schon vergessene – Trauer zurück. Geduldig hatte sie im Kostümkoffer, geschützt vor jedem Verschleiß, vielleicht doch nur ihre Zeit abgewartet, und Clara fragt mich darum auch umsonst – beginnt zu fragen – nach Männern und Frauen aus, die ich liebte, nach Abenteuern, die ich erlebte, oder nach Arbeiten, die ich getan habe. Umsonst sucht sie auch nach Spuren der weltreisenden englischen Lady, die überall auf der Welt Punkt fünf Uhr ihren Tee – mit Milch – zu sich nimmt, ihr Lächeln und ihr Trinkgeld unter die Eingeborenen verteilt und mir Postkarten mit so großer, so selbstsicherer und so besitzergreifender Handschrift schreibt, daß mehr als ein paar – sterile und genauso besitzergreifende – Küsse nicht darauf passen, und die stets die falschen und stets die großartigsten Geschenke schickt – handgestickte, mehrere Nummern zu große alte Seidengewänder, aztektische Silberohrringe, obwohl ich als Tochter meiner fortschrittlichen, europäisch gebildeten Mutter doch nie Löcher in den Ohren haben durfte; umsonst sucht Clara nach Spuren der anderen, nach Guiomar, die meiner Mutter so ähnlich und gleichzeitig mir wildfremd ist – wie bin ich gefangen zwischen zwei mir fremden Frauen, die eine am Anfang und die andere am Ende meiner Zeit –, auch wenn sie auf der Suche nach präzisen Quellenangaben von einer amerikanischen Universität zur andern reist, mit ihrer zierlichen Ärzte- oder Wissenschaftlerhandschrift Postkarten vollschreibt und so zweckmäßige und nützliche Geschenke schickt, daß sie komisch wirken und auch wieder nichts nützen; umsonst sucht sie nach Spuren der zwei mir fremden Frauen, die selbstzufrieden, gottgleich und apollinisch – und wie alles Selbstzufriedene, Gottgleiche und Apollinische auch ein wenig dümmlich – im vollen Licht stehen, aufeinander stolz sind, sich über meinen Kopf hinweg Schmeicheleien sagen und zulächeln und mich in Anfällen schlechten Gewissens beunruhigt wohl auch mit ängstlicher Liebe bedenken, die für mich gedacht ist, aber nie bei mir ankommt, weil sie sich in meinen Kellerlöchern, meinen Labyrinthen fruchtlos verläuft. Umsonst fragt Clara mich auch nach den Männern aus, die ich liebte, obwohl es viele waren und ich manche – zumindest einen – doch wohl sehr geliebt habe, und obwohl es noch einen gab, der dann Guiomars Vater wurde und anscheinend der Gefährte – Gefährte! – fast meines ganzen Lebens war, auch wenn er in regelmäßigen Abständen wie im Werbespot zu altbekannten seichten Welten aufbricht. Von keinem von ihnen finden sich eben Spuren im Kostümkoffer, nicht von der Braut, nicht von der Geliebten, nicht von der Frau, die die Liebe entdeckt hat – denn Ariadne lernte einmal doch Theseus kennen, Siegfried weckte einmal doch die Walküre aus dem Schlaf –, auch kein Kostüm für die treue Lebensgefährtin oder die liebende Mutter, nicht einmal die Tracht der selbstverwirklichten oder bedeutenden oder einfach der glücklichen Frau. Ich finde nur diese enge, unbequeme Verkleidung, die mir furchtbar auf Brust und Gurgel drückt und von klein auf gedrückt hat, dabei bin ich seitdem – bin ich das? – um einiges gewachsen, die aber trotzdem schwer an mir hängt, so schwer, daß ich unter ihr taumle, die so unheimlich ist, daß sie mich jeden Moment, denke ich, hinab in den Tod reißen kann und die mir so bekannt und ganz mein ist, daß sie mir am Leib klebt wie eine zweite Haut und trotzdem so schön ist, meine schönste Verkleidung, das einsame Wahnprodukt eines todtraurigen Mädchens, das vielleicht schon jetzt ahnt, daß es Theseus eines Tages erkennen und ihn wieder verlieren soll, daß ein andermal – viel, viel später – ich dieses Kostüm anlegen und gebeugt von seiner tödlichen Last einen sterbenseinsamen Todestanz vor dir – oder vor ihr – tanzen soll, dieses über Jahre im Kostümkoffer aufbewahrte Kostüm – das Kostüm aller Ängste, aller Trauer einer Kindheit –, in das ich langsam, schmerzlich vor dir schlüpfe, vor dir, Lianenprinzessin, neues Ariadnebild, das jedes Verlassenwerden vorwegnimmt, finstere Blumenprinzessin unter berittenen Liliputanern, die du wunderbar aufblühst bei den vollkommenen Klagen der wie du verratenen, wie du erblühten und wie du in einen persischen Teppich verknüpften Isolde.

Clara, bevor sie mitspielte, bevor sie überhaupt ahnte, daß ein Spiel im Spiel war, als sie mich von einer der vorderen Sitzreihen in dem Seminarraum mit den hohen Klosterfenstern neugierig und zunehmend interessiert musterte – als ich noch nicht wußte, daß sie es war, nicht wußte, auf welches der Gesichter vor mir Maites Beschreibung paßte, ja, bevor Maite überhaupt zu mir in die Wohnung meiner Eltern gekommen war –, dann Clara, als sie sich durch Shakespeare, Homer und Peter Pan erstmals zu erkennen gab, zu Spielbeginn leicht aggressiv und verspielt, dann die schon herausfordernde – herausfordernde und erschrockene, oder vor lauter Schreck herausfordernde – Clara, die mir bei Seminarschluß eins ihrer subversiven Blättchen hinreichte – im Grunde ärgerlich, daß ich unterschrieb, ohne es durchzulesen –, die an dem regnerischen Vormittag mit mir durchs Mary-Poppinssche Kirchenspalier zum blauen Berg hochging, die unnahbar goldgelbe Biskuits in ihren Kaffee ohne Zucker und Sahne stippte, die Clara, die sich – nun unwiderruflich im Spiel gefangen – halb erstickt am Telefon hören ließ oder in den langen Schweigeminuten ertrank, die Clara, die hilflos und widerborstig – und vielleicht erbost über sich selber, weil sie am Ende doch nachgab und mich angerufen hat – in einer Ecke des Wagens saß und die erst ein Wirbel aus dunklem Haar und glimmenden Funken aus ihrem unzugänglichen Schweigen riß, dann Clara als einzige Puppe in meinen Tableaus, einmal im Schaukelstuhl auf dem Hof mit den Bougainvilleen, wo verblühte Blumen auf sie fallen und ihr auf Schoß und Haar weich zerspringen, ein andermal am steinernen Balkon gelehnt – von Lanzelot zu sich in den Kerker am Meer geholt oder Rapunzel, Rapunzel laß dein Haar herunter? – über dem Wellenwald; dann Clara, wie sie in alten Büchern blättert, sich alte Briefe, vergilbte Fotos ansieht oder zwischen Liliputkriegern liegt und zwergenhaft kleine Rösser mit scharfen Hufen im Gerank ihrer Haare herumstampfen läßt, die saftige, zuckersüße Brombeeren bergen, und Clara, als sie aufmerksam und gespannt meinen Verkleidungen zuschaut, hingebungsvoll meinen Geschichten lauscht, und jetzt zum erstenmal Clara – welch verschrobene Idee, sie hierherzubringen! – vor meinen Papierkulissen – nicht einmal Pappmachékulissen – und unter lauter Operettenfiguren. Aber die Prinzessin muß, ist sie wirklich eine Prinzessin, ist sie die prinzessigste aller Prinzessinnen, unter den sieben feinen Eiderdaunenmatratzen den Betrug entdecken und die winzige Erbse des Anstoßes mit spitzen Fingern in die Höhe halten. Schon beim Eintreten fragt sie mich spöttisch, ob das ein Kostümball sei, und ich erkläre, den Spott in der Frage übergehend, unsere Großeltern hätten sich nur bei ganz bestimmten, meist vorgeschriebenen Anlässen verkleidet, unseren armen Eltern habe es – vierzig Jahre Uniform machten jede andere Verkleidung untragbar – an Gelegenheiten dazu gefehlt, und nur wir in den sechziger Jahren torkelten von Verkleidung zu Verkleidung. Die Prinzessin runzelt die Stirn und knurrt: «Du nicht», fragt aber nicht, wen ich in mein «Wir» einschließe und ob es für mich ein Wir wirklich gibt. Und ich brenne, verspätete Statistin im schlechtesten Fellini, mit meinem «Wir» vor den angestrahlten Bäumen ein falsches Feuerwerk ab. So hell ist es im Garten, daß das Haus dahinter – ob eine braunhäutige Vitti dort in einem verborgenen Winkel Pavese liest? – mit all seinen offenen Fenstern und den großen Schiebetüren und den vielen brennenden Kronleuchtern, Stehlampen und Tischlampen dunkel wirkt. Und schwatzend und lachend und säckeweise Küsse austeilend und vielleicht auch zuviel trinkend, versuche ich mir vorzustellen, wie die Feste unserer Großeltern wohl waren und erinnere mich – meine Großmutter erzählte davon –, daß sie einmal zu einem Fest eingeladen waren, wo das Leben auf dem Meeresgrund dargestellt werden sollte, und mein Großvater hatte Neptun mit großem Dreizack und schlohweißem Bart gespielt und meine Großmutter habe ganz zierlich und wunderschön ausgesehen in ihrem Trikot, das von der Taille aufwärts hautfarben und von der Taille abwärts mit Schuppen überzogen war, und ein andermal, ich entsinne mich, spielten sie bei einem höllischen Karnevalsüberfall mit, da waren alle, Männer wie Frauen, einheitlich verkleidet, man trug ein rotes Trikot, das über den ganzen Körper ging, aus rotem, samtartig weichem Stoff, mit zwei kleinen Hörnern auf dem Kopfteil und einem langen Schwanz am Gesäß, ein scheinbar harmloses, unaufwendiges und phantasieloses, ja, nicht einmal hübsches Kostüm, das in unserem Altkleiderschrank ganz schäbig und unansehnlich aussah, so daß ich, weil ich es vielleicht nur mit dem mottenzerfressenen und stets verhöhnten Luzifer aus unseren Weihnachtsspielen verbinden konnte, nur schwer begriff, was daran so furchtbar sündhaft sein sollte; obwohl ich natürlich wußte, daß es Sünde war, sündhafter sogar als das Meerjungfrauenkostüm, das allerdings unzüchtig und aufwendig und hübsch war und ganz bestimmt Großmutters Busen ahnen ließ; und trotzdem war das Teufelskostüm noch bei weitem schlimmer, man brauchte dazu nur unserer Frau Generalin finster empörten Augenausdruck und instinktive Abwehrgeste zu sehen, mußte vor allem erleben, wie sich meine Mutter und Sofia, genau als die Generalin loszeterte und mir die Kostüme entriß und ins oberste Fach schleuderte, in belustigtem Einvernehmen hinter der Generalin Rücken und über meinen Kopf hinweg zuzwinkerten und verstohlen lachten: damals verstanden meine Mutter und Sofia sich nämlich noch sehr gut, auch wenn nachher alles anders kam. Und wie viele Male zuvor klärte auch jetzt Sofia mich auf, was es mit dem Kostüm auf sich hatte, obwohl ich es trotzdem nicht so recht verstand, weil ich damals die Bedeutung des klangvollen, hübschen und sehr aufregenden Worts Promiskuität noch nicht kannte und mir auch nicht denken konnte, was eigentlich am schlechtesten, am allerschlimmsten war: daß meine Großeltern und ihre Freunde schon vor knapp hundert Jahren die Vorläufer der Zwittermode waren. Und auf dem Kostümfest heute, das eigentlich kein Kostümfest ist, das aber – da hat Clara recht – so wirkt, entdecke ich in der scheinbaren Vielfalt doch eine geheime Ordnung und denke, vielleicht haben wir uns ja auch nach einem gemeinsamen Motto verkleidet, nur heißt es eben nicht wie auf den Faschingsfesten meiner Großeltern «Leben auf dem Meeresgrund» oder «Luzifers Reich», es ist darum aber – auf daß Generalinnen, aber auch nur Generalinnen, sich entrüsten können – nicht minder perversionslüstern und nicht minder rührend naiv: es heißt «Die große Tittenapotheose», und das ganze Fest scheint, erhaben oder grotesk, jedenfalls schön und komisch, dem Busen zu huldigen. Titten überall. Titten werden – wogende weiße Kuppeln, kurz aufblitzende malvenrote Spitzen – zwischen den Kanten tiefer Ausschnitte sichtbar, die fast parallel bis unter die Taille laufen (und sich am Ende doch noch vor dem Unendlichen schneiden), Titten lugen seitlich aus rückenfreien Kleidern – stets neue Vision, auf dem Höhepunkt abgebrochen, schon zwanghaft in ihrer Unvollständigkeit –, Titten ahnt man – steil aufgerichtete Brustwarzen unter rauhen Stoffen, die die nächtliche Brise spüren – hinter durchsichtigem Flor und anschmiegsamen Gewirk und – silberne, bronzene, goldene Busen, ziselierte Schmuckstücke steinalter und doch ewigjunger Göttinnen – hinter hauchzarten Hüllen aus Lamé. Mir ist, als hätten wir unsere Busen mit aufs Fest genommen und stolzierten nun, bar aller Fesseln und Halterungen, mit ihnen umher wie mit rosabebänderten, verhätschelten, seidigen Miezekätzchen. Und die Männer streichen, in Statistenrollen gedrängt, verwirrt und verstört um uns im Kreis, während unsere Brüste vergnügt und prachtvoll, scheu oder kampfeslustig brodeln, sich vor Kälte oder vom Champagner schütteln und wir uns von Brustspitze zu Brustspitze grüßen.

Clara hat keine Kätzchen, jedenfalls keine sichtbaren, auf das

Fest mitgebracht: keine Kätzchen und nicht die geringste Lust mitzufeiern. Meine Prinzessin auf der Erbse mit der empfindlichen Haut – denn daß sie eine echte Prinzessin, die prinzessinnenhafteste aller Prinzessinnen ist, steht nun ja außer Frage – betrachtet mich spöttisch vom Rand des Swimmingpools. Da sitzt sie, den Rücken an der Leiter, die Beine baumeln – bestimmt macht sie sich noch die Füße naß – knapp überm Wasser, und steckt in denselben Jeans wie immer und einem dicken Pullover, in dem sie vor Hitze umkommen muß, während wir andern uns mit unsern nackten Busen und Rücken alle totfrieren. Dabei wußte sie, daß es zu einer Party ging, dabei besitzt sie, ich weiß es, auch noch andere Kleider. Aber auffordern, sich oben umzuziehen, wollte ich sie nicht – wozu –, darum habe ich sie in diesem unverfrorenen Penneraufzug mitgebracht. Nur ich weiß, daß sie die Prinzessin auf der Erbse ist, als Lausbub verkleidet, und daß sie unter ihrer erstickenden Wolle die schnurrigsten und weichsten Kätzchen der ganzen Party verbirgt. Und die Gassenjungenprinzessin lächelt mir zu und winkt mich zu sich heran, und ich stehe, unbequem über den Beckenrand gebückt, auch schon neben ihr, die Füße auf der nassen, glitschigen Kante – das Dummchen macht sich zu den Füßen auch noch den Hintern naß –, während sie redet und redet, sie, die sonst den Mund nicht aufbekommt, und gar keine Anstalten macht aufzustehen, nicht einmal den Kopf hebt oder lauter spricht, damit ich weiter zuhören, mich dabei aber aufrichten kann – ich verstehe ja kaum in Bückstellung, was sie sagt –, genauso unbeholfen arrogant, genauso selbstverständlich oder dreist, wie sie sich auch das Essen zubereiten, in den Mantel helfen und Feuer geben oder Arme und Beine in den Wagen schieben läßt, bevor man die Wagentür hinter ihr schließt.

Ich tauche erneut ein in das Kostümfest, in das in Wahrheit rein fiktive «Wir», sind wir uns doch – die andern nicht und ich nicht – nie sicher, daß wir wirklich von derselben Sorte sind, weshalb ich mich auch immer eine Spur unbehaglich fühle, irgendwie fehl am Platz, und die anderen leicht beunruhigt, was sie aber mit argwöhnischer Begutachtung verschleiern, aber ich tauche wieder in das Kostümfest, widme mich zärtlicher Tittenverehrung, lächle andern zu, werfe Küsse, wir sagen uns im Chor, einander das Wort aus dem Mund nehmend, die gräßlichsten Albernheiten, grapschen mit schlaffen Händen von großen Silbertabletts zarte Gläser mit langen Stielen, über die der Sekt herabschäumt, soviel Sektverschwendung auf einer Party kommt mir schon fast verdächtig vor, erraten sie vielleicht, welches Spiel ich spiele und spielen mit, wollen sie gar raffinierte Analogien zu den Bacchanalen unserer Großeltern entdecken, obwohl Clara nun doch und ich weiß nicht wie eine Flasche Whisky aufgetrieben hat und sich ein großes Glas ohne Stiel einschenkt und am Beckenrand trinkt und wahrscheinlich deswegen, weil auch sie zuviel trinkt, nicht bemerkt, daß sie mit den Füßen im Wasser planscht und ihre Schuhe und ihr Hintern naß sind, und wenn sie es merkt, ist es ihr egal, denn sie sieht mir zu, folgt mir unablässig mit dem Blick, während ich durch den Garten schlendere, sieht mir zu, lächelt mich an, hebt spöttisch ihr Glas zu einem Prost und trinkt, trinkt auf mich oder auf sich oder auf uns alle, und ich denke, ich habe sie nie trinken gesehen, vielleicht trinkt sie mehr, als ihr guttut, aber wer trinkt auf einer solchen Party schon nicht mehr, als ihm guttut, wie sollten wir einander sonst aushalten, wie die Narreteien der andern aushalten und uns bei unseren eigenen noch überbieten, uns gar für geistreich, ansprechend, enorm wichtig als Gruppe halten, wo wir doch nur ein schlechter Abklatsch vom schlechtesten oder vom besten Fellini sind – bestimmt treffe ich nirgendwo im Haus eine Vitti, die noch mal ihren Pavese liest –, nur schäbige Restbestände einer aussterbenden Rasse, die so, wie wir sie uns vorstellen, vielleicht nie existiert hat, wie sonst sollte der Clan seine Reihen schließen, wenn er nicht trinkt, wie sonst sollte er dies wärmende Sprühen in den Blicken und im Lächeln wie ein heiliges Feuer nähren, wie sich die unter weichem Samt oder rauhem Lamé fröhlich verhärtenden Brustwarzen erhalten, unter Stoffen, die nackt, ohne Zaumzeug und Sattel, auf unseren Brüsten reiten, wie sollten wir das Possenspiel durchhalten, denn diese Party ist wie alle unsere Parties ein Possenspiel, irrealer noch als die Casa de la Troya unserer Jugend, wir spielen heute eine andere Rolle, aber wir spielen sie weit weniger überzeugend als damals, als wir noch sorglose junge Studenten sein wollten, die ihre Vorlesungen schwänzen und zum Meer hinunterschlendern, vielleicht weil uns die Begeisterungsfähigkeit unterwegs abhanden gekommen ist oder weil wir nicht mehr genug Zuschauer haben – wo sind die zeitunglesenden alten Männer auf den Bänken geblieben, wo die Matronen, die unter Kindern und Einkaufstaschen begraben waren, und wo die düsteren Pedelle vom Athenäum? – Hier sind wir Zuschauer und Stück zugleich, die Diener sind nur Schatten, gespenstische Stützen für Silbertabletts, die von allein durch den Garten zu schweben scheinen, hier kommt als Zuschauer nur Clara in Frage, darum hebt sie auf ihrer Swimmingpool-Leiter ja so spöttisch ihr Glas, sie weiß ja, daß wir schlecht spielen, daß wir zweitklassige Schauspieler sind, darum hat sie ja den Verdacht, daß ich sie hierher geschleppt habe, um wenigstens einen Zuschauer zu haben, einen, der mit diesem Trauerspiel nichts zu tun hat, denn ohne Zuschauer, und sei es auch nur einer, gibt es kein Theater – ich werde ihr später erklären müssen, daß es nicht deswegen war, sondern daß ich sie hierhaben wollte, um sie auf die Probe zu stellen, um zu sehen, ob sie die Erbse findet und damit die allerprinzessinnenhafteste Prinzessin ist –, und ich muß zugeben, auch ich spiele gerne etwas vor, verkleide mich und tauche gern zurück in die endlose Kette von Possenspielen, die in meiner Jugend begann. Davor gab es kein Falschspiel, nur Spiele, und Spiele waren und sind immer heilig, wir werden in die heilige Welt der Spiele – in der alles real ist – hineingeboren und wachsen in ihr heran, um dann bei dieser Erwachsenenmaskerade zu enden.

Im Haus ist es leer und dämmrig – die Kristalleuchter wurden vor einer ganzen Weile gelöscht, es brennt nur noch gedämpftes Licht – und schön wie auf einer Bühne ohne Schauspieler. Vor dem rosa Marmorfrisiertisch und dem fast über die ganze Wand gehenden Spiegel bestäube ich mir vergnügt – wie als Kind, wenn ich mich ins Badezimmer meiner Mutter schlich – mit dem cremefarbigen Satinpuderquast die Nase, fahre mir mit der silbernen Bürste durchs Haar und besprühe mir Hals und Wangen aus kristallenem Zerstäuber mit winzigen kalten Kölnischwassertröpfchen. Der intensive, unbekannte Geruch strömt auf mich ein, ich schließe für einen Augenblick die Augen, und der Augenblick war wohl lang genug, daß sich jemand hinter mich schleichen konnte und ich an Clara dachte und doch wußte, daß es nicht Clara war, daß es auch Maite nicht war, obwohl sie uns den ganzen Abend mit wachsender Neugier beobachtet hat, bis hierher ist sie mir nicht nachgekommen, das sind nicht Claras schwerelose Hände, die sich mir jetzt auf die Schultern legen, das ist auch nicht Claras leichtes Keuchen, dieser etwas unnormal schnelle, mühsame Atem, der mir übers Ohr streicht, über den Nacken streicht, und es ist auch nicht ihr Geruch, dieser zusätzliche, ebenso unbekannte Geruch, der aber weitaus aufdringlicher und stärker ist und sich jetzt mit dem Geruch aus dem Parfümzerstäuber vermischt. Die Hände beginnen an meinen Schultern eine gemächliche, anmutige Liebkosung, eine Bewegung, fast Pantomime oder Ballett, weniger Berührung als die Zeichnung meines Umrisses in der Luft. Sie gleiten alsdann seitlich an mir herab, streichen über meine Taille, verweilen dort ein paar Sekunden, kommen wieder hoch zu meinen Brüsten und bleiben dort, sichtlich am Ziel, mit espenzartem Zittern stehen. Sodann fahren sie kurz entschlossen wieder hoch zu meinen Schultern und drehen mich zu sich herum. Und ich sehe zwei leuchtendgrüne Augen – die natürlich weder Clara noch Maite gehören –, zwei Zwillingsschmuckstücke aus wunderschöner Jade in der Tiefe eines Abgrunds, über dem erschrocken lange goldene Wimpern flattern, sehe einen blaßrosa Mund, schimmerndes feuchtes Rosa, das im matten, helleren Rosa der Haut erblüht, denn um die grünen Steine und die goldenen Wimpern verflüchtigt sich das Rosa und verschwimmt zur fast perfekten Hautimitation, und Reales und Erdachtes finden sich in dieser delikaten Salonpuppe (denn die Dame des Hauses ist mir zum Frisiertisch gefolgt) zu einer erlesenen Verbindung zusammen, und das Mattrosa der Wangen wird am Hals noch schwächer, läßt die bläulichen Adern zart durchscheinen, um dann auf Schulter- und Brusthöhe wieder wärmere Farbtöne aufzunehmen, bis es auf dem Gipfel der Brüste, die den Spitzen von Nardenblütenknopsen ähneln, sanft harmonierend noch einmal das Rosa der Lippen und das um eine Spur grellere Rosa der Fingernägel vorführt. Ein seltenes, ein auserlesenes, ein ungeheuer kostbares Stück, das, zum Ergötzen des mächtigsten Sippenmitglieds aus fernen Ländern importiert, das gelungenste Exemplar in einer umfangreichen Sammlung ist, einer Sammlung aus Elfenbein- und Jadearbeiten, gotischen Schnitzereien und Renaissancewaffen, der wertvollste Schatz von all den Schätzen, die in diesem Kitschschloß gelagert werden, in dem alles kostbar und echt, nur nichts wirklich ist, das von erfahrenen Juwelieren fein gearbeitete Prunkstück der Juwelierkunst, die prächtige Nachtigall aus Gold und Smaragden, die man zur Zerstreuung und Zierde eines falschen Kaisers herbeischaffte, obwohl sie diesen hier über keinen Verlust hinwegzutrösten braucht, denn um wessentwillen und warum sollte der Herr des Hauses eines Tages wohl trauern? Ein unschätzbar wertvolles Edelsteinspielzeug, das vielleicht ebenso gut singt wie ein echter Vogel, weil in seiner hohlen Brust eine verborgene Stimme ganz aus schmeichelndem Gold und aus zärtlichem Rosa eingebaut ist, eine melodiöse, belegte Stimme, die mit dem Smaragdgrün der Augen und dem mattrosa Elfenbein der Haut zart harmoniert, eine Stimme, darauf programmiert, gelegentlich auch zu sattem, wollüstigem Karminrosa anzuschwellen, um dann, ach so vornehm, perlmuttrosa auszuklingen, eine Stimme, die nur ein Lied zu kennen braucht, schön aufgenommen und brav gelernt, eine Platte mit nur einer Seite, die der Kaiser mit einem Knopfdruck bequem abspielen kann. Aber etwas muß heute – warum ausgerechnet heute, wo ich mit Clara auf der Party bin und Maite uns zweien, oder uns dreien, mit Späheraugen nachspioniert – in der komplizierten Mechanik zerbrochen sein, die Edelsteinnachtigall hat sich wohl in einen irren Vogel verwandelt, wäre sie doch wenigstens verstummt, aber nein, verstummt ist sie nicht, sondern verdreht ganz ungeheuerlich das Lied und bläst mir einen gotteslästerlichen Psalm, einen dunklen, sinnlosen – zumindest in Apollos und des Kaisers Welt sinnlosen – Singsang ins Ohr, die Stimme blutig und trüb wie altes, unreines Blutgerinnsel, die hat ganz bestimmt kein geschickter Juwelier in ihre Brust eingesetzt, sie paßt auch gar nicht mehr zu den zarten Elfenbeintönen und dem kristallklaren Grün der Smaragde, obwohl es auch da, tief unten in den durchsichtigen kalten Steinen, jetzt verheißungsvoll zu glitzern beginnt und das Blaßrosa der Wangen leuchtender wird und aus den Perlmuttschläfen etwas hervortritt, das man fast als Schweiß ansehen kann. Unheimlich dieses Erwachen eines unbelebten Wesens zum Leben, furchtbar dieses zweite Sein, daß sich da lebendig und Strich um Strich schärfer hinter den schwindenden Zügen der Nachtigallpuppe abzeichnet, bis es sie ganz verschlingt und beseitigt, als fresse es sie von innen, um selber nach außen zu wachsen, diese Frau aus Fleisch, die hier geboren wird oder die ich zumindest jetzt hinter ihren Masken entdecke und die nicht einmal eine schöne Frau ist. Sie umschwirrt mich mit heiserem Krächzen – sag, fühlst du das gleiche wie ich, sag, kannst du, seit wir uns kennen, noch an anderes denken, welch alberne Dinge für eine Smaragdnachtigall –, ich habe das Gefühl, ich vergehe in ihrem Rosa und Perlmutt, im krankhaften Funkeln irrer Edelsteine, im aufdringlichen, schweren Duft zweier sich vermischender Parfüms, im Jaulen der falsch aufgelegten Platte, die ein unmögliches Lied abspielt, und die Zunge der Vogelfrau an meiner Zunge, die Zunge der Schlangenfrau, die mich umschlingt, sie kriecht tief bis in meine Kehle, ihre Lippen schlürfen mich ein wie brennende Saugnäpfe, sie schlägt mir – woher nur die vertrackte unvermutete Kraft! – ihre furchtbaren Krallen in Brust und Hals und zerfleischt mir monoton und zwanghaft zupackend die zuckenden Brustwarzen, und ich sage mir immer wieder, bring sie zur Vernunft, steck sie so bald wie möglich – bevor Maite hereinkommt, bevor Clara uns sieht oder bevor der Kaiser etwas merkt – wieder in ihre blendende Luxusobjektverpackung, steck sie in ihre steinern-metallische träge Sicherheit, in die elegante Unverbindlichkeit ihrer tausend Masken, ermahne diese gesprungene Puppe, daß sie sich derartige Entgleisungen hier nicht leisten darf, daß ihr Herr und Gebieter – ich kenne doch die Kaiser hierzulande! –, daß ihr Gebieter, der sie schließlich hergebracht hat, auf daß sie seine Säle ziere und ihn – schon fragwürdiger – auf seinem Lager erfreue, nie auch nur ahnen, nicht dahinterkommen darf, mag er sie noch so freundlich bewirten und verhätscheln und Geschenke und Zärtlichkeiten über sie häufen, daß er einfach nicht vermuten darf, mag er in der Stadt ihr zu Ehren auch die verschwenderischsten Feste geben – die Clara allerdings, ich will nichts verschweigen, gar nicht so verschwenderisch findet, stammt sie doch selbst aus einer anderen Welt und müssen ihr Wagen und Whisky, Juwelen und Diener hier darum allesamt zu klein und zu kurz geraten, knitterig und schäbig vorkommen –, daß der Kaiser also nie eine Ahnung davon bekommen darf, daß in seinem Prachtspielzeug nicht alles so läuft, wie es sich gehört, daß sich hinter all den Masken ein fast menschliches, nicht einmal sonderlich schönes Gesicht verbirgt, daß von einer geheimen Platte in ihrer Brust in murmelndem Ton andere, für ihn gotteslästerliche Reden erklingen und daß die ausgeklügelten Werke geschickter orientalischer Juweliere einen manchmal auf verbotene oder unerforschte Wege führen. Sonst muß meine arme Schlangenfrau, meine doch nur für die Ausschmückung von Bett und Salon eingerichtete, hilflose Vogelfrau nämlich als verschnürt und versiegeltes Paket geradenwegs in ihre entlegenen Weltgegenden zurück – und auch das nur, wenn sie nicht noch Schlimmeres trifft. Darum schiebe ich sie – sie hat die Hände immer noch auf meinen Brüsten und ich die meinen auf ihren Schultern – sanft von mir, küsse sie zärtlich, flüchtig und fliehe in aller Eile – Clara sitzt noch immer am Beckenrand und hat, glaube ich, nichts bemerkt – in den Garten, im Grunde ein wenig belustigt und ein wenig gerührt, weil man die schmerzhafte Verwandlung einer goldenen Nachtigall in eine zerzauste Bacchantin – die sogar leicht nach Wein, nicht nach Sekt riecht – schließlich nicht alle Tage erlebt, und hoffe dabei nur inbrünstig, daß niemand uns vorm Frisiertisch gesehen hat und somit auch niemand die triste, nein die glänzende Zukunft des schönen, eleganten, zu seinem Unglück nur auch unangebracht lebendigen und wirklichen Vogels gefährden kann.

Die Meerfahrt planen wir eigentlich schon seit langem – seit langem, weil die Zeit jetzt nach einem andern Maß verstreicht und vier, fünf oder auch sechs Tage in Claras und meiner Geschichte inzwischen eine Ewigkeit sind, dabei ist unsere Geschichte vielleicht gar nicht ein und dieselbe Geschichte, sondern zwei sinnlose Parallelgeschichten, die sich nie treffen, wer glaubt schließlich noch an das Unendliche, vielleicht ist es ja weniger als eine Geschichte, sondern einfach ein Vorwand von mir, um einmal alte Geschichten aufzuwärmen und neu zu erleben –, seit langem, seit genau fünf Tagen, seit dem Vormittag, als ich sie zum erstenmal in das tiefe Grün meines verwunschenen Brunnens führte, in das dumpfe Rauschen von Schilf und Wellen und vor das Pfeifen und Rattern der Züge vor dem Tunnel, seit dem Tag, da wir zwischen den Hortensien das Tier suchten und Bougainvilleen reif in den wehrlosen Schoß meiner blauen Puppe fielen, seitdem planen wir also diese Fahrt auf das frühlinghafte Meer, auf das menschenleere, reine, junfräuliche oder nach dem Winter erneut jungfräuliche Meer. Nur hat sich bei dem Spiel etwas verschoben, und wir sitzen zu viert auf dem Boot, bei einer Reise, die eigentlich zu zweit stattfinden und einen alten Traum von mir einbringen sollte. Aber die goldene Nachtigall hat sich in einen schwarzen Schwan verwandelt, blind für mein Sträuben – das allerdings, aus heimlicher Schwäche für die Nachtigall? aus dem bösen Trieb, Clara zu quälen? auch nicht unüberwindlich und nicht allzu schwer zu brechen war –, zu uns an Bord geschlichen, als schwarzer Schwan, weil sie offensichtlich eine Vorliebe für Vogelkostüme hat und zugegebenermaßen auch, obwohl etwas Schlichtes, Morgendliches, Meerhaftes, etwa ein weißes Möwenkleid, besser angestanden hätte, blendend aussieht mit ihrem langen Perlmutthals, ihrem im Nakken hochgesteckten pechschwarzen Haar und der duftigen, dichten schwarzen Volantwolke, aus der der Hals und die Arme ragen. In der Tat ist auch ihr Mund rot wie Blut, obwohl sie eigentlich mehr der tückischen Königin gleicht als der einfältig mit Tauben spielenden gutgläubigen Prinzessin; die hexenhafte Odette kann nämlich unübersehbar unschuldig-naive, hergelaufene kleine Tropenmädchen nicht leiden, außerdem stellt sie mir seit der Gartenparty mit unverhüllt schwülem Verlangen nach und hätte mich damit eigentlich kränken oder gar erschrecken sollen, belustigt und rührt mich aber nur, die Hexe mit den Vogelverkleidungen, den zahllosen Masken, in ihrer im Grunde herzergreifenden Hilflosigkeit. Das Steuerrad läßt sich mühelos halten, die See ist nur leicht, ganz leicht bewegt, außer uns ist keiner draußen – die Fischerboote, die noch auslaufen, sind um diese Zeit schon weit –, und ich steuere darum mit geschlossenen Augen, sehe dabei aber den schwarzen Schwan, wie er, in einer hochfahrenden Geste versteinert, leeren Blicks den langen Hals aus Volants reckt, so künstlich und schön, daß wohl keiner in ihr die aufgelöste Bacchantin mit der heiseren Stimme vermutet, und sehe den mageren Rücken und das wehende Haar meines bockigen, häßlichen jungen Entleins, das vorn, zur Galionsfigur versteinert, rittlings auf dem Schiffsschnabel sitzt und zu gekränkt ist, um eine von uns dreien eines Blicks zu würdigen oder anzusprechen, nicht die tückische schwarze Königin mit den schlimmen Zauberkünsten, nicht mich, die ich sie, Hexenvögel in unseren Tempel holend, hinterging, auch nicht das kleine Mädchen, das sie selbst mitbrachte, als sie erfuhr, daß wir nicht wie vorgehabt allein hinausfuhren, ein blendend schönes junges Ding, das seine Jugend wie einen Beruf ausübt und seine Schönheit – Julio wäre verrückt nach ihr – wie ein Banner vor sich herträgt, sie besteht ganz aus langen Beinen, einem hübschen Schnäuzchen, schrägen Mandelaugen und brauner Haut, Jugend wie auf Abreißkalendern, wie auf Werbefotos in Technicolor, eine genormte Jugend, an die ein paar Dummköpfe und eine Handvoll Greise anscheinend glauben wie die, die uns zusahen, wenn wir die Allee hinunter zum Meer schlenderten, und die so neidisch und so weit entfernt von ihrer Jugend waren, daß sie deren Angst, Einsamkeit und sogar die langen Nächte voll Wut, Verwirrung und Tränen – obwohl Claras Freundin von dem allem unberührt scheint, vielleicht ist sie da eine Ausnahme – längst vergessen hatten. Ich brachte mir also einen exotischen schlimmen Vogel mit hundert Verkleidungen – über einer ungewaschenen, verliebten Bacchantin – mit, und Clara dieses simple Sinnbild der Jugend und der Schönheit, diese perfekte Hülle, von der jeder weiß, was darunter ist. Beide haben wir uns zwei aberwitzige hinterhältige Schachfiguren aus dem Hut gezaubert, stellen sie zu den zwei tollen Königinnen aufs Brett und sitzen nun zu viert in dem bauchigen Boot, das so schön durch das leichtbewegte Wasser schneidet – wären wir allein, würde ich Clara erklären, daß kein Boot die See wie das andere schneidet, daß jedes mit seinem Kiel und den Wellen eine einzigartige Skulptur bildet – und mit dem Bug in sauberen Anläufen das Wasser rammt, es in zwei Schaumbänder teilt, die an den sanftgebogenen Flanken entlangschießen und weißen Schaum in die vergoldete Luft spritzen lassen, der die ewigen Jeans meines häßlichen jungen Entleins, meiner heute fast weißen Schwanenprinzessin benetzt, meiner Odile, die mir hartnäckig den Rücken zukehrt und majestätisch – sie macht auf Galionsfigur – die Füße fast im Wasser – schon wieder, es ist eine Manie – vorwärtsprescht. Der salzige Schaum spritzt auch auf die duftigen, satinschimmernden, hochstehenden Volants meines gedankenverloren lächelnden schwarzen Schwans, der einzigen, mißratenen Tochter des Hexers – ob die beiden ein inzestuöses Verhältnis miteinander haben und dem eines Tages ein absonderliches Monster entspringt? – des Hexers, der manch einst unschuldiges junges Mädchen gefangenhält, meines schwarzen Schwans also, der womöglich zu geheimen Hexenkünsten greift, wenn er das unglückliche, plumpe – ja, heute ganz bestimmt unglückliche – Entlein, das bald die Gattin eines Prinzen oder des schönsten Schwans auf dem See werden soll, für immer in sein Federverließ einschließen will. Der schwarze Schwan und der weiße Schwan und beide mit goldenem Schaum bespritzt, beide feindselig, beide – auch wenn sie sich nicht ansehen – verbissen und trotzig schweigend, und zwischen beiden ein prachtvolles Paar Beine, absolut unpersönlich und vogelweit vom Menschsein entfernt, wie eine Krake an einer Tankstelle oder ein Pepsicolamädchen auf einer Geflügelschau, eben prachtvolle Beine, nicht menschengemäß, und darauf ebenfalls flächenweise glitzernde Schaumfunken. Und ich fahre weiter, die Augen halb geschlossen, und habe vor lauter Sonne bunte Sternchen unter den Lidern und weiß, wenn ich wie als Kind, wie alle Kinder, leicht mit den Fingerspitzen darauf drücke, tanzen die Sternchen wie Kristalle im Kaleidoskop einen Verwandlungstanz, aber ich halte mit der einen Hand das Steuer und klammere mich mit der andern am Bootsrand fest, und die Sonne und der Salzgeschmack auf den Lippen und das andauernde gleichförmige Klatschen des Kiels gegen die Wellen ist köstlich, und der Königinnenstreit oder das Vogelgezänk ist mir auf einmal egal – ich weiß ja, jede Suche nach verlorener Zeit oder wurmstichig gewordenen Wunschträumen ist von vornherein illusorisch, die Wunschträume vertragen sich nicht mit Reklamemädchen, mit Markenfrauen, die ihre Schönheit und Jugend wie ein Banner vor sich hertragen, vertraute Kindheitsträume vertragen sich nicht mit bösartigen schwarzen Schwänen und Jungfrauenfängern; ist mir so egal, daß ich mich schläfrig und träge treiben lasse, faul wie eine Eidechse in der Sonne – oder wie sich Menschen Eidechsen in der Sonne vorstellen –, selbstvergessen, obwohl die drei Frauen sich inzwischen zu einer Unterhaltung aufgerafft haben, ihr lange gewahrtes Schweigen endlich gebrochen haben, so daß sich zu dem Rauschen der Wellen, dem Säuseln des Windes und dem plötzlich einsetzenden rauhen wilden Kreischen der Möwen jetzt ihr unterschwellig aggressives Geschnurr oder besser Gekrächz gesellt, zu Möwenkreischen, weil das Boot in eine Art Bucht geglitten ist und wir uns inmitten eines fast geschlossenen Runds aus steil aus dem Wasser ragenden hohen, düster-wilden Felsen befinden und das Wasser plötzlich spiegelglatt und tiefblau ist und auch der Wind sich auf einmal gelegt hat und die Möwen, die dicht an dicht hoch oben in düster- undurchdringlicher Reihe auf den Klippen sitzen, gereizte Schreie ausstoßen, uns von ihren schwarzen Felsen wütend beschimpfen, die am Fuß im schwarzen Wasser stehen und sich scharf gegen den Himmel abheben, der mit einemmal finster und bedrohlich aussieht, und ich werfe, obwohl sich das Boot in diesem zähflüssigen, metallisch schweren Meer nicht von der Stelle rührt, den Anker aus, und als der knatternde Motor verstummt, schwillt das Möwengekreisch schrecklich an, multipliziert sich, und ich fröstele und lege mich rücklings auf die lauwarmen Planken in die Sonne – die Sonne scheint nämlich noch, obwohl man das Gefühl hat, es sei am hellichten Tage finster geworden –, ich lege mich wieder mit geschlossenen Augen hin und denke, vielleicht sind meine Träume ja gar nicht so weit, und lasse mich sanft vom bleiernen oder merkurnen, ganz silbrigen dunklen Wasser schaukeln, und über mir habe ich einen Himmel, aus dem die Sonne verschwunden zu sein scheint – nur scheint – und die wilden Vögel uns von ihren Klippen her zu Tausenden aufgebracht beschimpfen, fast wird das nichtssagende Geplauder eines schwarzen Schwans, eines häßlichen jungen Entleins und eines Pfaus davon übertönt, der Plausch von drei gefiederten Stalltieren, von drei Dorfteichpaddlern, die einander erbittert, aber ohne Feuer bekämpfen und an die furchterregenden Schreie der aufgebrachten Möwen natürlich nicht herankommen, sie sind eben Federvieh, betreiben Hühnerkonkurrenz, ihr Wettstreit interessiert mich längst nicht mehr, obwohl es dabei um mich geht, denn sie reden nur für mich und tun nur so, als sprächen sie miteinander, was soll das Hühnerstallgezänk vor dieser imposanten Wagnerszenerie, doch am Ende muß ich mich doch auf den Ellenbogen aufrichten, stütze den Kopf in die Hand, am Ende muß ich doch die Augen aufmachen und vergesse sogar die Möwen und die Träume, weil sich auf dem stillstehenden Vorderschiff vor den schwarzen Felsen das Reklamemädchen mit selbstverständlichen, raschen, natürlichen Bewegungen Pullover und Schlüpfer auszieht und sich, ganz Augenweide, nichts für Geruchs- oder Tastsinn, ungeheuer unpersönlich und sehr jung, sehr schön, einem Illustriertenfoto ähnlicher denn je, mit ihrer gleichmäßig gebräunten Haut reckt und daneben der schwarze Schwan mit weisen, gelassenen Bewegungen Volants und Gefieder abstreift, mühsam aus mannigfaltigen Spitzen und Stickereien, aus exquisiter Miniaturunterwäsche steigt, wie aus schwarzen Schaumflöckchen, wie aus dem Brautkleid einer Luxuspuppe aus vergangenen Zeiten – und dabei Gerüche verströmt, wenn sie auch kaum bis zu mir kommen, weil die nach Meer riechende salzige Luft sie alsbald aufsaugt und verschluckt –, und sie läßt sich Zeit dabei, erzittert unter einer unmerklichen Brise, dehnt sich behaglich und ohne zu lächeln und fördert Millimeter um Millimeter eine schlichte und doch herrliche Figur zutage, mit schlanken Schenkeln, langen Beinen und kleinen, vorstehenden Brüsten, die in spröde, fast runzelige, fast violette Warzen auslaufen, herrliche cremefarben schimmernde Haut, ein schöner Anblick, die beiden Frauen – ganz Natur die eine, ganz Kunst die andere –, im blendenden Schmuck ihrer Nacktheit, unterm Panzer ihrer nackten Leiber bekleideter, geschützter denn je, aufrecht im fast geschlossenen Rund der drohenden schwarzen Klippen, unterm wütenden Gekrächz der Möwen, nur dieses verletzte Funkeln in den grauen Augen meines häßlichen jungen Entleins, das endlich auch den Kopf gewandt hat und seine Karyatidenpose endlich aufgegeben hat, nur dieser ratlose wilde Zorn, arme, in fremden Netzen gefangene Möwe, verwundbarer denn je, mehr denn je hungriges verirrtes Entlein, muß mir, hier, auf dem reglosen Bug, dem glatten schwarzen Meer, in die Enge getrieben, gleich an die Kehle oder an die Augen springen, ist sie doch ganz offensichtlich ein verwundetes, wehrloses kleines Tier, genauso offensichtlich aber auch ein wildes Tier, der Satz kommt darum unverhofft und jäh und so wild und schmerzhaft für sie selber – gilt doch ihr Angriff mehr ihr als mir –, daß ich sprachlos und getroffen bin. Sie springt nämlich niemandem an die Gurgel und niemandem an die Augen, sondern stürzt sich in einen schwindelnden Abgrund. Sie entblößt ihren mageren Rücken, die durchsichtig über zarte kleine Knochen gespannte Haut, sie entblößt ihre schneeweißen Arme, das dunkle Haar auf dem Kopf ist zerwühlt, und tapfer hält sie wie eine Fahne ihren blauen Pullover hoch und steht jetzt verhalten zitternd da, mit zusammengekniffenen Lippen und hilfesuchenden Augen, einem kleinen Mädchen, das nicht weiß, wie es weitergeht, so ähnlich wie nie, aber wir wissen ja beide, daß es weitergeht, ich kann nicht schreien, ich geb's auf, es war ein dummes Spiel, zieh dich wieder an, und sie kann den Fahnenpullover nicht wieder aufheben und ihn sich über den Kopf streifen, wir müssen diese idiotische Pantomime – die uns beide verletzt – zwangsläufig zu Ende spielen, darum zerrt sich Clara ungeduldig auch Jeans, BH und Schlüpfer vom Leib – wozu sie einen BH braucht, soll einer wissen! – und steht schließlich da, mit ihrem Kinderleib, nicht einmal Mädchenleib, mit ihren langen dunklen Haaren, die ihr bis zur Taille hinunterfließen, und ist weiß wie Schnee, schwarz wie Ebenholz und rot wie Blut, rot allerdings nicht wegen der Lippen – die vor lauter Blutleere blau sind –, sondern wegen der Wangen, die brennen, die vor Scham erröten, was sie haßt, wogegen sie aber nichts ausrichten kann, und wenn die jugendfrische Pepsischönheit und der hinreißend schwarze Schwan sich in ihre Nacktheit wie in ein prunkvolles Luxusgewand kleiden und Körper bei ihnen somit Körper bekleidet, weshalb man sie in ihrem neuen Kostüm nicht eigentlich nackt nennen kann, so wirkt Claras ganz angespannter und unter dem dunklen Haar totenbleicher Körper, der ja noch nicht mal ein Frauenkörper, nicht mal ein Erwachsenenkörper ist, in seiner Zweideutigkeit und Hilflosigkeit so schrecklich, so verwirrend, daß alle Nacktheit der Welt in ihr vereinigt ist und ich mich, während die drei Körper hintereinander ins Wasser klatschen, wieder aufs Heck lege und, da ich diesmal stärker und anders friere, trostsuchend an die warmen Holzplanken schmiege.

Unter dem fiebrigen, sonderbar starren Blick ihrer geweiteten Augen – ich bin nicht sicher, ob sie mich sehen, ob sie überhaupt etwas sehen – zuckt ein angstvoll unwissender Mund, der doch im Schlaf oder in früheren, halb vergessenen Leben ahnungsvoll alles übers Küssen gelernt hat, ein salziger brennender Mund mit aufgesprungenen, leicht spröden Lippen, der in immer neuen Anläufen, wie wilde, zornige, trostlose Brandung, hartnäckig gegen meinen Mund anrennt und daran zerschellt, indes Clara am ganzen Körper fliegt und hemmungslos zuckt und den Kopf auf dem Kissen rollt und mir – ich knie vor ihrem Bett auf dem Boden – mit erstaunlicher Kraft einen Arm um die Taille schlingt und die andere Hand in meinen Hals krallt, meine Schultern, mein Haar, und immer wieder meinen Kopf zu sich heranzieht, an ihren offenen, lechzenden, durstigen, verbrennenden Mund, der mich küßt und dabei, zwischen Kuß und Kuß, dumpf aufstöhnt, wie kein Mensch stöhnt, nicht einmal Tiere, ein heiseres Stöhnen, als käme es vom Meer oder vom Wind in furchtbaren mondlosen Sabbatnächten, in denen die Hexen und bösen geilen Weiber aus dem Süden losgelassen sind und brünstige schwarze Kater miauen und Schamteile sich lüstern wie wild an Besen reiben. Ich weiß nicht, ist Clara ernsthaft krank oder ist sie nur high und betrunken, nachdem wir Stunden zu viert vor dem brennenden Kamin saßen, der uns nach dem Vormittag auf See mit seinen flammenerleuchteten Wänden so wohltat, als der schwarze Schwan sich völlig deplaciert ein prunkvolles altes Hauskleid von meiner Großmutter, ein scharlachrotes Samtkleid mit Spitzenvolants, anzog, daß ich mich sogar frage, wie meine Großmutter, und sei es auch nur privat, derartige Kleidungsstücke tragen konnte, ein Hauskleid, das schmeichelnd über die schlanken Schenkel der Vogelfrau hinabgleitet, das sich mitunter vorne löst und dann die Brüste mit den dunklen Brustwarzen sehen läßt, und als die Französin, denn zu allem Überfluß ist das Pepsigirl Französin, sich von meinem Großvater einen marineblauen Seidenhausrock mit winzigen goldenen Wappenlilien anzog, der in der Taille von einer gleichfalls goldenen Kordel zusammengehalten wurde; jedenfalls unterhielten die beiden sich endlos, trockneten sich gegenseitig die Haare ab, rieben sich mit Feuchtigkeitscreme ein, manikürten sich und plauderten bei all dem unentwegt weiter, so daß Clara und ich endlich beiseite gedrängt wurden, endlich übersehen, endlich als hoffnungslose Eigenbrötler in Frieden gelassen wurden, ich legte mich nämlich aufs Sofa, wie vorher auf die Bootsplanken, sah den züngelnden Flammenreflexen an der Decke zu, trank träge eine Tasse starken Tee nach der andern und lauschte dem dahinplätschernden Gespräch, als wäre es Meeresrauschen oder Schilfrascheln, eine angenehme, nichtssagende Geräuschkulisse, die einschläfernd wirkte, an der ich nichts zu ändern gedachte, wie auch Clara sich nicht beteiligte, sondern eingeigelt, in abwehrender Haltung, neben sich eine Flasche Wein und ein Glas, am Feuer hockte und ihr Glas unentwegt nachfüllte und austrank, nur war ich zu müde, um es ihr zu verwehren, ich hätte vielleicht auch gar nicht gewußt, was ich ihr sagen sollte, wie ich ein verrücktes Mädchen ausschimpfen sollte, das über ihr Maß trank und mit eifriger Brave-Mädchen-Geste, mit Klassenbeste-Geste den Joint entgegennahm und daran zog, den die andern ihr reichten, nachdem sie eine kleine braune Stange vorsichtig aufgewärmt, zerbröselt und mit Mentholtabak vermengt haben, um den Joint dann so fingerfertig wie ein alter Bauer oder alter Seemann seine Zigarette, bedächtig und genüßlich zu drehen, so daß das Ritual der beiden Frauen vor dem Feuer fast schöner war als die Raucherfreuden, und mir fährt durch den Kopf, daß ich nicht zulassen sollte, daß Clara nach dem vielen Trinken jetzt auch noch raucht, aber wie soll ich mich einmischen, außerdem bin ich viel zu schlapp, ich döse auf dem Sofa vor mich hin, und am Ende habe auch ich den Joint angenommen und habe stumm geraucht und treibe nun schwerelos in wundervollem Taumel dahin und kann jeden Moment auf- und davonfliegen, mich zur schönsten und jüngsten Hexe auf den Besen schwingen, zu der Hexe mit der heißesten Scham und dem schwärzesten Kater, aber nein, doch nicht, lieber höbe ich Clara zu mir auf den Besen, unter Hexen kann schließlich auch ich mit meinen fast fünfzig Jahren noch gut und gern die Schönste und Jüngste sein, und alle meine Katzen wären auch eingeladen, nur ist mir Clara so böse, und als ich mich zum Feuer drehe – ich weiß nicht, ob Minuten oder Stunden später –, ist Clara nicht mehr da, ist fort, weg aus dem Zimmer, wo auf dem Teppich das Geplauder der jungen-schönen-Französin mit dem Vogel-Schwan inzwischen zum Geschnurr brünstiger Katzen, zum Geschnurr von Hexenkatzen wurde, wo ihrer beider Körper in einem absonderlichen Ringen ein Knäuel bilden, ununterscheidbar Schenkel, lange Beine, pralle Brüste, lechzende Münder, und ich erhob mich und ging durchs Haus, Clara suchen, bis ich sie hier fand, zitternd im Bett, mit Irrenaugen, von denen ich mir nicht sicher bin, ob sie mich überhaupt sehen, und Clara wirft den Kopf auf dem Kissen herum und fliegt am ganzen Körper, und ich bin mir nicht klar darüber, ist sie sternhagelvoll und high von Alkohol und Haschisch oder steht sie am Rande eines hysterischen Anfalls, oder führt sie, extra für mich – Wein und Droge tuen dabei natürlich das ihre –, ein Stück auf mit einer Falle, und ich bin die einzige Zuschauerin. Darum weiß ich auch nicht recht, soll ich ihr nun Kölnischwasser auf die Stirn träufeln oder Kamillentee aufbrühen oder einen Arzt holen oder soll ich ihr mal tüchtig eins hinten drauf geben. Dabei wird ihr Blick immer starrer und entrückter und das Zittern im ganzen Körper stärker, und lauter wird auch ihr meergleiches, ihr gesteinsgleiches Stöhnen, versetzt mit zusammenhanglosen Worten und immer heftigeren Küssen, obwohl ich auch da nicht weiß, ob dieses Sich-an-mir-Scheuern und Zuschlagen und Ihre-Zähne-und-Lippen-in-meine-Zähne-Schlagen eigentlich Küsse sind, und dazu der betäubende Algen-, Tabak- und Weingeruch, ich finde das alles furchtbar lästig und fehl am Platz und überaus unangenehm – so peinlich teenagerhaft – und weiß dabei doch, daß ich, selbst wenn ihre Hände mich jetzt losließen, schon nicht mehr von ihrer Seite hochkäme, und ihre herben, kratzigen, ach so unbeholfenen oder – weiß der Himmel – so gekonnten Küsse treffen bei mir merkwürdigerweise einen wunden Punkt, und als meine Prinzessin, meine beunruhigende, von einem gefahrvollen fremden Planeten gefallene Prinzessin, mein gesteinsgleiches, meergleiches Mädchen endlich in Tränen ausbricht, in einen Sturzbach nicht mehr aufzuhaltender hysterischer Tränen ausbricht, da gehen auf meinem Schiff – meinem Schiff, denn vielleicht reitet die junge schöne Hexe mit der gierigen Scham ja nicht auf einem Besenstiel, sondern steuert auf einem Raumschiff das Unmögliche an – mit ohrenbetäubendem Sirenengeheul und Glokkengebimmel alle roten Lichter auf einmal an, und ich ahne, wenn mich auch nur eine von ihren lauwarmen salzigen Tränen trifft, die da über die runden Wangen meiner blauen Puppe rollen, so ist es um das Schiff mit Mannschaft und Kapitän geschehen. Unheilvolle Gewächse greifen nämlich, uneindämmbar, monströs wuchernd, auf dem Schiff um sich – hat die Fremde sie von ihrem Planeten mitgebracht, oder sind es die Pflanzen, die seit Jahren in meinen eigenen Schächten still wuchsen? –, schießen schon aus Kommandobrücke, Kajüten, Hospital und den langen Gängen, und ich tappe schwerfällig, mühsam wie in einem bösen Traum, einem angsterregenden – einem wonnespendenden – Traum, aus dem ich gar nicht mehr erwachen können will, durch dicke Stengel, von denen ich nicht weiß, sind es Wurzeln oder Äste – und kommen sie aus mir oder aus Clara, und wer von uns wird am Ende Theseus und wer Ariadne –, durch fleischige, saft- oder tautriefende Blätter und durch riesige rote Blüten mit Geruch nach Wein und nach Meer. Den Pullover, vormals Fahne, zieht es nach oben wie die Blütenkrone eines Nachtschattengewächses, das bei Einbruch der Dunkelheit wandert, und meine Hände vergraben sich in ihrer schmalen Taille, werden darin gefangen, angesaugt wie in einem Moor, eine Hand an jeder Seite ihrer Taille, die so atemberaubend fleischlich und leicht feucht ist wie eine Tropenblüte im Sumpf. Ihre kleinen Tatzen – ihre furchtbaren Tatzen wie von einem in die Enge getriebenen hilflosen Kätzchen – haben mich inzwischen losgelassen, weil sie ja genau weiß, aus diesem feinen schneeweißen Sand, der mich hinabzieht, komme ich nicht mehr los, ich habe nicht die geringste Chance, aufzustehen, irgendeinen belanglosen Satz zu sagen, mir eine Zigarette anzuzünden und aus dem Zimmer zu gehen, vielleicht um uns eine Tasse Tee zu holen; sie weiß, das Geturtel der beiden anderen Frauen – die unten im Wohnzimmer schon wieder plaudern – liegt jetzt schon so unüberbrückbar weit von uns, daß alle schwarzen Schwäne aus der Vergangenheit auf dem Weg dahin verenden und alle schwarzen Schwäne gleich welcher Zukunft es schon vorher aufgeben, denn hier und jetzt – in diesem Jetzt – ist nur Platz für ein zaubrisches blaues Mädchen, das auf meinem Besenstiel sitzt, das das Schiff überwuchert hat und mit fleischfressenden Lianen – von denen ich immer noch nicht weiß, ob sie aus mir oder aus ihr wachsen, jedenfalls hat sie sie hervorgelockt –, mit wollüstigen roten Blüten und bodenlosen Sümpfen alles ringsum überzieht, so daß wir beide atemlos versinken, nur für diese ausgezehrte Prinzessin von einem fernen Planeten ist Platz, nur für diese mutterlose, auf ewig zu wenig geliebte Prinzessin, für diese Unzivilisierte mit der nicht erlernbaren, jahrhundertealten Weisheit, für dieses Wesen, das so zerbrechlich und verletzlich ist, daß man ihr zu Hilfe eilen, sie vor sich selber schützen müßte, daß man sie wiegen und schaukeln und mit warmen Liebkosungen keimen lassen muß, daß man sie in die Sonne legen, mit dicken blutigen Filets und Tassen voll zäher Schokolade mit Sahne füttern müßte und ihr gläserweise warme Milch mit Honig einflößen sollte, vielleicht wäre die schönste, jüngste aller Hexen die geeignete Person, vielleicht der Kapitän, der bedauernswerte Kapitän, der zwischen bodenlosen Sümpfen und Mädchenblumen heillos zugrunde geht und jetzt – und dann die ganze Nacht – Claras schwitzenden, mageren bleichen Körper in den Armen hält, sicher und gefangen in meinen Armen, mit denen ich sie jetzt wiege, mit denen ich sie jetzt bette und dazu zärtliche Worte gurre, ihr sanfte Küsse auf die Lippen drücke, derweil die Tränen inzwischen schon zur ganzen Mannschaft reichen und alle Schiffe kentern oder mit Kurs aufs Unmögliche im All entschwinden und blaue Prinzessinnen oder Mädchenblumen ihr Heil nur noch darin suchen können, daß sie sich tief in den morastigen Grund, bis auf den Boden des weichen warmen Sands sinken lassen, weil das Schiff von den fleischigen duftenden Menschenfresserpflanzen längst übernommen ist und die furchtbaren Pflanzen auch auf den Besen blühen.

Ich lege den Brief auf den Frühstückstisch zum ungesüßten, starken, schwarzen Kaffee, zu den knusprigen Toastscheiben und dem großen Glas eisgekühlten Orangensaft – noch ein Versuch, alte Mythen zu bewahren, auch wenn ich mir mein Frühstück heute, wie überhaupt in den letzten Tagen, selber richten mußte, und merkwürdigerweise kann ich leicht auf Mittag- oder Abendessen, nie aber auf mein rituelles Frühstück verzichten, und auch wenn meine Mutter nicht mehr arrogant und immer noch schön in Morgenrock und Pantoffeln, Zeitung und Brille unterm Arm, durch den Salon spaziert, ständig auf der Suche nach einem Haar in meiner Suppe, nach einem Anlaß, auf mir herumzuhacken, auch wenn ich in wenigen Minuten beide Badewannenhähne aufdrehe und nicht mehr weiche bunte Kügelchen hineinwerfe, die sich im Wasser auflösen und es rosa, blau und grün verfärben und ihren süßlichen Geruch, die Technicolor-Version von Tausendundeine Nacht, im ganzen Raum verbreiten, sondern den Inhalt winziger exklusiver Fläschchen in die Wanne leere, die, französische Namen auf goldenen Etiketts, gar nicht zu dem passen, was ich heute bin, sondern eigentlich mehr das sind, was ich vor vielen, vielen Jahren, als ich von der Existenz französischer Badeöle noch gar nichts wußte und mir in der Drogerie an der Ecke Myrurgia-Kugeln kaufte, gern in mein Badewasser geschüttet hätte –, ich lege den eben vom Briefträger gebrachten Brief also auf den Frühstückstisch, schlürfe meinen ungezuckerten, bitteren starken Kaffee – um diese Zeit schmeckt auch mir der Kaffee ohne Zucker –, schmiere auf frisch geröstete goldbraune Toastscheiben blaßgelbe, cremig schmelzende, wegsickernde Butter, dazu – ein weiterer Mythos – eine dicke Schicht Himbeermarmelade, drehe dabei ohne besondere Eile, ihn zu öffnen, den Brief in den Händen und denke, sie hat ihn sicher in einem Zug runtergeschrieben, nachdem sie zwei oder drei Vorversuche zerrissen hat, einfach weil solche Briefe immer so geschrieben werden, nachts und bei langandauernder Schlaflosigkeit, sie blieb wahrscheinlich bis zum Morgengrauen wach, weil sie ihn nochmal und nochmal durchlesen mußte, wartete schließlich krank vor Ungeduld beklommen am Fenster, bis es völlig Tag werden würde und sie auf die noch nachtkalten Straßen voller schlechtgelaunter ernster Menschen könnte, die zu unfreundlichen Stätten hetzten, an denen sie nicht sein möchte, um zu mir zu laufen und den Brief beim Pförtner persönlich abgeben zu können, vielleicht noch mit dem zwecklosen Zusatz, er sei persönlich, dem vielleicht doch nicht ganz zwecklosen Zusatz, denn die Pförtnersleute brachten ihn mir ja – er ist dringend – sofort, noch vor dem Frühstück, hoch. Schon ungeöffnet riecht der Brief nach Jugend, nach halb im schweren Halbwüchsigenschlaf stekkender Jugend, hat er den unverwechselbaren Nestgeruch, und es ist merkwürdig, aber die Jugend, Jugend an sich, ganz ohne Beifügungen, linkische, konturlose, wehrlose Jugend, und ihr anheimelnd warmer Milchgeruch gehen mir auf einmal ans Herz. Vielleicht ist es, weil ich erst kurze Zeit weit genug von ihr entfernt bin, weil ich erst jetzt definitiv auf der anderen Seite stehe, weil die Nächte, die ich eingesperrt und bedrückt in Zimmer und Wohnung verbrachte, inzwischen in so weiter Ferne liegen, als ich düster gegen verschlossene Türen anrannte, als ich mein Herz gegen die Wände pochen hörte, die Nächte eines Mädchens aus gutem Hause, das sich nicht herumtreibt, das nicht nachts die langen Straßen hinunter zum Meer läuft, das die dunklen, fast privaten Tempel noch nicht kennt, die meist im Keller gelegen und mit scharlachrotem Samt oder braunem Sackleinen ausgeschlagen sind und in denen einem freundliche oder unpersönliche Kellner in langen Gläsern Pfefferminzlikör mit viel Eis servieren und Zigaretten anzünden, während jemand dazu vielleicht einen todtraurigen Tango singt oder die letzte Rockplatte spielt, Nächte eines Mädchens aus gutem Hause, das die Tricks und Mogeleien noch nicht kennt, mit denen man sich selbst und die Einsamkeit flieht, das nicht weiß, daß man dieser Trauer und dieser Beklommenheit womöglich mit ein paar Drinks beikommen kann oder mit einem nichtssagenden Gespräch, das – ohne sie auszufüllen – die ganze Nacht über geht, oder mit einem mehr oder weniger grotesken – manchmal fast zärtlichen, mitunter beinahe glaubwürdigen – Zerrbild von Liebe, aber selbst wenn sie es wüßte, ihr wären Drinks, Gespräche und Liebe doch verwehrt, weil Mädchen aus gutem Hause sich nicht nachts um drei oder um vier oder um fünf aus dem Haus schleichen können, weil sie nicht auf die Straße und nicht in die Nacht hinaus dürfen, weil sie zu Hause bleiben müssen, eingezwängt zwischen ihren Möbeln und ihrem Plunder, weil sich ihr Bewegungsspielraum, ihr Wandern – statt sie gerade jetzt zum Meer zu führen – auf den Raum zwischen Mahagonischrank und Spiegelkommode beschränkt oder höchstens noch einen Abstecher in die kalte Bibliothek oder die ebenso kalte Küche erlaubt (in Wohnungen von Mädchen aus gutem Hause ist es nachts eben kalt), wo sie sich ein Glas kaltes Wasser holen – und ohne Durst trinken, denn nicht darauf haben sie Durst – oder ein neues Buch holen – und durchblättern und eins nach dem andern die Wörter buchstabieren und doch nicht entziffern können –, weil alle ihre Möglichkeiten an freiem Raum auf das offene Fenster beschränkt sind, und da stehe ich denn auch, vor verdunkeltem Zimmer, damit man mich von der Straße nicht sieht – weil Mädchen aus gutem Hause nicht halbnackt in die Nacht, auch nicht in diesen fenstergroßen Ausschnitt von Nacht, hinausschauen –, atme halbtot vor Kälte so tief ich kann und höre der Unterhaltung von Männern zu, die an der Ecke vor der Tür der einzigen Bar stehen, die noch nicht geschlossen hat, höre in der Ferne das Gebell von Hunden – die, so frage ich mich, vielleicht so eingeschlossen sind wie ich –, bis ich, ganz zugeschüttet von Entfernungen und Finsternis, zurück ins Zimmer trete und das Fenster schließe und Licht mache, und da ich nicht losstürmen und durch die Straßen wandern und unter die Leute gehen kann, da ich die anheimelnden, weil unmöglichen Behausungen, die man sich als junger Mensch erträumt – zerfallene alte Baracken, abgetakelte morsche Lastkähne, die an düsteren Kais vertäut liegen, bleiches Umherstreichen rotgekleideter Frauen und schwermütiger Jünglinge, so schwermütig wie man selbst, dazwischen blaugrüne Liköre, Tango- und Boleroklänge und verzerrte

Vokabeln, die sich tödlich dahinschleppen – nicht betreten kann, da ich nicht in den Armen noch gesichtsloser Männer erbeben kann (obwohl das noch nicht eigentlich Sex ist, mehr ein Knoten im Hals, eine Enge in der Brust und etwas Schmerzhaftes im Herzen, obwohl meine Gefühle noch weit abwärts wandern mußten, bevor sie bei den Regionen anlangten, die ich damals noch nicht kannte, weil ich noch als Vierzehn-, Fünfzehn-, Siebzehnjährige weder Schenkel, Scheide noch Bauch besaß und nichts wußte von der Möglichkeit einer Wunde zwischen den Beinen, weil ich nicht einmal meine Brüste spürte, ich verspürte nur den schweren, unausweichlichen Wunsch, jemanden zu lieben, ein so wildes, besessenes Bedürfnis, wie in meiner Vorstellung nur Hunger und Durst sein konnten, ein unstetes, erstauntes Liebesbedürfnis gleich einem riesigen Felsblock, unter dem das kleine Mädchen, das ich war, röchelnd begraben lag), da ich das alles nicht durfte, schrieb ich in solchen Nächten zuweilen lange Briefe – die vielleicht dem ähnelten, den ich jetzt in Händen halte –, Briefe, in die ich all meine nächtliche Einsamkeit und Angst legte, stürmische, schwärmerische, zaghafte Briefe, die ich fast immer vor Morgengrauen zerriß, von denen hin und wieder einer, wenn es unverhofft Tag wurde, bevor die nächtlichen Nebel verweht waren, wenn der Augenblick da war, da auch ein Mädchen aus gutem Hause den Mahagonimöbeln, Tüllgardinen und bauchigen Spiegelkonsolen endlich den Rücken kehren, aus Schlafzimmer und Wohnung fliehen konnte, da sie hastig und atemlos durch die Straßen laufen und in einen Hauseingang oder ein Hotelfoyer treten konnte, um einem verschlafenen Pförtner oder einem gelangweilten Portier, der sie mit spöttischem Argwohn oder eisiger Gleichgültigkeit musterte, einen Umschlag zu reichen, der stets die Aufschrift «persönlich» und «dringend» trug und magisch zu Durchsichtigkeit tendierte, daß es einem den Atem nahm, denn da konnte ja jemand etwas lesen, solche Briefe also, von denen in diesen seltenen Augenblicken schon einmal einer sein Ziel erreichte.

Und heute, Millionen Jahre später, bekomme ich selber solch einen Brief. Und obwohl ich derartige Briefe seit Ewigkeiten nicht mehr schreiben kann, auch nie mehr können werde, was auch geschieht, weil ich inzwischen eben groß bin, weil ich gereift bin oder weil ich, wer weiß, verwest oder tot bin, brauche ich trotzdem den Umschlag nicht zu öffnen, um zu wissen, was darin steht, und der Brief zittert in meinen Händen von der kalten Nacht, und die Arme hoch kriecht mir ein knisternder Frost, der nach einem Nest sucht, mich im Nacken krault, mich zum Lächeln bringt, und ich lasse das Glas Orangensaft halbvoll stehen und wähle, toastkauend, ihre Telefonnummer – die ich auch schon auswendig kann –, obwohl ich mir doch nach den mondsüchtigen Küssen von neulich nacht, die sie in ihrem Brief nicht erwähnt, an die sie sich vielleicht überhaupt nicht mehr erinnert, von denen sie vielleicht überhaupt nichts mehr weiß, vorgenommen habe, dieser dummen, künstlichen, auf meiner Seite egoistischen und doch vielleicht auf hinterhältige Weise gefährlichen Affäre ein Ende zu machen, nur, wie soll ich einer Affäre ein Ende machen, die kaum begonnen hat, wenn meine Jugend dabei zum erstenmal hinter mir liegt, wenn ich zu fürchten beginne, alle Affären könnten für alle Zeiten zu Ende sein, und wenn die Welt um uns so öd ist und wir uns alle so schlimm langweilen und nur eine schmerzhaft ferne Vergangenheit manchmal noch zu leben scheint und wie einst zu riechen, zu schmecken und auszusehen scheint, wenn die Welt langsam grau und farblos und geruchlos geworden ist, und zwar so nach und nach, daß wir die Veränderungen gar nicht bemerkt haben, bis es zu spät ist, viel zu spät, und wir in einer verschwommenen, konturlosen Öde sitzen, wenn da, an diesem Punkt, an dem ich stehe, zwischen einem geckenhaften Mann, der immer wieder zu erreichbaren, bekannten Inseln ausreißt und auch immer wieder zurückkommt, einer unerreichbaren, dauerreisenden Mutter, die mir ihre Umarmungen auf Postkarten schickt, und einer hochaufgeschossenen altklugen Tochter, die nichts begriffen hat und nie etwas begreift, weil sie von Geburt an unfähig ist; zwischen einem Mann, einer Mutter und einer Tochter, die mir ihre Liebe in den Abgrund werfen, in meine Kellerräume, wo sie mich ja doch nie trifft, die mir ihre Liebe wie das Futter dem Raubtier zuwerfen, das ruhelos und blind durch die finstre Grube streicht, wenn in dieser hoffnungslosen Einsamkeit aus einer andern Welt, aus einer andern Zeit, von einem anderen Planeten eine junge Frau auftaucht, die den Zauber schlaflos verbrachter Nächte, den warmen Duft der Träume, die Glut der ersten, noch nicht erlernten Leidenschaft mitbringt, ein hageres Blaßgesicht mit langen dunklen Haaren, halb häßliches junges Entlein, halb ausgewachsene Puppe, dazu ein Stück verwilderte Katze, wenn dann das häßliche junge Entlein keck zu einem in den Garten tappt und man weiß, es wird vielleicht, nein ganz bestimmt, bald der schönste Schwan auf dem See, wenn die Puppe in Blau sich in der hintersten, schattigsten Hofekke in Großmutters Schaukelstuhl setzt, wo ihr Bougainvilleen oder violette Prunkwinden besiegt in den Schoß oder aufs Haar fallen können, wenn das wehrlose – aber immer noch wilde – Kätzchen in trostlosen Sätzen nach meinem Mund springt oder mit seinen Pfötchen flehend an der Fensterscheibe kratzt, weil es sich am Herd niederlassen will, vielleicht für längere Zeit, und schnurrend all meine – totgeglaubten – Geschichten anhören will, weil es zusehen will, wie ich mir ihm zu Ehren, mir zu Ehren, eine Menge alter Kostüme anziehe, wenn durch seine stumme Gegenwart, durch den bloßen Umstand, daß es da ist, daß es zuhört und zusieht, alles wieder lebendig wirkt, wenn das so ist, wer könnte da ein Entlein, ein Schwanenjunges aus dem Garten jagen, wer würfe die große Puppe zum alten Plunder, wer schlüge das Fenster vor einer streunenden Katze zu?

Darum sitzen wir nun wieder hier in der alten Eisstube, und die ist um diese Zeit so gut wie leer, denn es ist noch kaum zwölf und keins von den gellenden Weibern ist zu sehen, die Tee mit Gebäck bestellen, keine von den schimpfenden, schreienden, mehr oder weniger machtlosen, verzweifelten Müttern, die ihre kletternden und plärrenden, Rotz mit Schokolade schluckenden Gören vergeblich zur Räson zu bringen versuchen und von denen, das gebe ich zu, keine schöner, blonder, weißhändiger und blauäugiger ist, mehr lacht und stärker nach Wald duftet als meine Mutter; nur ein eiliger männlicher Gast steht am Büfett und verbrennt sich an seinem heißen Kaffee beim hastigen Trinken die Lippen. Wir sitzen an dem Tisch ganz hinten in der Ecke, der uns am besten gefällt, oder mir, denn Clara hat sich zur Frage des Tisches nicht geäußert, sie scheint auf derlei Dinge keinen Gedanken zu verschwenden, und ich habe mir, obwohl mein Frühstück um diese Zeit schon hinter mir liegt und ich keinen Hunger mehr habe – aber hier geht es ja nicht um Hunger, sondern darum, etwas dunkel auszudrükken, was vielleicht einmal wichtig werden kann –, ich habe mir also Kakao mit Sahne und Goldbiskuits bestellt.

Ich nehme einen nach dem andern zwischen die Finger, tauche sie sachte ein, und das Goldgelbe der Biskuits verfließt mit sattem, dampfendem, schaumgesprenkeltem Braun, während Clara ihren Kaffee schlürft, immer noch ohne Sahne und Zucker, und auch ohne Gebäck, außer wenn ich ihr einen Keks von mir reiche – auch damit will sie wohl etwas sagen, und reizt mich heute damit, so wie sie vielleicht meine Art, Kakao zu trinken, reizt –, während sie zwanghaft eine Zigarette an der andern anzündet und verbissen schweigt, auf daß ich es sei, die die Fragen stellt. Ich denke, Clara tut alles ohne Freude – schlürfen, trinken, rauchen, ins Wasser springen, sie geht bei allem konzentriert und angespannt vor, als sei der bittere Kaffee oder der kühle blonde Whisky oder selbst die Zigaretten, die so köstlich schmecken, wenn man langsam scharfe oder zuckersüße Geschmackstöne dazu mischt, als sei selbst das Meer oder als seien meine Lippen nur eine Formalität, die man eben hinter sich bringt oder besser, die man hektisch und unter Schmerzen bis zur Neige auskosten muß, auch wenn man gar nicht genau weiß, wozu, und natürlich keine Freude daran hat. Ich denke, nicht einmal auf dem Boot, als sie rittlings auf dem Bug saß und die Beine baumeln ließ und der salzige Wind auf ihrer von der heißen Maisonne erhitzten Haut brannte, als die Gischt ihr bis an die Schläfen, bis an die Lippen spritzte – ihre trockenen, leicht spröden, leicht fiebrigen Lippen –, nicht einmal da konnte Clara sich einen Augenblick entspannen und gehenlassen. Ich denke auch, es war alles nur Angst, Niedergeschlagenheit und Besäufnis, oder momentane Hysterie: die Küsse ein paar Stunden später und das Sich-in-meine-Arme-schmiegen-und-wiegen-Lassen bis zum Morgengrauen, darum stelle ich keine Fragen, weder nach Küssen noch nach jener Nacht, obwohl sie darauf wartet, obwohl sie mir den Brief geschrieben hat und mich heute morgen schließlich hierher geschleppt hat, und obwohl sie sich jetzt in finsteres Schweigen verkriecht, nur damit ich Fragen stelle, damit ich begierig und immer begieriger in sie dringe, damit sie sich erst zieren und dann stückchenweise, scheinbar wider Willen, mit der Wahrheit herausrücken kann. Aber ich frage nicht, so weit lasse ich mich auf das Spiel nicht ein, das sie mir aufdrängt und von dem sie womöglich selber die Regeln nicht kennt; auf einmal habe ich das Interesse verloren, ich will es eben nicht mehr wissen, ob es der schlechte

Wein, das Haschisch, ihr Hang zur Hysterie, finstere Machenschaften oder ob es beginnende Liebe war, weshalb sie mir diese Küsse gab, traurig wie der Schrei von Seevögeln, die an Gewitterabenden noch fern vom Meer auf dem Land umherirren, oder traurig wie das trostlose Klatschen der Wellen gegen die Klippen.

Clara hat ihre ewigen Jeans an, einen – nicht allzu sauberen – Rollkragenpullover und darüber, absolut unangebracht, einen herrlichen Pelzmantel. Er ist ihr zu lang und zu groß, die Ärmel reichen ihr fast bis an die Fingerspitzen, und an einer Seite hängt das aufgeplatzte Futter heraus, aber es ist ein Pelzmantel, aus seidigem, glänzendem Pelz. Ich habe das Gefühl, es könne jeden Augenblick jemand an sie herantreten und fragen, wo sie das Ding habe mitgehen lassen, bei welcher ahnungslosen Verwandten sie ihn sich unerlaubterweise aus dem Kleiderschrank genommen habe oder ob man ihr vielleicht in der Garderobe den falschen Mantel herausgegeben habe, aber niemand spricht uns an, niemand kommt mit höflicher und trotzdem drohender Miene auf uns zu, wie ich mir vorstelle, daß trübe, verworrene Geschäfte an solchen Orten abgewickelt werden, mit drohender Höflichkeit, die um so bedrohlicher ist, als sich unter dem zartfühlenden Schein unwandelbare Brutalität verbirgt. Wir gehen beide verblüfft und amüsiert durchs Foyer, ich, weil mein schlaksiges Hätschelkind – wer hätte das gedacht – heimlich Mutters Galakleider anprobiert, sie, weil ihre sonderbare Freundin sie in einer kabbalistischen, wehmütigen Pilgerfahrt zu den unglaublichsten Etablissements schleppt. Was zum Teufel haben wir schließlich hier in der Oper, was hatten wir auf dem Kostümball ohne Kostüme, was an Bord eines Boots mit einem Zauberschwan und einer Pepsicola-Französin als Mitreisenden zu suchen? Clara schielt verschämt und spöttisch zu mir herüber, während wir unter trüber Funzelbeleuchtung, die ein ärmliches, makabres Licht verbreitet, und vorbei an Wänden, von denen schmutzig und gallengrün die Farbe abblättert, daß das Licht noch schmutziger wirkt (typisch für uns diese Mischung aus Prachtentfaltung und Gosse), auf verwaschen rosa Teppichen mit Ästemuster den gewundenen langen Flur entlanggehen. Clara sieht mich neugierig an, sie erwartet wohl eine Erklärung, ein geheimes

Stichwort, das ihr Interesse an diesem verkitschten Visconti – oder apokryphen Fellini unter Gartenbäumen – wecken und eine Begründung dafür hergeben könnte, warum ich sie hierher gebracht habe. Sie wartet auf ein Augenzwinkern, das ihr zu verstehen gibt, hier darf nichts ernstgenommen werden, es ist alles ein Scherz und wir dürfen hemmungslos lachen über die aufgeblasenen Herren in Smoking und die geschmeidebehangenen Damen, die, federgeschmückt und dekolletiert, doch fast immer lächerlich und nur ausnahmsweise – wie im Fall meiner Mutter – schön sind. Dumm ist nur, daß ich selber nicht weiß, ob die Sache ernst ist oder ein Scherz. Ich weiß nur, daß ich auf Umwegen immer wieder hierher zurückkehre, weil diese Oper zwar eine jämmerliche Parodie, aber bei aller Parodie auch der authentischste Tempel meines Geschlechts ist - eine Parodie von Tempel auf ein Geschlecht von Geistern – und weil wir doch mehr oder weniger ernsthaft hierherpilgern, um ganz wir zu sein, um uns als Clan zu fühlen, um uns einzubilden – gestützt auf die Feindseligkeit der Straße, Feindseligkeit gegen uns? eine Feindseligkeit, die uns, seit sie aggressiv wurde, lästig ist und die Gültigkeit verstaubter Mythen und Religionen trotzdem noch verstärkt, obwohl selbst die Götter längst nicht mehr daran glauben –, um uns vielleicht für ein paar Stunden einzubilden, wir seien stark, schön und wichtig, wir seien überhaupt die Besten, und einige von uns – darunter ich – kommen vielleicht auch nur deshalb ab und zu hierher, um uns wieder einmal und überzeugend vor Augen zu führen, wie mittelmäßig, unansehnlich und bedeutungslos wir doch sind. In gewisser Hinsicht ist auch das, Clara, ein Ritual, nur kein privates wie der Eissalon oder der Hof mit den Bougainvilleen, sondern das Ritual eines Zwergenvolks, das schon lange kein Kindergeschlecht mehr, sondern ein Greisengeschlecht ist, ohne dabei aber je größer oder reifer zu werden, ohne einen Gipfel zu erklimmen oder es zu wirklicher Prachtentfaltung zu bringen – darum gibt es hier auch keinen Visconti und keine echte Götterdämmerung, nur den endlosen Zerfall eines Traums, der einen Augenblick lebte und nun schon über hundert Jahre zusammenstürzt – kurz, es ist das Ritual eines seichten, kläglichen Menschengeschlechts. An uns ist alles klein und geduckt, als kapitulierten die Dinge schon, bevor sie entstünden, denn die aufstrebenden, begeisterungsfähigen Kinder, die wir vor vielen Jahren einmal waren und die das eine oder andere – doch auch nicht allzu viel – entdeckten, meinten vielleicht, sie könnten die Welt in die Tasche stecken, aber die Welt verschlang sie, bevor sie noch zum Wachsen kamen, und spuckte sie als lächerliche – keinesfalls tragische – Tattergreise wieder aus, die sich jetzt stur, aber zwecklos selber überleben: ein merkwürdiger Zerfall, weil er sich so lange hinzieht und auf keiner realen Größe, sondern nur auf dem kindlichen – und nie wahr gewordenen – Traum von Herrlichkeit basiert. Du hast allen Grund, Clara, mich mit jedem Schritt verblüffter und spöttischer anzusehen, auf ein Zwinkern des Einverständnisses zu warten, das aber nicht kommt, und – spöttischer noch als am Tag unseres Gartenfestes, als am Swimmingpool-Rand – beinahe laut loszuprusten, weil ich ja selbst nicht verstehe, auch nie verstand, und wohl kaum heute verstehen werde, warum ich an all dem doch irgendwie hänge, warum ich mich mit einer Geschichte identifiziere, die mir nicht gefällt und die dazu noch schlecht endet – mit Kollektivgeschichten, die schlecht enden, sollte man sich nie identifizieren –, warum ich ständig der Versuchung erliege, auch nur einen Augenblick, auch nur flüchtig, stolz auf diese mittelmäßige Vergangenheit zu sein, warum ich immer wieder an die aufstrebenden, selbst in ihrer Bosheit, ihrer hemmungslosen Raffgier und in ihrer Grausamkeit noch einfältigen Kinder am Beginn eines Geschlechts denke, an jene Kinder, die vor über hundert Jahren unter anderem – es war nicht allzu viel und auch nicht wichtig – diesen unsinnigen, für mich aber wunderbaren Tempel erbauten. Denn ein Tempel ist es, einer, wie ihn sich alle Kinder auf der Welt erträumen, mit Flittergold und Glimmer, viel scharlachrotem Samt – Samt ist in Märchen, das fiel dir auf, immer scharlachrot, blutrot –, mit einer großen Freitreppe, die man, prunkvolle Brokatschleppen hinter sich herziehend, majestätisch hinaufschreiten kann oder mit dem Risiko, einen Kristallpantoffel zu verlieren, geschwind hinabspringen kann. Selbst mein erbärmliches Geschlecht besitzt in seinen Anfängen nämlich noch genügend Elan, um sich ohne große Gefahr ein paar Aschenputtel, ein paar schwarze Schafe zu leisten, und vier, fünf, sechs Mädchengenerationen verkleideten sich, mit oder ohne gute Fee, um hier nach einem romantischen Prinzen Ausschau zu halten. Es ist ein Tempel mit Spiegeln und Säulen, mit vielarmigen goldenen Leuchtern, mit geädertem Marmor, schweren Vorhängen und Deckengemälden zwischen vergoldetem Stuck wie Illustrationen aus meinen Märchenbüchern und einer leeren Rosette, die des herrlichsten Kronleuchters aus dem herrlichsten Märchen würdig war. (Ich nahm auch immer an, daß dort einer gehangen hatte, forschte aber nie nach.) Vieles war Kitsch daran, ich weiß, und vieles Ersatz – wenn die Tempelerbauer, meine Klasse, das Zwergengeschlecht, nicht überhaupt ihr eigenes Ersatzgeschlecht sind –, aber daraus machen sich Kinder nicht viel, und als die Großväter meiner Großväter den Tempel beendeten und ihn wie alle von Kindern errichteten Tempel – und wer sonst sollte Tempel errichten als Kinder? – sich selbst weihten, auch wenn darin der Kult wohlklingender und in diesem Fall musikalischer Gottheiten betrieben wurde, als sie ihn also für sich selbst errichtet hatten und er ihnen gehörte, da vollbrachten sie ihren unglaublichsten und doch konsequentesten Kinderstreich: Sie teilten ihn unter sich auf, verteilten ihn unter sich und ihre Kinder und Kindeskinder, verteilten ihn für alle Ewigkeit. Und ich bin eins ihrer Kindeskinder. Und dieses Teilstück gehört mir. Und jetzt sieht Clara mich wirklich entsetzt an, denn während der steinalte Logenschließer, ohne den man sich die Oper gar nicht vorstellen kann, der zusammen mit ihr von Generation zu Generation weitervererbt wurde, uns Toast und eine Flasche Sekt hereinstellt – denn ich gehe, wenn schon, denn schon, aufs Ganze und reize aus –, während ich den Riegel von innen vorschiebe, damit kein ungebetener Gast oder verirrter Zuschauer die Damen stört oder ihnen etwa den Nutriamantel stiehlt, mache ich Clara begreiflich, daß alles hier, alles, was diesseits der Tür ist, im wortwörtlichen Sinne mir gehört, daß ich es verkaufen, verpachten, abschließen, auf ewig leerstehen lassen kann, daß ich glatzköpfigen kleinen Herren mit Schnurrbart oder rotgekleideten Damen – oder Frauen überhaupt, wie in anderen Logen üblich – den Zutritt zu meiner Loge per Verordnung verbieten kann, ich erkläre Clara, daß hier jedes Möbelstück, vom Tischchen mit den geschwungenen Beinen aus gemasertem Holz über die englischen Stiche und die Fotos von Divas, mit Widmung, wie es sich gehört, bis zu den blausamten gepolsterten Sofas, von meinen Eltern oder Großeltern eingekauft, ausgesucht und hergeschafft wurde ... In deinen tropischen Urwäldern, Clara, findet sich gewiß nichts dergleichen, bei euch mögen die Tempel, ich bestreite es ja nicht, größer, vielleicht auch prunkvoller und goldener, vielleicht europäischer sein, bei euch mag ein solcher Tempel eventuell einem einzigen Mann gehören, einem launischen, prunksüchtigen Tyrannen, der sie zu seinem eigenen Ruhm oder zum Geschenk und zur Freude einer in Spitzendecken endlos dahinsiechenden schönen Dame an einem Tag errichten läßt, aber ich bin sicher, nie gab es bei euch eine so wohlgeordnete, so unanfechtbare, so ergreifende und groteske Parzellierung, das typische Verteilersystem meiner Leute, die hier lachen und husten und sich lärmend unterhalten, die Lichter im Vorraum anlassen und wie die Olympier unweigerlich vor Vorstellungsschluß verschwinden, dazu bezahlt man ja schließlich, und wer zahlt, bestimmt, ihnen gehört das ja alles, auch die Possenreißer da auf der Bühne, die sich vor halbleerem Saal heiser schreien, ihre Gage bekommen sie doch ausgezahlt, fehlte nur noch, man sollte ihnen auch noch applaudieren, letztendlich besteht das Ereignis nicht aus den Sängern, sondern aus uns, und die eigentliche Aufführung findet auf den Fluren, in den Salons, im Foyer oder in den Logenvorräumen statt, denn Kultur zu finanzieren, in gewissen kontrollierbaren, gerade noch verarbeitbaren Maßen zu finanzieren ist eines, etwas ganz anderes – und womöglich Gefährlicheres – aber ist es, Kultur auch noch ernst zu nehmen.

Wir tranken also Sekt, weil ich trotz Claras verwunderter, flehender Blicke nicht nachgeben und in der Bar Whisky bestellen wollte, wir tranken aus hohen schmalen Kristallgläsern fast die ganze Sektflasche leer, saßen dabei ein wenig steif und wortkarg auf dem blauen Samtsofa, auf dem ich schon als Kind jahrelang – viele Jahre lang und vor vielen Jahren – im beigen Kleidchen mit aufgestickten rosa Blümchen, die Blütenblätter und Blättchen erhaben gestickt, mit baumelnden Beinen – weil sie nicht bis zum Boden reichten – saß und, während die Lichter ausgingen, Kastanienpralinen und Pfefferminzbonbons lutschte, und dieses langsame Verlöschen der Lichter im Saal, bis nur noch kleine rote Lämpchen anbleiben, die kurze Stille, bevor die Musik hereinbricht und der Vorhang hochgeht, wirkt auf mich noch heute so wunderbar und spannend wie damals, oder vielleicht noch wunderbarer und spannender, nach dem so viele Jahre vergangen sind und heute nun Clara neben mir sitzt. Und als es im Saal endgültig dunkel ist und die Musik schon einige Sekunden spielt und der Vorhang hochgezogen ist und auch ich das Licht in unserem Logenvorraum ausgeschaltet habe, nehme ich Clara plötzlich bei der Hand und ziehe sie zu einer hohen, steilen, ganz rot ausgeleuchteten Treppe, mache mich kühn – ohne ihre Hand loszulassen, ohne mich nach ihr umzudrehen, obwohl wir ja nicht aus der Unterwelt fliehen, sondern in sie hinabsteigen – an den Abstieg durch den engen, bluttriefenden, samtausgeschlagenen Tunnel, und Eurydike trottet treu hinter mir her, ist nur eine zitternde, feuchte Hand, ein leichtes Keuchen in meinem Rücken und unsicherer Schritt, unsicher, weil sie im Dunkeln die Stufen nicht sieht und den Weg nicht seit undenklichen Zeiten kennt wie ich und weil ich vielleicht zu schnell gehe für jemanden, der sich nicht auskennt und nicht weiß, wohin wir gehen, jedenfalls scheint es, als gingen wir schon Ewigkeiten treppab, und obwohl es, als wir unten ankommen, ein wenig heller wird, sieht Eurydike immer noch nichts, und ich muß sie an den Schultern fassen und vor mir herschieben, sie – wieder Puppe – auf den Schemel neben mir drükken. Wir sitzen reglos und stumm in der dunkelroten Finsternis, eng beieinander und streifen uns doch nicht, und vor uns tanzen, ganz weit, am andern Ufer einer tiefen – sicher unüberbrückbaren – Dunkelheit zierliche Nymphen mit geflügelten Füßen, tanzen Figuren um einen Pappmachéprinzen mit dick geschminkten Augen, roten Lippen und praller Wulst unter den himmelblauen Atlashosen. Aber Clara sitzt stocksteif da, in zwangsläufig unbequemer Haltung, starrt mit gerunzelter Stirn auf den Lichtkegel und interessiert sich nicht sehr für in ihrer Hochzeitsnacht von verruchten oder treulosen Prinzen verlassene unschuldige Mädchen, die mit stets erneuerter Glut Liebesgeschichten erleben, die unweigerlich schlecht enden, oder geht es vielleicht nicht um Bauernmädchen, sondern um meine einfältige süße kleine Seejungfrau aus dem Märchen? Weil da unten alles verschwimmt und sich verzerrt wie auf Fotos vom Meeresgrund, oder kommt es daher, daß mich diese alberne, ewig und unabwandelbar wiederholte Geschichte mit ihrem ein für alle Mal festgesetzten Unhappy End wieder einmal zu Tränen rührt, jetzt fehlte nur noch, daß Clara, die sich für die Geschichte augenscheinlich nicht interessiert und durch die Vorgänge auf der Bühne hindurchsieht, als wären sie aus Glas, die sich heute auch aus meinem Tempel nichts gemacht hat – obwohl sie ihn spannend oder lustig fand – genausowenig wie aus der möglichen oder unmöglichen Aussage meiner Legende von den alten Zwergengeschlechtern, die – wie die Bauernmädchen oder die kleinen Meerjungfrauen – dumme Geschichten erleben, die immer schlecht enden, im Grunde ein einziges, immer gleiches Abenteuer mit einem immer gleichen, vorhersehbaren Ende, fehlte nur noch, daß Clara, der heute bestimmt auch die Geschicke ihres eigenen, vielleicht sogar nobleren Abenteurer- und Herrengeschlechts egal sind, das sich vor Jahrhunderten im tropischen Urwald verlor, und die sich von mir – warum, muß sie selber wissen – das Klischeebild von der starken, überlegenen Frau macht – oder auch nicht –; fehlte nur noch, daß Clara mich jetzt weinen sieht und errät, daß mich nicht die Katastrophen in Indien und nicht die Greueltaten in Vietnam zum Weinen bringen, auch nicht das Sinnlose menschlichen Daseins oder das von Julio Alleingelassenwerden, nicht meine unabänderliche Einsamkeit und nicht der bodenlose Abgrund, in den mein Leben abgerutscht ist, sondern einzig und allein und unweigerlich die dummen Kindermärchen von unglücklichen Prinzessinnen und verlassenen jungen Mädchen, von häßlichen jungen Entlein, im Schnee sterbenden Panthern und von schaumgewordenen Meerjungfrauen. Und das weiß Clara nicht, sie sieht weiter tiefernst, obwohl schon weniger steif, zur Bühne, dreht sich nicht ein einziges Mal zu mir um, und nur eine schmale Hand und schlanke Finger fahren unschlüssig, wohin, sachte über meinen Handrükken, mein Handgelenk und meine auf der Brüstung ruhenden Finger. Ich lehne mich in meinem Samtsessel zurück und muß die Augen schließen, weil mir Tränen die Wangen hinunterrollen, obwohl mein Gesicht so unbewegt bleibt, daß Clara, auch wenn sie mich ansähe, bestimmt nicht merkte, daß ich weine, und es ist wunderschön, hier im Dunkeln zu sitzen, von den übrigen Zuschauern so weit entfernt, daß ich mich mit dem ganzen Körper über die Brüstung lehnen müßte, um tief unten im Parkett ihre Köpfe zu erkennen, in meiner sicheren, warmen, samtgepolsterten Höhle zu sitzen, als wäre mein Kinderbett und ich darin unsichtbar mitten ins Geschehen gerückt, ich weiß nicht, haben wohl alle

Kinder einmal – auch Clara? – von einem Zauberbett geträumt, in
dem sie über Gassen und Plätze, über Jahrmärkte, Zirkuszelte und
Paläste, dick eingemummelt in Decken und Betten, aus sicherem
Abstand und doch dabei, ohne teilnehmen zu müssen, ins Zen-
trum der belebtesten Schauplätze fliegen? Die ganze Welt ist in Be-
wegung und kreist um mein kleines Kinderbett, als ein langer
schmaler Finger – jetzt nur noch ein Finger – mit leisem Kitzeln
ziellos über mein Handgelenk schweift. Obwohl ich vor Tränen in
der Dunkelheit fast nichts sehe, spüre ich doch, wie mich Elfen im
Tanz umschweben, wie sie um mich im Kreise sitzen und wie die
Königin der Nacht oder die Feenkönigin – nein, nicht Königin der
Nacht und nicht der Feen, nur ein dummes kleines Mädchen, eine
närrische Seejungfrau, die tolpatschigste Nixe aus dem See – neben
mir auf der Erde kniet. Sie legt ihre dünnen Arme um meine Taille
und ihren Kopf in meinen Schoß, sie keucht ein wenig, obwohl sie
an sich zu halten sucht, und ihre Hände sind feucht: vielleicht
kommt sowohl das Schwitzen wie das Keuchen vom anstrengen-
den Tanz. Es ist eine geflügelte Nymphe mit tiefgrünen bangen
Augen, und sie klammert sich an mich, als wäre ich – welcher Sar-
kasmus – ihre Lebensquell. Sie kommt aus dem Wasser und ist
rätselhaft und zweideutig wie jedes Amphibientier, sie zittert ver-
stört wie eine Nixe, die ihren Prinz, die ihre Menschenseele nie er-
ringen soll – wozu, zum Teufel, jagt sie auch danach! –, sondern
als Schaum auf den Wellen für alle Zeiten ruhelos umherstreifen
muß. Ich lege mitleidig eine Hand auf ihr – wie merkwürdig, trok-
kenes – Haar, fahre langsam ihre langen Flechten, ihre Sirenen-
flechten, bis zum Ansatz des Fischschwanzes hinab, und sie hört
dafür einen Augenblick zu zittern auf, preßt sich noch fester an
meinen Schoß, stützt sich dann, beide Hände an meiner Taille,
aber fast in der Schwebe, mit den Füßen oder untersten Flossen auf
dem Boden ab und nähert sich so, im Traumtempo – weil nur im
Traum oder auf dem Meeresboden eine Handlung so langsam vor
sich gehen kann – meinen Lippen. Leider schmeckt aber ihr Mund
icht nach Meer, hat nicht einmal einen Beigeschmack von Teich,
sondern schmeckt nach Ducado-Zigaretten und Sekt. Als sie aber
ihren feuchten Kopf an meine Brust legt und die Musik mit ein
paar matten Akkorden verklingt, ist der Traum in seiner ganzen
Reinheit schon wieder hergestellt: ihr fast schwereloser Kopf birgt

sich an meiner Schultergrube und ihre zierliche, naßkalte kleine Hand ruht an meiner Ausschnittkante und streichelt dort unablässig einen so winzigen Fleck Haut, daß mir die beharrliche leise Berührung am Ende fast weh tut und brennt und sich verspannt, und ich lege meine Hand auf die ihre, meine sammetweiche, schöne zarte Hand, von der die Leute immer sagten, sie gliche – ähnlich der meiner Mutter – einer Prinzessinnen-, einer Feenhand, die aber nun, im Vergleich zu Claras Hand unter ihr, wie eine ungeschlachte Riesenhand wirkt, weil sie bis heute eben nie mit der Weiße und Glätte einer Nymphenhand konkurrieren mußte. Ich lege also in der Hoffnung, sie breche ihre nicht enden wollende Liebkosung dann ab, meine Hand auf die ihre, aber sie begreift nicht, oder ich gebe es ihr nicht deutlich zu verstehen, jedenfalls läßt die Hand zwar von der unentwegten Liebkosung und rückt ein Stück weiter, läßt aber nicht von mir ab, sondern überschreitet jetzt sogar die Grenze, die der Ausschnitt meines Kleides immer noch setzte, schlüpft unter die Wäsche und kommt nicht wieder vor, umkreist vorsichtig meine Brust, immer näher auf die Mitte zu, wie ein naseweiser mutwilliger Kobold, der ängstlich, aber doch entschlossen, den Diamanten, der auf dem Gipfel funkelt, davonzutragen – unausdenkbar solche Kühnheit bei einer Nixe, selbst wenn sie liebestoll ist –, wieder und wieder den Berg umkreist, dabei jedesmal höher steigt, aber nicht zuviel, nur ein Stückchen höher, manchmal, bei einer seiner vielen Runden, sogar wieder ein Stückchen runter, so daß es aussieht, als fände sich der kleine Wicht damit ab, daß er es aufgeben muß, daß er sich an den Abstieg machen muß, daß er auf die Gipfelerklimmung für heute verzichten muß, aber ich weiß, das tut er nicht, ich sitze – meine Tränen sind versiegt – mit geschlossenen Augen da und warte ohne alle Ungeduld. Es ist köstlich, das Rieseln auf der Haut, das langsame Vorrücken und immer wieder mal ein Stück Zurückweichen, und jetzt werde ich auch noch geküßt, ganz vorsichtig auf den Hals, die Ohren, die Schläfen geküßt, und jetzt in den Hals gebissen – ist es eine Horde Gnome oder ein Nixenschwarm? –, alles sehr vorsichtig, damit ich nicht aufwache, ein gewisser spröder Berg hat es nämlich nicht gern, wenn man ihn unterwirft und dann Fähnchen von irgendwelchen Ländern – in diesem Fall wahrscheinlich von Feenland – in seinen Gipfel rammt, darum genügt eine kleine Verstimmung, Unruhe oder Zorn, damit er den behutsam die Hänge hochkraxelnden Zwerg mit einer einzigen Bewegung abschüttelt, aber die Geschöpfe des Wassers und der Tiefe sorgen vor und haben kein Gewicht, und die Nixe hat für diese Expedition in unerforschtes Gelände vermutlich ihren schlausten, listigsten Gnom ausgesucht, jedenfalls hören die Küsse jetzt auf, und die Nixe ruht an meiner Seite, ganz nah, aber ohne mich zu berühren, und nur ihr Abgesandter, unser einziger kurzer Kontakt, nähert sich unerbittlich dem Gipfel, und plötzlich höre ich, wie die Nixe leise stöhnt, einen langgezogenen heiseren Klageton, den ich irgendwo schon einmal gehört habe, wie von einem kleinen Mädchen, das auf dem schwarzen Grund eines Brunnens weint, ich ersticke an diesem Stöhnen, als ob es sich meiner eigenen Kehle entringt, es drückt mir unerträglich auf der Brust, es kratzt mich brutal zwischen den Beinen, es kann nichts anderes sein, nein, es ist das Stöhnen, und dabei steigt der Kobold unbeirrt weiter nach oben, und die Nixe keucht dicht bei mir, aber nach wie vor ohne mich zu berühren, und jetzt hat der Zwerg es endlich geschafft und läßt nun, da sie nicht mehr nötig ist, alle Vorsicht beiseite, packt mit seiner kleinen harten Hand wild nach dem Diamanten und rammt mir einen Gegenstand, wahrscheinlich ein Fähnchen, in den Gipfel, und dem Berg tut es weh, aber ich habe keine Zeit, mich um die Schmerzen irgendwelcher Berge zu kümmern oder mich zu erkundigen, ob ein Wimpel in ihn gerammt wurde oder ob es nur Fingernägel waren; denn genau in diesem Moment fängt die Nixe am ganzen Körper trostlos zu zittern an, und ich spüre, wie die Wunde, die mir ihr Stöhnen gerissen hat, klaffend wird und brennt, wie von glühendem Eisen, das brutal zustößt, und ich springe auf, daß der Kobold den Abhang des nun aufgerichteten Berges hinunterpurzelt, und schließe die Nymphe in die Arme und drücke sie an mich und wiege sie und streichle vieltausendmal über ihr langes, seidiges glattes Haar, über ihre nassen Wangen, ihre zuckenden Schultern, und flüstere ihr zwischen den Küssen, in den kurzen Augenblikken, in denen meine Lippen sich leicht von ihren Lippen lösen, zur Beruhigung unerhörte, befremdliche Worte zu, wie sie ein Mann nie von mir gehört hat, wie sie nicht einmal Jorge, nicht einmal Guiomar, als sie noch klein war und sich noch nicht diese harten, wissenden Frauenaugen zugelegt hatte, von mir gehört hat, Worte, von denen ich selber nicht wußte, daß sie in mir steckten, in irgendeiner dunklen Bewußtseinsecke still kauerten und darauf warteten, eines Tages ausgesprochen, nein, nicht nur ausgesprochen, sondern angestimmt, gesungen und – zähflüssig und honigsüß – in eine Stimme gegossen zu werden, in eine Stimme, die ich auch nicht wiedererkenne, obwohl es doch zwangsläufig meine sein muß, soviele Jahre lagen Stimme und Worte versteckt in meiner vertrauten, heimlichen Mitte, und kommen jetzt endlich heraus, in dieser scharlachroten Finsternis, auf diesem nach Meer und Menschenjungem riechenden Lager, in diesem warmen, samtgepolsterten Unterschlupf, in dem ich Jahr für Jahr, fast mein ganzes Leben lang, gesessen habe, in diesem meinem Tempel, in dem ich mich mit allem identifiziere, was ich bin und was ich nicht bin, was ich liebe und was ich zugleich hasse, in dem vibrierend – und stets verstimmt – Geigen erklingen und Schwanenprinzessinnen, in der Hochzeitsnacht verlassene Bräute und verliebte Seejungfrauen in den Armen eines Pappmachéprinzen erbeben, erschauern und ihr Leben aushauchen und die Köpfe der Zuschauer nur verschwommen und fern, ganz fern zu sehen sind, und ich bin hier allein, in diesem staubigen Frühling, in dem ich mich so erhöht und so niedergeschlagen fühlte, in dem mir zum erstenmal bewußt wurde, daß ich anfange, alt zu werden, bin hier ganz allein mit einem großen hageren Kind, einem erznärrischen Mädchen mit langen dunklen Haaren und Gewitteraugen, das jetzt ganz still hält, als ob es schliefe – nur ihre pfirsichzarte Haut erschauert hin und wieder flüchtig wie unter Windböen –, und ich bette sie auf ihren glänzenden Pelz, streichle ihr ohne Eile die seidigen Beine, halte mich bei ihrer betörenden, flaumweichen Schenkelinnenseite lange auf, und suche endlich nach dem warmen Nest, in dem die Algen hausen, und obwohl die Nixe schon eine Weile aus dem Wasser ist, ist es in der Höhle auffällig feucht, und die Grotte wird auf einmal lebendig, wird zum seltenen, gefräßigen Ungeheuer der Tiefe, rollt sich zusammen und streckt sich und zieht sich erneut zusammen, wie die Lebewesen, die, halb Pflanze, halb Tier, die Schluchten des Ozeans bevölkern, dann aber läßt sie es weich geschehen, und Kobolde und Nymphen verschwinden, und mich schmerzt nichts mehr, ich höre keine Geräusche mehr, ich bin hinab zum Meeresgrund getaucht, und hier ist alles still, hier ist alles blau, und ich schwimme, die Algen behutsam mit den Händen zerteilend, langsam durch den nassen Eingang in die Höhle.

Wir gehen, alle drei in Schwarz wie sizilianische Witwen, die gewundenen, schlecht gepflasterten, engen Gassen hoch. Die Häuser sind auch hier blendend weiß, und hinter jedem Ausblick steht das Meer, das noch sehr nahe Meer, weil wir eben erst, den Sarg voran, aus dem Haus gegangen sind, dem Haus am Meer, bei dem Wellen und Schilf rauschen und in Abständen Züge pfeifen, dem Haus mit dem geliebten, betörenden, zaubrischen Hof, einer weiteren Meereshöhle, in der die Schöne und das Tier sich suchen und aufeinander lauern und sich unter Bougainvilleen verfolgen, dem Haus, in das wir gestern tot meine Großmutter trugen, weil vor langer Zeit entschieden worden war, daß sie – oder vielleicht wir alle – in diesem Dorf begraben werden sollten. Der Trauerzug hat sich also in Bewegung gesetzt, und es sind unglaublich viele Leute da, nur kann ich sie nicht sehen, weil ich sie wie das Meer hinter mir habe, und wir drei gehen tiefschwarz und steif wie Stöcke, tränenlos, meilenweit entfernt vom wilden Jammergeschrei der Witwen in modernen italienischen Filmen, drei einsame Frauen, an der Spitze des Trauerzugs auf die reben- und olivenbewachsene Höhe des Hügels, auf den Friedhof zu, auf dem ich merkwürdigerweise noch nie war, nicht einmal wußte, wo er lag, wo das Dorf seinen Friedhof hatte, sicher ein Fischerfriedhof, auf dem meine Großmutter mit dem Gesicht zum Meer unter Blumen und Weinstökken in unserem Familiengrab ruhen wird, das ein Urgroßvater, den ich nie kennenlernte, nach seiner Rückkehr aus Westindien erbauen ließ. Ich steige hügelaufwärts zwischen meiner Mutter und Guiomar, denn meine Mutter mußte unvermittelt eine Reise durch eine der seltsamen Städte abbrechen, aus denen sie mir bunte Postkarten – herzliche Grüße, deine Mama – und kostbare, ausgefallene Geschenke schickt, und Guiomar hat vermutlich ein Seminar oder einen Kongreß an einer bedeutenden amerikanischen Universität abgebrochen, irgend etwas Mathematisches, Exaktes, mit vielen Zahlen und graphischen Darstellungen und Tabellen, Guiomar konnte nämlich nie begreifen, wie einer seine Zeit an ein so zweifelhaftes, ungenaues Wissensgebiet, im Grunde eine Liebhaberei, die wir ausweichend Geisteswissenschaften nennen, verschwenden konnte – mit Angelika und Ariost blieb man ihr besser vom Leibe –, und so habe ich dank Großmutters Tod die beiden endlich einmal beisammen, wenn schon mein unerwartetes Verlassenheitsgefühl sie nicht herbringen konnte, meine unvermutete Angst und Einsamkeit wegen der Abwesenheit eines Mannes, die doch nur ein Ausreißer mehr war, eines Mannes, den ich nicht einmal liebe, und so haben die beiden mich schließlich bei sich, eine rechts und eine links, warum sie sich wohl so wachsam neben mir aufgebaut haben, womöglich fällt ihnen noch ein, ich könnte unverhofft entwischen oder mich im ungeeignetsten Moment auf schlimme Extravaganzen einlassen, zu komisch, daß sich meine Mutter und meine Tochter – darin sind sie sich einig – immer noch davor fürchten, was ich tun könnte. Fast fühle ich mich geschmeichelt, habe ich doch ein ganzes Dasein lang oder was ich von meinem Dasein gelebt habe, was aufs gleiche rauskommt, unfreiwillig nur immer ihre Ängste beschwichtigt, habe ihnen – bis auf ein paar freie Minuten, die ich der Literatur widmete, was ja doch immer ein vornehmer Zeitvertreib blieb, da ich nie so unvernünftig war, meine Arbeit etwa ernst zu nehmen – bewiesen, daß ich nichts mehr unternehmen werde, daß ich nur noch weiterleben und ersticken und mich langweilen und im Frühjahr manchmal vor Trauer umkommen werde, stehe ich denn schließlich nicht hier, korrekt in Schwarz, aufrecht und tränenlos, ganz Kindesliebe und vor allem ganz Dame, ganz würdige Enkeltochter der Toten, ganz Glied in einer festen Kette Frauen – plötzlich kommt es mir nämlich vor, als hätte es in meiner Familie das männliche Element nie gegeben, mochten sich noch so viele Männer um uns bewegt und die Macht ausgeübt haben –, ich gehe schließlich aufrecht und in Trauerkleidung hinter dem Sarg her, sitze in der Friedhofskapelle sogar in der vordersten Holzbank, dicht bei dem dunkel glänzenden, beängstigend kleinen Holzsarg mit den vielen Beschlägen, so dicht, daß ich ihn, wenn ich die Hand ausstreckte, anfassen könnte, sitze steif und still, starre ohne eine Träne vor mich auf den Boden und kann zwar nicht niederknien und mich bekreuzigen und dem vorbetenden Pfarrer seine Litanei nachsprechen, kann ihm erst recht nicht ins Gesicht sehen, wenn er – ich versuche, nicht hinzuhören, versuche ihn mit aller Kraft nicht zu verstehen – von

Großmutters Patriziertugenden spricht, aber das sind harmlose Schrullen, die keiner zu beachten braucht und die auch mir sehr wahrscheinlich zu nichts nütze sind, mich in nichts bestätigen, nur kann ich sie nicht vermeiden, weil ich eben nicht wie Guiomar, oder wie Guiomar von sich glaubt, einen realen Kampf ausfechte, bei dem solcher Formenkram im Eifer des Gefechts seinen Sinn verliert, so daß man die Formen eigentlich sogar befolgen kann, und weil ich nicht wie meine Mutter den königlich-gottlosen Zynismus besitze, den man fast nur bei Päpsten und hohen Kirchenfürsten antrifft – meine Mutter beachtet das Ritual wie ein Renaissancekardinal und Guiomar, als verteile sie Küsse auf einer Cocktailparty oder reiche einem Platzanweiser ihre Eintrittskarten hin –, hier sitze ich jedenfalls, unfähig, mich zu bekreuzigen, unfähig, in die Knie zu gehen, unfähig, auf die Stichworte hin etwas herzubeten, fühle mich unermeßlich elend, bewahre aber Haltung und Form und habe nicht im geringsten vor – meine Mutter und Guiomar können ganz beruhigt sein und sollen endlich aufhören, mich, eine rechts von mir, eine links von mir, zuvorkommend, argwöhnisch und sorgsam wie zwei Krankenpfleger oder Gerichtsdiener zu bewachen, was alles nur noch schlimmer und schwerer macht – ich habe nicht im geringsten vor, mich plötzlich etwa nackt auszuziehen oder in einem Todestanz oder Lebenstanz um den Sarg herumzuspringen oder etwa die männlichen Trauergäste, die Ärmsten, zu vernaschen, nicht einmal dem Pfarrer die Soutane zu lüpfen, ihm die Zunge rauszustrecken oder eine lange Nase zu machen. Denn sagt doch nur, meine Lieben, was würden denn da die Leute sagen ... Nein, niemand soll etwas zu reden haben, ich habe mich zu benehmen gelernt, auch wenn ich mich dabei unbehaglich fühle und den Verdacht nicht loswerde, daß ich hier nicht am Platz bin, hier nicht und nicht anderswo, ich habe gelernt, wie man die Alltagsbewegungen ausführt, die anscheinend nur für mich schwierig sind und die nur ich nicht in etwas Mechanisches verwandeln kann. Weder Küsse austeilen auf Cocktailparties noch Eintrittskarten vorzeigen beim Platzanweiser sind für mich – ob meine Mutter und Guiomar das wohl ahnen – einfache Gesten, sind es zumindest nicht jeden Tag, denn die Küsse können zu herzlich oder, statt wie Cocktailküsse, zu ausweichend oder zu echt ausfallen, ganz abgesehen davon, daß ich nie weiß, wen ich küssen und wem ich die

Hand reichen soll und ob ein Kuß oder zwei Küsse angezeigt sind, darum stehe ich oft hilflos mit einem in der Luft schwebenden Kuß da, oder der andere neigt mir die Wange zu und wartet auf einen zweiten Kuß, der nicht kommt, oder der dann doch noch kommt, aber nun zu hastig und tolpatschig, wenn der andere schon gar nicht mehr damit rechnet, hingegen versteht sich Guiomar meisterhaft aufs Verteilen unbeteiligter, präziser Küsse mit der genau abgemessenen Portion Gefühl und Wärme oder Distanz und Kälte, ohne daß sie diese Kunst je zu erlernen brauchte, sie flog ihr von Kind auf zu, sie trat schon immer mit großartiger Selbstverständlichkeit auf, so olympisch selbstverständlich wie meine Mutter, und keine von beiden wäre je auf den Gedanken verfallen, der Platzanweiser könnte plötzlich mit ihnen schimpfen oder die Reihe könnte zu lang und zu hell erleuchtet sein, um noch unbefangen und ohne zu stolpern durch das Doppelspalier aus lauernden Blikken weiterzugehen. Sie waren überhaupt alle beide großartig, hatten den gleichen ausladenden Knochenbau, die gleichen langen schmalen Glieder, die gleiche schneeweiße Haut mit der Transparenz von Kristall und dem Schimmer von Porzellan und so weich und flaumig wie Früchte und wild duftend wie Wald, hatten die gleichen großen blauen mitleidlosen Augen – mein Gott, wie mitleidlos schöne riesengroße blaue Augen sein können! –, die ich sogar dann auf mir spüre, wenn sie, wie jetzt, ganz woandershin sehen und die mich noch jedesmal von neuem zwingen, mich in stille dunkle See- oder Meerestiefen, in die hintersten, geheimsten Winkel meiner Kellergänge, meiner Höhlen ohne Boden, zu verkriechen.

Nach soviel feuchten Küssen, soviel hautnahen Umarmungen, soviel schwirrenden, herzlichen hohlen Worten, wollte ich nun noch allein im Haus bleiben, wollte alle Wagen vor mir abfahren sehen und als letzte zurückbleiben, um ein wenig Ordnung zu machen, wie ich ihnen sagte, worauf meine Mutter und meine Tochter sich ein paar schnelle befremdete und fragende Blicke zuwarfen, dann aber doch beschlossen, mich gewähren und allein zurückzulassen – in der Stadt bliebe immer noch Zeit genug, mir Ratschläge zu erteilen und gut zuzureden, Julio sei doch der beste aller Ehemänner, bei einem solchen Mann hätten gelegentliche Seitensprünge doch keine Bedeutung, außerdem dauerten sie ja nicht lange, und eigentlich sollte ich mich inzwischen daran gewöhnt haben, überhaupt sei nicht einzusehen, warum ich gerade diesmal so auf die Palme gegangen sei; und so verschwanden sie alle beide, genauso tipptopp und wohlriechend wie bei ihrer Ankunft vor mehreren Stunden, wie aus dem Ei gepellt, unverschwitzt, ohne Schaum vorm Maul, zwei prachtvolle Stuten, die ein solches Hindernis, wie es der Tod zuweilen auf den stolzen Spazierweg des Lebens, ihres Lebens, legt, lässig und mühelos nehmen, schöne, schimmernde Stuten mit hellen klaren Augen, während ich hier stehe, keuche und ersticke und weiß, daß ich von Kopf bis Fuß naßgeschwitzt, schmutzig und von der Nähe des Todes und dem Getätschel der Lebenden verpestet bin. Ich rieche nach fremden Ausdünstungen und fremder Spucke, mein Kleid ist zerknittert, meine Schuhe sind verstaubt, die Strümpfe verdreht, und zu dem Geruch von Schweiß und Küssen kommt noch der unverwechselbare Dunst von Furcht und Angst. Ich stinke wie ein verängstigtes Tier. Zum Erbarmen. Und zum erstenmal wende nun ich mich an Clara – tauschen wir endlich die Rollen – und rufe sie mit zitternden Fingern, mich fünf- oder sechsmal verwählend, an. Ich höre mit bis zum Hals klopfendem Herzen, wie bei ihr zu Hause das Telefon klingelt, flehe alle guten Geister an, sie mögen mir nur nicht sagen, Clara sei außer Haus, spreche, als sie sich am andern Ende der Leitung meldet, ihren Namen nach wie einen Zauberspruch, eine beschwörende Formel aus zwei klangvollen Silben, und bitte, sie möge kommen, jetzt gleich, sofort kommen, sie möge alles stehen und liegen lassen, meine Großmutter sei gestorben, und das Begräbnis sei entsetzlich gewesen, und ich sei allein zu Haus und brauche sie – ich brauche dich, Clara –, und es mache nichts, wenn sie kein Geld habe, sie solle nur ins nächste Taxi steigen, ich würde an der Tür warten und es bezahlen. Und als ich sicher bin, daß Clara kommt – was sie wohl jetzt von der Frau denkt, die sie für selbstsicher hielt und die heute zusammensackte, die vermeintlich distanzierte, überlegene Frau, wie ich dieses Bild von mir hasse, jetzt, wo ich zum verängstigten Tierchen geschrumpft bin, aber auf einmal durchzuckt mich die Gewißheit, daß Clara, nur sie, sie allein in all den Jahren, von Anfang an gewußt hat, daß ich so bin, daß sie mir dazu nicht erst folgsam in die Tiefe meiner Löcher nachsteigen, daß ich mich nicht für sie verkleiden mußte; mich durchzuckt die Ahnung, daß mich vielleicht endlich wieder einmal jemand mit meiner Trauer und Angst, mit meiner unheilbaren Verlassenheit liebt –, als ich sicher bin, daß Clara in knapp einer Stunde bei mir ist, steige ich in die mit duftendem warmem Wasser randvolle Wanne, schlafe beinahe ein auf meinem Lager aus Wasserflaum, sehe zu, wie sich der Dampf dick auf Scheiben, Spiegel und Kacheln niederschlägt, denke, wenn ich nun in Ohnmacht falle, leicht schwindlig ist mir schon, wenn ich beim intensiven Duft eines französischen Badeöls, Marke Liebeszauber oder Venusfreuden oder so ähnlich, nun sterbe, denke, wenn ich aus dem Wasser bin – falls ich nicht vorher sterbe –, mache ich Feuer im Kamin und verbrenne dieses schreckliche schwarze Kleid, von dem ich nicht einmal weiß, wer es besorgt hat, woher es kommt, und diese ekelhaften dicken dunklen Strümpfe, ja, sogar die Schuhe und die Unterwäsche – es riecht alles nach Tod –, und denke, so wie ich meine Großmutter in den letzten zwei Monaten erlebt habe, möchte ich sie nicht im Gedächtnis behalten. Ich werde mich zwar selten genug daran erinnern, aber selbst das wäre noch zuviel, es hätte keinmal sein sollen, ich hätte abreisen sollen, ich hätte mir irgendeine Entschuldigung ausdenken oder einfach in meinem unbändigen, fugenlosen Egoismus bis zur letzten Konsequenz gehen sollen, statt mir diese unförmige, schwabbelnde Masse anzusehen, mit ihren kindischen Manien, ihrer Vergeßlichkeit, ihren unerträglichen Ermahnungen und Vorwürfen, mit ihren gichtverkrümmten Gliedern, dem eingefallenen Mund und den stumpfen Augen, sie war so seltsam und fremd – nicht einmal beim Namen konnte sie mich noch nennen –, wie sie in ihrem Rollstuhl oder, später, als ihr Dasein fast nur noch pflanzliches Vegetieren war, zwischen Bergen von Kissen saß, so seltsam und fremd, daß ich diese Bilder unmöglich mit der legendären Großmutter meiner Kindheit oder auch noch Jugend in Verbindung bringen konnte, die damals die vornehmste unter den guten Feen war, wenn sie, eine sehr sanfte, sehr zarte Schönheit, von ganz anderer Art als die überwältigende, stets unerreichbare, einschüchternde Schönheit meiner Mutter oder Guiomars, weit eher mir ähnlich, immer hieß es, ich käme nach ihr, obwohl ich, das sagte natürlich keiner, nie so schön war wie sie, wenn sie also, eine zerbrechliche, dunkelhaarige kleine Frau, im Hof ihres Sommerhauses am Meer saß und mir selbsterlebte oder ausgedachte Geschichten aus früheren Zeiten erzählte oder Habaneras vorsang und dabei in abgestimmten Farbzusammenstellungen raffinierte erhabene Stickereien aus blaßfarbigen seidigen Garnknäueln anfertigte. Eine zarte und zärtliche Großmutter, die auf dem Hof zwischen Hortensien und Bougainvilleen beim glokkenhellen Getriller der Kanarienvögel Geschichten erzählte und die ich damals wiederum, obwohl sie noch sehr hübsch, obwohl sie unbestreitbar hinreißend war, nur schwer mit dem hochmütigen, provokanten und frevlerischen jungen Ding in Verbindung bringen konnte, von der meine Mutter und Sofia mit gedämpfter Stimme sprachen und über die sich die Generalin entrüstete, der unglücklich verheirateten jungen Frau, die zusammen mit anderen im roten Unisextrikot auf die Karnevalsbälle ging, die sich an bacchantischen Faschingsüberfällen bei Freunden beteiligte und an ungehörigen Tänzen im Freien, die zuließ, daß die Leute ihr zahllose Affären nachsagten, und die sich schon mit den unerhörten Heldentaten brüstete, die sie vollbringen würde, sobald erst ihr Mann das Zeitliche gesegnet hätte, eine junge Frau, die sich selber vielleicht als merkwürdiges Mittelding zwischen Prinzessin von Eboli und empfindsamer Lerche, gertenschlanker zitternder Gazelle sah, die ein unbarmherziges Geschick gezwungen hatte, das Lager mit einem Stier, mit einem Bären, nein, mit einem Ochsen zu teilen, jedenfalls mit einem rohen Tier, das von ihren Sehnsüchten nichts verstand und ihr nicht einmal die kleine Gefälligkeit tat, wenigstens beizeiten zu sterben, auf daß sie noch in ihr feines Fröhliche-Witwen-Kostüm schlüpfen und bei schlauem Gebrauch ihrer weiblichen Reize und ihres männlichen Verstandes ein herrliches Lotterleben führen oder gar noch den Richtigen finden konnte, der sie glücklich gemacht hätte, aber nein, mein Großvater hatte ein langes Leben, lang genug jedenfalls, um ihre Jugend, ihren Elan und ihre Schönheit dabei aufzubrauchen – kurioserweise lebten in dieser langen Kette Frauen, in diesem matriarchalischen Clan, in dem nur die weiblichen Glieder zu existieren scheinen, die männlichen Kastrierer und Störenfriede doch stets über ihre Zeit –, so daß mein Großvater, als er endlich starb, sie nicht mehr in die Freiheit, sondern nur in eine etwas größere Einsamkeit – und höchstens das Gefühl, gerächt zu sein – entließ, ich jedenfalls kannte diese liebreizende schlechte Ehefrau aus Mutters und Sofias Erzählungen, die durch ein Versehen oder durch Blindheit und Ungeduld einer kuppelnden Mutter oder auch eigene Unerfahrenheit und Jugend auf Gedeih und Verderb an einen Ochsen gekettet war und sich, da ihr jede Glückschance verwehrt oder doch an den Tod des andern gebunden war, der offensichtlich nie sterben wollte, im roten Trikot, mit Schwanz und Teufelshörnern in einen trostlosen glitzernden Karneval stürzte, denn Kostüme, Liebhaber und sogar Orgien waren ihr – wie auch meiner Mutter und heute mir – erlaubt, nur von dem Ochsen durfte sie sich nicht trennen, der sie bestieg, der sie Nacht für Nacht im Bett nahm, ohne etwas von ihr zu begreifen, den konnte nur der Tod von ihr nehmen, und der alte Mann starb und starb nicht, und sie starb – wir starben – jeden Tag ein bißchen, ein kleines bißchen mehr; diese junge, verrückte, verzweifelte Ehefrau, die aber doch nicht verrückt genug war – das war damals wahrscheinlich keiner, ist es auch heute noch nicht –, das Joch abzuwerfen, sie konnte ich jedenfalls nicht mit der bezaubernden älteren kleinen Frau in Verbindung bringen, die zwischen Hortensien und Bougainvilleen – wir hatten den Hof gesprengt, und die Kanarienvögel trillerten wie närrisch in den Nachmittag – mit feiner bunter Seide stickte, die von allen angebetet und endlich auch von allen geachtet wurde, die überaus schön war in ihrer geklöppelten Mantilla beim sonntäglichen Dorfgottesdienst, überaus würdevoll und dabei freundlich, im Handschuhladen – wo sie mit ihren kleinen Händen mühelos in den kleinsten Handschuh paßte und die Verkäuferin lächelnd Kinderhandschuhe versuchen mußte; im Blumengeschäft, beim Konditor, überall drängten sich Burschen und Bediente – ja, selbst der Inhaber –, sie zu bedienen, ihr die Tür zu öffnen, ihr die Pakete zum Wagen zu tragen, als wollten auch sie sie über irgend etwas hinwegtrösten, vielleicht über ihre so schnöd vertane Schönheit und Jugend und Leidenschaft, denn damals hatte meine Großmutter – diese Etappe war, als ich geboren wurde, schon vorbei, verlor sich im Nebel von Klatsch und Legenden – schon keine Liebhaber mehr, ging nicht mehr im Seejungfrauen- oder Satanskostüm auf eitle Faschingsüberfälle, trat jedoch – bis sie halb gelähmt war und Krankheit und Alter sie zu dem unförmigen, pflanzlich dahinvegetierenden Wesen gemacht hatten, dem ich, wohl auch aus Treue zu ihrem Andenken, die Besuche verweigerte – in jeden Raum, gleich ob öffentlich oder privat, stets mit der unumschränkten Überzeugung, charmant zu sein – und darin bei aller Unterschiedlichkeit im Stil meiner Mutter und Guiomar gleich –, wandte sich an die Männer, an jeden Mann, mit dem unbeirrbaren Glauben, gerade dieser hätte sie lieben können und lieben wollen, und an jede Frau mit der liebenswürdigen Herablassung, derer man sich denjenigen gegenüber befleißigt, die an unserem Platz stehen, weil wir ihn ihnen gnädigerweise überlassen haben, die man aber jederzeit wieder zur Seite drängen könnte, denn meine Großmutter entschied sich am Ende zwar für die Tugend, aber für die Tugend, weil sie ihr zusätzlichen Charme verlieh, und war darum wohl eine durch und durch tugendhafte Dame – denn wenn schon tugendhaft, dann wollte sie es, dazu trieb sie ihr Ehrgeiz, auch darin weiter als die andern bringen; und ihr Leben war verpfuscht, ihr Glaube aber, daß sie wie alle Frauen in unserer Familie – bis auf mich, das einzige schwache Glied in einer ansonsten unreißbaren Kette, die einzige Unterbrechung der Tradition – von Rechts wegen die erste unter ihresgleichen sei, dieser Glaube war bei ihr ungebrochen, um so mehr, als sie es im Leben ja nicht mehr zu beweisen brauchte. So stickte sie also unermüdlich mit haarfeinen Seidenfäden in abgestuften Farben wunderbare plastische Zweige und Vögel, erzählte mir teils wahre, teils ausgedachte romantische Geschichten aus alten Zeiten, in denen stets sie im Mittelpunkt stand, stets sie die Heldin war, versorgte Blumen und Kanarienvögel, gab den Dienstboten ihre Anweisungen und wurde von Freunden, Verwandten, Bekannten und Untergebenen, von Portiers und sogar von Unbekannten, die ihr irgendwann zufällig auf der Straße begegneten, geliebt und bewundert, zumindest glaubte sie das felsenfest – und ich mit ihr, weil ich ihr, soviel stand fest, zu Füßen lag; und in ihrem Innern, in ihrem Herzen brannte wie eine lebendige Flamme die Gewißheit, daß jeder orientalische Maharadscha mit hundertköpfigen Elefantenherden und faustgroßen Rubinen auf dem Turban, daß der begnadete Dichter, der in- und sogar ausländische Literaturpreise sammelte, der schneidige Militär, der mit narbenübersäter, ordensgeschmückter Brust – und ach so zärtlichen Augen – sein Pferd auf der Parade für sie tänzeln ließ, oder

der Bankdirektor, den sie aufsuchte, wenn sie ein Konto eröffnen und ihre Telefon- oder Stromrechnung bezahlen wollte, und der sie so beflissen in seinem Büro empfing, sie unweigerlich mit nie dagewesener Inbrunst und nie versiegender Zärtlichkeit bis zu ihrem Tode geliebt hätten, wäre nicht der außergewöhnliche, absolut zufällige und unerklärliche Umstand gewesen, daß eine Frau wie sie hatte eines tristen Morgens neben einem Ochsen erwachen müssen.

Als Clara eintritt, liege ich bäuchlings auf dem Teppich vor dem brennenden Kamin, den ich angezündet habe, um die Kleider und die Schuhe zu verbrennen, und weil es so nah am Meer nachts im Mai hier noch kalt ist. Ganz hinten ahnt man hinter der Verglasung der jetzt abgeschlossenen Veranda den schattigen Winkel mit den Hortensienkästen, den violetten Prunkwinden und den Bougainvilleen. Um mich türmen sich alte, verstaubte Bücher, und während Clara in meiner Handtasche nach Geld sucht und hinausgeht, den wartenden Taxifahrer zu bezahlen, während sie ihre Jacke ablegt, sich ein Glas Wein einschenkt und sich zu mir setzt, fahre ich fort, Einbände abzustauben, Seiten in meinen Kinderbüchern umzublättern und Illustrationen zu betrachten, die ich einst mit Buntstiften ausmalte und unermüdlich auf hauchfeines Seidenpapier durchpauste, von dem sich noch jetzt Blätter aus dem Buch lösen und auf den Teppich segeln. Es sind graugrüne Stimmungsbilder, in denen böse Krummnasen und schöne bleiche Antlitze hervorstechen. Die zierliche Prinzessin etwa, die, von einem rätselhaften Zauber, den ich vergessen habe, gelenkt, mit traumverhangenem Blick und fast auf den Panzer ihres Reittieres herunterhängendem, dickem dunklem Zopf auf einer gemächlich dahinschwankenden Riesenschildkröte reitet, sieht Clara sehr ähnlich, und ich bin wahrscheinlich eine von den hochmütigen, nicht mehr jungen Königinnen, die in steifen Kleidern aus schweren, luxuriösen Stoffen, eine mächtige Krone auf dem Haupt, zwar noch schön, aber schon etwas pergamenten und verhärtet, Spiegeln, die ja nicht gleichzeitig schmeicheln und die Wahrheit sagen können, dumme Fragen stellen oder sich mit goldenen Messerchen in die Fingerspitzen ritzen, damit auf hauchdünne Spitzentüchlein drei

Tropfen mütterlich beschützendes Blut tropfen, wobei jede Ähnlichkeit zwischen den dümmlichen, hilflosen Königstöchtern, die hinter sieben Bergen Zwerge versorgen oder auf Falladas reiten, und Guiomar aber reiner Zufall wäre, was vielleicht der Grund ist, warum ich dem normalen, für einen selbst so beruhigenden Muster von der neidvoll-aggressiven oder der großmütig-gütigen Mutter nie entsprechen konnte. Ich wende also gemächlich die Seiten in meinen alten Büchern und spüre dabei, wie die Ungeduld und der Mißmut in Clara neben mir wächst, wie sich ihre Ungeduld und ihr Mißmut wie schweres beißendes Gas im Zimmer ausbreiten, so daß ich sie nicht erst ansehen muß – was ich sowieso nur einmal, flüchtig bei ihrer Ankunft, tat, als ich mit dem Finger auf meine Tasche auf dem Sofa zeigte –, um zu wissen, daß sie ungeduldig und gereizt ist, sondern nur zu atmen brauche, schon füllt sich meine Lunge nicht nur mit Luft, sondern auch mit ihrem Ärger und ihrer Ungeduld, schon platzt mir ihr Zorn wie prickelnde Blasen in den Ohren und auf den Schläfen, aber ich konzentriere mich dennoch weiter auf meine Abbildungen, hebe nicht einmal den Kopf, weil ich von der schäumenden Wut dieses jungen Tiers erstens gerührt bin und weil ich Clara zweitens doch irgendwie dafür büßen lassen muß, daß ich sie heute angerufen habe, weil sie mich irgendwie dafür entschädigen muß, daß mir am Telefon die Finger zitterten und meine Stimme wie die einer Ertrinkenden, die um Hilfe schreit, klang und ich sie so unbedingt und ausweglos an meiner Seite haben mußte, vielleicht ist es aber drittens vor allem die Vorfreude, der Spaß am Warten, zuzusehen, wie Clara und ich und die Luft sich langsam aufladen, bis sich die Spannung über alle Dämme, alle Grenzen hinweg entlädt. Ich blättere also weiter in meinen Büchern, greife mir ein neues Buch vom Stapel, ohne auf den Einband zu achten, schlage es wahllos auf und habe vor mir einen kleinen Wildfang im gelben Trikot, in gelbem Hemd, mit gelber Mütze und einem hübschen Kleinmädchengesicht, zu dessen Füßen im weißen Nachthemd, mit rosa Schleifchen vor der Brust und ungemein schön geflochtenen blonden Zöpfen, unwahrscheinlich schön jedenfalls für jemanden, der schon schlief und nur eben wieder aufgestanden ist, zu dessen Füßen also mit stillem, allerliebstem und – das fällt mir heute zum erstenmal auf – widerwärtig gefräßigem, mütterlichem Gesicht, ein kleines Mädchen sitzt und näht. Die Szene spielt in einer traulichen, anheimelnden Stube mit Plüschkasper auf dem Regal, in dem sich Spielzeug stapelt, mit einer brennenden Kerze auf dem Boden, daneben der Handarbeitskorb, alles durchaus üblich und familiär, trotz der etwas ausgefallenen Aufmachung des kleinen Buben mit dem Mädchengesicht – wenn nicht draußen vor dem verriegelten Fenster unter der Mondsichel zwielichtige, grünschillernde geflügelte Gestalten schwebten und wir nicht nicht alle wüßten – wenn Clara und ich nicht wüßten –, daß, was die Kleine da fleißig an des Knaben Mokassins näht, nichts anderes als sein Schatten ist. Es hat schließlich schon einen beunruhigenden Beigeschmack, daß einer seinen Schatten verliert, um wieviel mehr erst, wenn sich daß Mißgeschick des Nachts und bei abnehmendem Mond ereignet und winzige grünliche Hutzelmänner dabei durch die Scheiben lugen. Auf jeden Fall bringt das Bild es zuwege, daß die schäumenden Nebel, die das Zimmer ausfüllen, endlich explodieren, explodieren wie eine Sektflasche, die man vor dem Kamin zu lange geschüttelt hat, und ich lache auf und sage leise: «Homer, Shakespeare, Peter Pan», und ergreife ihre – immer noch so feine, kleine, zitternde und verschwitzte Hand, ziehe Clara mit einer fast abrupten, gespielt heftigen Bewegung zu mir heran und umarme sie fest und lasse sie nicht mehr los, bleibe mit ihr vor dem Feuer auf dem Teppich liegen, bis sie aufhört zu zittern, und darüber müssen Ewigkeiten vergangen sein, denn die Scheite im Kamin sind Asche und hinter den Fenstern ist es schon lange Nacht – auch ganz hinten die heimliche Ecke mit den Bougainvilleen ist nicht mehr zu erkennen –, aber obwohl mir trübe durch den Kopf geht, ich müßte Scheite nachlegen, kann ich mich doch nicht entschließen, stehe nicht auf, mache auch kein Licht, es liegt sich ja angenehm so, fast im Dunkeln, und ist auch nicht kalt, und gut ist auch, daß sich alles so langsam abspielt, daß zwischen jeder Bewegung Ewigkeiten verstreichen, denn wir haben zum erstenmal Zeit - und ich sage es auch: hab keine Eile, Clara, wir haben Zeit — und niemand kann uns hier stören, im alten Haus meiner Großmutter, das von jetzt an mir gehört, von dem ich heute nacht an Claras Seite gewissermaßen Besitz ergreife, weil Haus, Clara und Kindheit auf einmal eins sind, ein zitterndes warmes Ganzes, sie gehören so innig mir, so für immer und von jeher mir, daß ich mein ganzes mir noch verbleibendes Leben darauf verwenden kann, sie langsam zu entdekken und zu besitzen; jede Ungeduld wäre da fehl am Platz, und überdies geht es – auch das entdecke ich jetzt – gar nicht um Besitz, denn nicht besitzen will ich sie, ich will mich in sie vergraben, will mich in Haus, Clara und Kindheit verlieren, darin versinken wie in einem ruhigen, stillen See, und es soll keine Möglichkeit zur Umkehr, kein Zurück – vor allem kein Zurück – mehr geben, wichtig ist jetzt nur noch, daß Clara zu zittern aufgehört hat, weil ich will, daß sie sich heute nacht ohne Angst und ohne Schwitzen öffnet und erblüht, daß die selbstsichere, furchtbare Angelika, meine duftende Tropenprinzessin, über das ängstliche, eingeschüchterte Mädchen siegt, darum schaukele ich sie und wiege sie und tröste sie stundenlang – mich beim Trösten tröstend – über alle Ängste hinweg, Ängste, die noch nicht einmal einen Namen haben, darum zügle ich sie sanft – mach langsam, Clara, langsam, wir haben ja Zeit –, weil ich die fiebernde Wut, das wilde Toben eines hilflosen kleinen Tiers, ihre bisherige, furchterregend düstere Lust nicht noch einmal, jedenfalls heute nacht nicht noch einmal will, darum lasse ich erst sehr viel später, als wir nackt sind und sie sich ihrer schönen, durchscheinenden Weiße im Licht der Flammen nicht mehr schämt – denn ich habe am Ende doch Holz nachgelegt und die Vorhänge zugezogen und uns Decken geholt –, gegen die ihr dunkles glattes Nixenhaar absticht, darum lasse ich erst jetzt, als es schon fast Tag wird, zu, daß sie sich an mich preßt mit ihrem dunklen, unbeholfenen, verzweifelten Verlangen, das mir fast Angst macht, und Haut an Haut bei mir liegt, und ein Stöhnen aus sich herausläßt, das in einem Röcheln endet, daß sie sich an mir reibt und dabei mit beiden Beinen meine Hüften umklammert hält wie in einer tödlichen Falle, bis ich mich – sachte, Clara, sachte, wir haben ja Zeit – aus der Schlinge ihrer Beine und Arme löse, sie – still, Clara, still, Liebes – auf den Rücken drehe, sie zwinge, stillzuliegen, sie mit beiden Händen auf die Erde drücke und dann mit dem Mund ganz langsam ihren Hals hinabwandere, ihren schmalen, pochenden Hals, in dem die Seufzer ersterben, wie bei einer Ertrinkenden, die nicht schreien will – ruhig, Clara, still, es ist immer noch Nacht und wir haben Zeit –, bis ich, ganz langsam, zu ihren runden Schultern komme, die des Zitterns doch nicht Herr werden, zu ihrem Schlüsselbein komme, das sich zart abzeichnet, dann zu ihren kleinen Brüsten, ihren hellen Brustwarzen, wo ich abwechselnd rechts und links nage, bis sich beide hart und sehnsüchtig zu mir aufrichten, sich unter dem Gluthauch meines Mundes bäumen und schwellen, unter meinen festen Lippen, meinen spitz zubeißenden Zähnen, bis sie sich jetzt von allein meinen Zähnen und Lippen entgegenrecken und Claras Schenkel in die Luft gehen, auch sie voll Sehnsucht nach mir, denn mein Mund ist immer noch auf ihr und sie liegt festgehalten unter meinen Händen, unsere Körper sind sich – langsam, Clara, langsam, bald wird es Tag – immer noch fern, und Claras Lenden, die sich so heftig und gequält bäumen und im Licht der Flammen so bleich und mager aussehen, sie erinnern an schreckliche, finstere Bilder von uralten Foltern, und jetzt lege ich mich doch über sie und lasse ihre Beine rasend zufassen – langsam, Clara, langsam, Geliebte, langsam doch –, und meine Hand bahnt sich zwischen ihrer Haut und meiner Haut, zwischen unseren verschmolzenen Leibern sachte einen Weg, findet schließlich zu der feuchten Mulde zwischen ihren Beinen, zu dem rieselnden Schlund, der alle Träume einsaugt und wieder ausspuckt, und dahinein lasse ich mich ziehen wie in den Bauch eines Wals, wirble im Strudel und kentere, und es geht schneller hin und her zwischen unseren verknäuelten Leibern und meiner Hand, die es zwischen ihren Schenkeln treibt, und Claras Stöhnen gleicht auf einmal dem Aufheulen einer weißen Wölfin, die beim ersten Tageslicht niedergemacht und geschändet wird, nur daß sie diesmal nicht wie von Sinnen zittert und auch nicht stoßweise seufzt, weil die Lust siegessicher und ohne Übertreibungen tief aus uns hervorkommt und wie eine herrliche Flut mit schäumenden, länger werdenden Wellen langsam höhersteigt, und danach ruht Clara schlaff wie eine Stoffpuppe und noch immer keuchend an meiner Seite, ist aber doch endlich gelöst, hat endlich ihren Schatten wieder oder ist für immer von ihrer Horde verirrter Kinder frei.

Sie fragt nicht: Und du? War es für dich schön? Nein, Clara fragt erstaunlicherweise gar nichts, sagt nicht einmal, ich liebe dich, bleibt einfach schnurrend und matt mit geschlossenen Augen und einem über die Lippen huschenden Mona-Lisa-Lächeln liegen, ist möglicherweise sogar eingeschlafen, denn sie reagiert nicht, als ich aufstehe, sondern bleibt zwischen Kissen und Decken reglos vor der verglühenden Asche liegen, wie ein zufriedenes Kätzchen, das endlich seinen Platz im Haus gefunden hat und das nie, oder zumindest für lange Zeit, oder zumindest für den Augenblick nicht mehr, auf den Dächern den Mond anzujaulen oder scheu und unglücklich an den Fensterscheiben zu kratzen braucht, da ich mit ihr aber nicht in das große, weiche, flache Bett will – ein ganzes Zimmer nichts als Bett –, in dem ich oft mit Julio schlief, da ich auch nicht in das große vergoldete Himmelbett mit der beigen Häkeldecke will, wo bis vor Stunden Großmutters Leichnam lag, obwohl ich mich – zuletzt ja – geweigert habe, ihn mir anzusehen, gehe ich hinauf ins Kinderzimmer – in vieler Generationen Kinderzimmer – und rücke die beiden, für uns vielleicht doch zu kurzen – Kinderbetten aus hellem Holz nebeneinander. Die Gardinen sind mit kleinen Engländerinnen in Häubchen und Stiefelchen bedruckt, entfernten Verwandten der blonden Kinder, die im Garten des Eissalons hinter ihren Reifen herlaufen, und vom Puppenschrank blickt leicht motterzerfressen, aber noch ebenso legendär und gutmütig der große Plüschbär herab. Aus einer der Truhen ziehe ich ein weiches gelbes, ausnehmend luxuriöses Fell, das wirkt wie geschaffen, einer russischen Bojarin oder der Schneekönigin höchstselber in ihrem mit sechs weißen Rentieren bespannten Silberschlitten die Füße zu wärmen. Es ist eins der nutzlosen, hübschen, liebenswürdigen Dinge, die ich mir – oft an Tagen, an denen ich todtraurig bin – eben gelegentlich kaufe, ohne eigentlich zu wissen, wozu ich sie bei welcher Gelegenheit gebrauchen soll. Aus irgendeiner Niedergeschlagenheit heraus, deren Anlaß mir längst entfallen ist, habe ich einmal wohl auch diese Felldecke gekauft, und jetzt stellt sich heraus, daß ich sie – ohne mir darüber klar zu sein, und Clara natürlich erst recht nicht, die sich damals ja noch in der Hitze ihres kolumbianischen Urwalds herumtrieb – für Clara gekauft habe, um Claras bleiche Haut und ihr dunkles Haar einzuhüllen, um Claras fieberglänzende Augen und ihren wunden Mund einzurahmen – die Lippen sind geschwollen, und auf der Unterlippe bildet sich braunviolett ein Bluterguß –, um das weiche goldene Fell meines Zaubervlieses warm über ihre schlummernden Brustspitzen zu streichen – die jetzt noch nicht schmerzen, aber morgen, dessen bin ich mir sicher, unter den Arkaden der Universität, auf der Straße, in meinem Haus am Meer, wie zwei Wunden brennen werden, so daß sie bei jedem Schritt stöhnt, so daß ihr die Berührung von BH, Pullover oder Bluse zuwider ist, so daß ihr überhaupt jede Berührung zuwider ist, die nicht von meinem Mund, meinen Brüsten auf ihren Brüsten und nicht von meinen Händen kommt –, damit mein Zaubervlies sich um ihre warmen Schenkel schließt und kitzelnd und blond in ihrem krausen, dunklen feuchten Hügel spielt. Ich nehme sie, schön in das Fell eingeschlagen, in die Arme und geleite, trage sie fast, ins Schlafzimmer hinauf. Sie legt ihren Kopf an meine Schulter und den Arm um meine Taille und sagt schnurrend Worte ohne Sinn – vielleicht in der Feensprache, vielleicht in der Katzensprache –, und ich erliege einem jähen Ansturm von Zärtlichkeit, der mir den Atem nimmt und das Herz stocken läßt, denn wahrlich, die Liebe ist furchtbar wie ein anrückendes Heer und die Zärtlichkeit grausam wie der Tod, und auch ich flüstere jetzt sonderbare Worte, ohne Sinn wie die ihren, die zu einer Sprache gehören, die ich nie gelernt habe, und mir fällt ein, daß es mir mit Clara schon einmal ähnlich ergangen ist, aber diesmal will ich nichts aufhalten, die Worte sprudeln aus mir wie in einem unaufhörlichen Rausch, und ich weiß, alle Schranken sind gefallen, alle Verteidigungsstellungen entblößt, ich stehe hier, wehrlos in meiner Zärtlichkeit, dem furchtbaren Ansturm dieser Zärtlichkeit, vieltausendmal stärker als der Tod, ausgeliefert, stehe hier, so hilflos und nackt, wie ich es nie zuvor war, auch nicht in der allerentferntesten, geheimsten, nie erzählten Vergangenheit, und vergehe vor Worten, fließe ganz aus mir in einer Flut von Worten, die Clara, selbst wenn sie zuhörte und wach wäre, statt halb schlafend in meinen Armen zu hängen, wohl kaum verstehen könnte und die sie natürlich nicht hört, die mir vielleicht vor langer Zeit für Guiomar, als sie ein Kind war, einfielen, auf die ich vielleicht kam, als Guiomar schlief, als sie mich mit ihren blauen – und schon damals mitleidlosen – weit offenen Augen nicht ansehen konnte, Worte, die mir manchmal auf der Zunge lagen, wenn die Kleine auf dem Boden oder auf einem Sofa einschlief und schlafend ins Bett getragen werden mußte, die ich dann aber doch nicht aussprach, die mir nie über die Lippen kamen, die ich nicht einmal in Gedanken formulierte, weil eine solche Sprache nicht in den Gedanken entsteht und von da zur Stimme wandert, sondern schon als Stimme aus den Eingeweiden bricht, und der Verstand vernimmt sie befremdet, verwundert, nicht einmal erschrocken oder geniert, denn Angst und Scham liegen mit einemmal hinter uns, weit hinter uns, und es ist ganz deutlich und klar, daß ich jeden Augenblick sterben kann, weil die Zärtlichkeit wie mit hundert diamantenen Nadeln in mich schneidet, weil die Zärtlichkeit über mich hinwegstampft und mich unter ihren Füßen zermalmt wie das furchtbarste Heer im Aufbruch, und weil ich in Worten vergehe, mich auflöse, verblute, weil ich auf so himmlische Weise tot bin, daß ich Clara – die doch so leicht wie eine Feder ist – kaum noch tragen kann; Gott sei Dank kommen wir noch zusammen zu den nebeneinandergerückten Betten, und ich kann sie absetzen und ihr ein Kissen unter den Kopf schieben – sie schlägt, im Gegensatz zu Guiomar früher – nicht einmal die Augen auf – und sie mit einem Laken und der Felldecke zudecken – wenn das Fenster offen ist, ist es kalt, und offen soll es bleiben, weil das Zimmer ungelüftet ist und wir am frühen Morgen unbedingt das Meer und den Wind im Schilf und das Pfeifen des ersten Zuges vor dem Tunnel hören müssen; und ich flehe Clara leise an, sie möge nicht aufwachen, sondern weiterschlafen, und lege mich zu ihr, und sie bekommt endlich die Zähne auseinander und seufzt: «Geh nicht weg», und ich weiß, ich kann mit meinen Fingern noch tausendmal von vorn über ihren sanft gebogenen Leib fahren, kann ihr endlos dieselben albernen Worte in den warmen Nacken hauchen, kann zuhören, wie sie gelegentlich aufseufzend hingebungsvoll schläft, während ich auf das Morgengrauen und den Tod warte.

Ich fahre erschrocken aus dem Schlaf, weil ich so seit vielen vielen Jahren nicht geschlafen habe, zwei ineinander verschlungene Körper, die im Gleichtakt atmen und sich, beide nackt, in derselben Betäubung und derselben feuchten Wärme wiegen, so lange nicht mehr, daß mir die Erinnerung daran, ja, jede Vorstellung davon, abhanden gekommen ist, und als ich mich gestern kurz vor Tagesanbruch an Claras Seite, an Claras Rücken legte und sie leise «geh nicht weg» murmelte und sich dann im Schlaf drehte und mich eng umschlang, ihre langen Beine und ihre schlanken Arme zu Lianen machte, Clara, die Krake, die mich umfing, die sich von allen Seiten an mich preßte, da dachte ich erst, ich würde die ganze Nacht nicht schlafen können, würde auf ihren Atem hören müssen, würde sie schlafen spüren müssen, würde im Morgenlicht dann allmählich ihr Gesicht auftauchen sehen müssen, aber ich schlief dann doch wohl augenblicklich ein und fahre erst jetzt wieder erschrocken aus dem Schlaf und kann noch gar nicht glauben, daß ich so lange geschlafen haben soll, und Clara lacht über mein jähes Erwachen – sie nennt es: wie ein Cowboy auf der Flucht schläft, den Colt am Gürtel, im Schatten eines Baumes unter den Sternen –, schnalzt zärtlich mit der Zunge, wie man Kinder beruhigt, die mitten in der Nacht vor Angst aufwachen, dabei ist es längst nicht mehr Nacht, und ich habe nicht einmal – wie ich so schlafen konnte – den Frühzug gehört, der doch längst vorüber sein muß, genauso wie der zweite und der dritte Zug, sogar der Mittagszug muß unweit des offenen Fensters, wo jetzt wäßrig und dunstig die Sonne scheint, vorbeigerattert sein, eine Sonne, ähnlich der goldenen Sonne, die beim morgendlichen Erwachen in meiner Jugend schien, am goldenen Glanzpunkt meines Lebens, zwischen auslaufender Pubertät uund der Bekanntschaft mit Jorge, und Clara lacht leicht verlegen, und ich brauche sie nicht anzusehen, sondern dukke mich mit halbgeschlossenen Augen wieder in meine Kissen –, ich weiß auch so, daß sie ein großes Glas kalten Orangensaft in der Hand hält und daß meine linkische Puppe mit unbekannten Alltagsfertigkeiten, die sie (neben der Seele, neben ihrem Schatten) neu erworben hat, irgendwo im Haus – wo sonst, als im Hinterhof unter den Bougainvilleen? – einen Prunkbau aus dickem Kakao und goldgelben Toastbroten aufgerichtet hat. Und Clara sitzt mit untergeschlagenen Beinen in verwaschenem Pullover und ebenso verwaschenen blauen Jeans – die sie wahrscheinlich in einer Ecke des Kinderkleiderschranks aufgestöbert hat – kerzengerade auf dem Bett nebenan. Um ihren Mund zuckt es vergnügt, und ihre tiefe, vibrierende Stimme wird feiner, leiser, macht sich absichtlich samten, um als Zärtlichkeit bei mir anzukommen, und als Clara auf eine Geste von mir hin – ich habe nur, ohne die Augen aufzuschlagen, die Hand ausgestreckt – auf mich zustürzt, tut sie es wie ein Felsbach, der an meiner Schulter wieder sanft wird, schmiegt sie sich in meine Arme wie eine gezähmte Stubenkatze, die gespannt auf die kleinste zustimmende Geste wartet, um sofort, mit einem federnden Satz, aber vorsichtig, zu uns aufs Bett oder in den Schoß zu springen; als Clara leise schnurrt und ihre Wange an meiner Halskuhle reibt, als sie mich auf die Augen küßt und mit all ihrem Geschnurr einzig und allein meinen Namen hersagt, als sie keine Krallen, keine Tatzen, keine Zähne mehr hat, weil auch das wildeste, scheuste Raubtier – oder vielleicht überhaupt nur das wildeste, ungezähmteste Raubtier – sich eines schönen – eines furchtbaren – Tages eigenhändig die Zähne abschleifen und die Krallen feilen und zum Schoßkätzchen werden kann, so daß es nur noch weiches Fell, feuchtschimmernde Augen, zärtliches Um-die-Beine-Streichen und Miauen ist, und obwohl es jetzt nicht mehr eintönig meinen Namen daherschnurrt, ihn in mannigfachen Abwandlungen mit dem Wort Liebe kombiniert – Liebe, Liebling, herzliebste Geliebte, mein Ein und Alles, Liebste mein –, weiß ich doch, und bin deshalb plötzlich sehr erschrocken, daß Clara, wenn sie Liebe sagt, etwas ganz Besonderes – und düster Gefährliches – meint, etwas, das wenig, nein, nichts, mit der Liebe von Frauen von der Art meiner Mutter oder Guiomars oder meiner schwalbengleichen, überaus romantischen Großmutter zu tun hat, nicht mit Verhältnissen, wie sie sich Maite durchtrieben und platt für uns ausdachte oder wie sie sich noch unlängst ein unglücklicher schwarzer Schwan von mir erhofft haben mochte – denn der Kaiser hat den falschen Ton, die unreine Note in ihrem noblen Gesang inzwischen anscheinend vernommen und sie ins unwiderrufliche Exil, in ihre ferne Heimat, zurückgeschickt –, auch nichts mit der Liebe, wie sie mir vielleicht Julio in all den vergangenen Jahren geschenkt hat oder mit der sich diverse, heute gesichtslose Liebhaber brüsteten, einer Liebe, die aus Punktehandel und Eitelkeit und dem verbissenen Bemühen bestand, verklärt im andern uns selbst zu spiegeln, aus dem Bemühen, Macht auszuüben und uns zu bestätigen, unsere Enttäuschungen, all unsere Ängste auszulöschen, einem zutiefst grausamen und dennoch geistlosen Spiel mit Sex und Macht oder Macht durch Sex, einem perversen, selbstverliebten, mitleidlosen Spiel mit Spiegeln, ständig auf der Jagd nach dem eigenen Bild, und sich selbst hält man dabei heraus, lockt stets den andern aus der Reserve und tritt selbst nur zentimeterweise Boden ab, hat immer noch eine letzte – gezinkte – Karte im Ärmel. Nein, der ungeheuerliche Prozeß, der in Clara eingesetzt hat und der sie bis ans Ende – denn das Furchtbarste an diesem Prozeß ist, daß er immer unbeirrbar an sein Ende führt –, bis weit über die letzte Grenze jeden möglichen Glücks und jeden möglichen Leids mitreißen wird, er hat nichts zu tun mit der Liebe der andern, nichts mit meiner eigenen Liebe. Clara hat alle ihre Verteidigungswälle eingerissen und verzichtet bei klarem Verstand – bei bis zum Wahnsinn klarem Verstand – von vornherein auf jeden Ansatz von Spielerei. Clara begibt sich so wehrlos und ergeben in meine Arme, gibt sich mir so ganz hin, daß mir sonderbar angst wird, angst wie neulich vormittag auf der Yacht, als alle Nacktheit der Welt in ihrem nackten Körper vereint war, und wie neulich vormittag möchte ich sie auch zudecken, beschützen, sie vor der Gefahr warnen, sie – als wäre Umkehr noch möglich – zur Umkehr bewegen, sie im scharf gezogenen, sicheren Kreis unserer feingesponnenen Fiktionen, unserer Vorbehalte und Rückversicherungen festhalten. Ich umarme sie fest und küsse sie auf die Augen – nur damit sie sie zubehält, damit ich nicht ihren entblößten, geraden, befremdlich starren Blick auf mir spüren muß, in dem man Clara umsonst sucht, nur ich bin darin und verdecke die Welt – und denke, das Unheil muß doch einmal zu bannen sein; wenn ich nach all meinen ermüdenden Wanderungen endlich einen schönen Knaben traf, der unerwartet und ohne zu wissen, daß er wartete, tief in der Höhle auf mich wartete, so darf ich ihm – und seien die Orakelsprüche noch so furchtbar – nur diesmal nicht weh tun, auch nicht aus Unachtsamkeit weh tun, auch nicht versehentlich stolpern, auf ihn fallen und mir das Mördermesser selbst in die Brust stoßen. Clara hat nämlich da auf dem Hof mit den Bougainvilleen, den blauen Prunkwinden und dem leise und dumpf ins Waschbecken tropfenden Wasserhahn, vor dem ich ihr die Augen schon nicht mehr mit meinen Küssen schließen kann, wo sie ihre Puppenstarre überwand und – auch wenn sie ihn selber nicht anrührt – einen Kakao zu kochen verstand, Clara hat da den Blick der schönen orientalischen Jünglinge, die sich in gestrandete Reisende verlieben, in Seefahrer, die zu ihrem Unglück tausend Schiffbrüche überlebten und nun, auf die Insel geworfen, die Grotte entweihen und die Knaben an ihrem fünfzehnten oder siebzehnten Geburtstag erschlagen. Clara hat den Blick verliebter Seejungfrauen, die furchtlos über schneidende stählerne Klingen sonder Zahl schreiten, um sich dafür eine Menschenseele einzuhandeln, die sie gar nicht brauchen können, die ihnen auch später nichts nützt, weil die Märchenprinzen, die diese Erde bevölkern, meist sowieso nichts begreifen, weil sie närrische, romantische Nixen glatt übersehen und sich von Anfang an in törichte Königstöchter vergaffen; Clara hat den Blick, mit dem naive Bauernmädchen ihren betrügerischen Geliebten ansehen, wenn er sie – ach, er tut es immer – in der Hochzeitsnacht verläßt, den Blick furchtsamer Undinen, die leise: «Seit ich dich liebe, fängt meine Einsamkeit zwei Schritte von dir an» flüstern und später umsonst: «Ich habe dich mit Bertram betrogen» ausrufen, es weiß ja doch längst, bevor es geschehen ist, jeder im See, daß er der Treulose war und daß er – armer, dummer schöner Hans – zusammen mit dir eigentlich auch sich selbst verlor. Es ist ein eigensinniger, starrer, hingerissener, ein maßloser Blick, der Blick von Jugendlichen, von unberührten Bauernmädchen, von Wasserfrauen aus Meer oder See, nie aber von Männern und von Frauen, von vollwertigen, ausgereiften Menschen – vielleicht heißt Reife im wesentlichen auch nur, daß man diesen Blick nicht mehr haben kann –, es ist der dunkle, beunruhigende, furchtbare Blick noch ungeformter, larvenartiger, werdender Wesen, von Höhlen- oder Unterwasserwesen, der Blick Ariadnes zu Theseus, als sie beschließt, den Minotauros zu opfern und koste es was es wolle aus seinem Labyrinth zu finden, der Blick, der nach ihrer Aussetzung nie mehr vorkommt und den Dionysos, von Sehnsucht verzehrt, vergeblich aus ihr hervorlocken will. Es ist der Blick, der die Geschichten durchzieht, die immer schlecht enden. Der gleiche Blick wie bei Sofia.

Als Clara mich heute morgen – fast schon heute mittag – mit einem großen Glas Orangensaft weckte, fragte sie mich gutgelaunt, ob sie Sofia ähnle, und ich antwortete, nein, Sofia ähnele sie ganz und gar nicht, der naschhaften, sinnlichen kessen Sofia mit der schmächtigen Gestalt und der duftenden Haut, den akkurat ausgezupften Augenbrauen, den vollen Lippen und der Flut kupferbrauner seidiger Locken, die sie mitunter, besonders wenn sie vom Baden kam, zu einem Kranz aufsteckte, der Sofia, die meiner Großmutter «sehr französisch» vorkam, in der die Generalsgattin grundsätzlich ein Übel sah und die doch meine – sonst zu Angestellten meistens korrekte, dabei aber ganz und gar distanzierte – Mutter zu ihrer fröhlichen, fast eingeschworenen Komplizin gewann, weil sie, daran bestand kein Zweifel, das hübscheste und liebevollste Kindermädchen war, das zu meiner Beaufsichtigung je eingestellt und wieder entlassen worden war, weil Sofia mir in den Fiebernächten oder Angstnächten ihre Schneehände auf die Stirn legte, und die waren fast so kalt und weich wie die Hände meiner Mutter, aber unendlich mütterlicher, weil Sofia mir vorm Einschlafen auf dem Bettrand atemberaubende Geschichten von Männern und von Frauen erzählte, die sie gekannt hatte, Geschichten, die ich fast immer für eigene, mit erfundenen Gestalten nur getarnte Geschichten hielt –, und dies Geschichtenerzählen, von Männern und Frauen, kam der Frau Generalin gar nicht geheuer vor, sie fand es, glaube ich, sogar ungehörig, daß sich Sofia zu mir aufs Bett setzte, so nah, so einträchtig, so freundschaftlich –, dabei waren Sofias Geschichten weitaus atemberaubender, unendlich zauberhafter und schwerer verdaulich als die Märchen von Goldhaarprinzessinnnen, schönen Prinzen, tapferen dummen Kriegern und plappernden Kaninchen, die in meinen Büchern standen oder die andere mir vorerzählten und die sich mir über die Jahre am Ende dann doch intensiver einprägten als Sofias geheimnisumwitterte, spannende Geschichten von damals, und das Widersprüchliche, das Verwirrende an Sofia, weswegen ich mich wohl auch all die Jahre in ihr täuschte, war, daß sie sich so kühn und ungezwungen benahm – dabei zog sie sich, das glaube ich heute, nur wie ich tausend Kostüme an –, daß sie scheinbar so fest auftrat und zu wissen schien, was sie im Leben wollte – was sie wirklich wollte, sah man dann ja –, daß sie sogar wie eine gestandene Frau wirkte, wie eine «Frau mit Vergangenheit», meinte die Generalin, und tatsächlich dürfte Sofia, als sie bei uns eintrat, nicht mehr ganz jung gewesen sein, jedenfalls war sie kein kleines Mädchen, auch kein Backfisch mehr, mochten wir uns, wenn sie bei mir auf dem Bettrand saß und in der dritten Person selbsterlebte Geschichten erzählte, noch so verschwistert und verbunden fühlen, so daß ich in diesem langen, milden und unvergeßlichen Sommer – warum die besten Sommer der Kindheit wohl immer so mild, so unvergeßlich, so ausgedehnt sind –, in dem sich mein Vater, der sonst nie zu Hause übernachtete und kaum einen Fuß auf Großmutters Landgut setzte, auf dem meine – immer effektive, immer abwesende – Mutter für mich mit Hilfe von Dienstmädchen, Generalsgattinnen und Kinderfräulein Einzelkindferien organisierte, in dem Sommer also, in dem sich mein Vater aus anfänglich wer weiß welchen Gründen – vielleicht war er krank, oder vielleicht glaubte er, hier eine seiner Arbeiten abschließen zu können, die er sich immer vornahm, aber nie zu Ende brachte und im schlimmsten Fall erst gar nicht anfing, weil ihm immer andere, dringlichere Geschäfte, die so dringlich eigentlich nicht sein sollten, die Zeit stahlen, jedenfalls habe ich immer einen Vater vor Augen, der ewig Projekte ausspinnt, um sie dann, obwohl sie die eigentlich wichtigen waren, aus Zeitmangel fallenzulassen oder nicht zu Ende zu führen und sich statt dessen mit anderen Dingen abzugeben, die ihn, so schien es, doch nicht im mindesten interessierten –, in dem Sommer also, in dem sich mein Vater hinten im Bougainvilleenhof in dem geflochtenen Schaukelstuhl mit Großmutters geblümtem Sitzkissen niederließ – Bootsfahrten und Baden mochte er nie –, vor sich auf dem Marmortischchen – dem gleichen, auf dem Clara jetzt das Frühstück richtet, und an dem wir aßen, als sie zum erstenmal hier war – einen Berg Bücher und Zettel und im Mund eine schöne kupfergetönte Holzpfeife, aus der in einem dünnen Faden klarer, nach Honig duftender und nach Honig schmeckender Rauch emporquoll, in jenem Sommer, in dem Sofia, die Hände still auf dem Schoß und im Gesicht nur ein klein wenig blasser oder ein klein wenig röter als sonst, auf einem flachen Schemel danebensaß und ich ein Stück weiter in der Waschecke mit unseren neugeborenen Katzenjungen spielte – weil auch mir, die ich sonst vernarrt ins Meer war, in diesem Sommer nicht der Sinn nach Baden und Bootfahren stand –, in diesem Sommer merkte ich nicht, daß Sofia, die scheinbar doch gestandene Frau, die sogar eine Vergangenheit, ein Vorleben, besaß und ungezählte Geschichten erzählen konnte, daß Sofia allmählich einen furchtbaren Blick bekam – furchtbar für sie, denn heute weiß ich, wer solche Blicke bekommt und was sie bedeuten. Einen Blick, der sie jeden Tag etwas jünger und unendlich verwundbarer machte, der sie nicht nur wehrlos diesem willensschwachen, müden Menschen auslieferte, der seit Jahren untätig zusah, wie sich zwischen der Welt, wie sie seiner Ansicht nach sein sollte, und seinem realen Leben eine von Mal zu Mal tiefere, unüberwindlichere Kluft auftat, und dessen Gedanken sich schon zu weit von seinen Taten entfernt hatten, als daß er noch umkehren und womöglich noch gerettet werden könnte, einen Blick also, der sie nicht nur diesem zu früh und ein für alle Mal gealterten Manne auslieferte, sondern auch der nachtragenden und kleinlichen Bosheit der Frau Generalin und dem perversen, aus Langeweile geborenen Klatsch, mit dem sich die Leute meines Standes, meines mittelmäßigen – und nie jung gewesenen – Kindgreisengeschlechts in den Sommermonaten mehr schlecht als recht die Zeit im Dorf vertrieben, wehrlos vor allem gegenüber der gelassen weißen, marmornen Göttin (meine Mutter blieb sogar sommers am Badestand weiß), bei der alles unverrückbar harmonierte, der unerreichbaren Göttin, die nur hin und wieder – und immer flüchtig – einen Blick in unsere verzauberte Höhlenidylle zu dritt warf, wobei Sofia dann jedesmal, unangebracht errötend – wie konnte mir das entgehen – hastig aufsprang und mein Vater ein paar Augenblicke verdrießlich die Pfeife aus dem Mund nahm, und es kam zu ein paar Küssen und Artigkeiten, zärtlichen Vorwürfen und gutgemeinten Ratschlägen, die so routiniert und abgeschmackt waren und so zum Überhörtwerden gesagt wurden wie Gebete in der Kirche. Diese erhabene Gottheit, die unverhofft aus Apollos Tempeln zu uns kam – aber aus Apollo machten wir uns alle drei nichts –, die aber jeden Moment zum struppigsten, wüstesten, dionysischsten Bacchusweib, zur entfesselten kreischenden Harpye werden konnte und in diesem Sommer vor meinen staunenden Augen eines Tages auch wurde, die schrie und gellte wie eine schmutzige Ratte, der jemand – obwohl keiner ihr etwas tat oder auch nur sagte – mit dem Besen das Rückgrat zermalmt, und dabei wie ein Kind – bei mir hätte es dafür Prügel gesetzt – mit den Füßen stampfte, hektisch mit den Armen ruderte, die ihre – ganz und gar nicht mehr hellenischen – Gesichtszüge, Schaum vor dem Mund, zur grotesken Grimasse verzerrte und ihre sonst so großen hellen Augen zu kleinen bösen Augen – wütenden Nagetieraugen, gehetzten Rattenaugen – zusammenkniff, sie beschimpfte uns jetzt, uns alle, einschließlich der Generalin, die den Auftritt wahrscheinlich inszeniert hatte und sich jetzt hinter den Kulissen halb daran erfreute, halb erschrak, sie beschimpfte uns in einer Sprache, wie ich sie bisher nur aus dem Mund von Fischersleuten oder von den allerordinärsten Marktfrauen kannte, einer Sprache, die Furcht erregen sollte, mir aber an diesem Ort und vor allem im Mund meiner Mutter – wo hatte die Feine solche Ausdrücke her? – nur lächerlich, wie eine närrische Parodie, vorkam, so wie auch der Inhalt ihrer Ergüsse nur grotesk und aberwitzig war. Die olympische Gottheit, die sonst stets über Gut und Böse stand, die sich ihre eigenen, exklusiven Verhaltensmaßregeln schuf und ratifizierte und sich über die gewöhnlichen Ansichten der gewöhnlichen Sterblichen verächtlich hinwegsetzte, sie schrie sich jetzt die Lunge aus dem Hals, wir hätten sie – wir alle, die Generalin und ich inbegriffen – der Lächerlichkeit preisgegeben und was denn ihre Freundinnen und die Nachbarn denken sollten, und die ganze Zeit – und die Zeit war lang –, während meine Mutter gestikulierend ihre Eleganz und ihren Rang, ihr verfluchtes Herrenwesen, über Bord warf – denn daß meine Mutter, wie die Prinzessin auf der Erbse, eine echte Dame war, daran wagte keiner je zu zweifeln, ich fragte mich nur, wozu zum Teufel dieses Damenwesen gut war, wenn man sich im entscheidenden Moment (und was für einem Moment! denn soviel Aufhebens war die Sache ja nun auch wieder nicht wert) dann wie eine Ratte benahm –, während meine Mutter also das Herrenwesen, mit dem sie mich von klein auf traktiert und gepeinigt hatte, und ihre Ruhe einer Göttin abwarf, die sich auch nicht – nicht einmal gegenüber der eigenen Tochter – die Entgleisung von Herzlichkeit und Wärme leisten darf, während sie uns alle lauthals beschimpfte, wartete ich die ganze Zeit, wartete so inständig, daß es weh tat, daß Sofia endlich loslachen würde, daß vor allem mein Vater die gellende Furie, das Ungeziefer, beim Kragen packen und vor die Tür setzen würde oder daß er ihr eine anständige Tracht Prügel verpassen und sie danach zur Strafe ohne Nachtisch in ihr Zimmer sperren würde. Aber nichts dergleichen geschah, meine Mutter schrie und schrie, bis ihr die Puste ausging – und davon hatte sie reichlich –, bis sie außer Atem kam, und mein Vater hörte mit müdem Gesichtsausdruck zu – eine dieser Ungerechtigkeiten im Leben, schien er sagen zu wollen –, tat, als hörte er – die Pfeife war ihm ausgegangen, er hielt sie unbehaglich in der Hand und wußte nicht, wohin damit – nur mit halbem Ohr zu, als hätte er mit dieser ganzen lästigen Angelegenheit im Grunde nichts zu tun, und auch Sofia schien nur mit halbem Ohr zuzuhören, was meine Mutter sagte, sie sah vielmehr aus, als lausche sie gespannt, so gespannt, als hinge davon ihr Leben ab, was mein Vater sagte – was er vielmehr nicht sagte, denn er machte nicht einmal den Mund auf –, mir fiel nämlich erst jetzt auf, daß auch Sofia wartete, ich weiß nur nicht, ob auf das, was mein Vater hätte sagen müssen und nicht sagte, oder auf eine heimliche innere Rede, die er für sie allein hielt und die auch nur sie allein hörte, eins war jedenfalls offensichtlich, über Sofia hatte die göttliche Ratte unmittelbar keine Macht, an Sofia kam sie nicht heran, sie konnte sie nicht beleidigen oder kränken, hingegen wäre es für Sofia umgekehrt wahrscheinlich ein Leichtes gewesen, meine Mutter auf der Stelle zum Schweigen zu bringen, die klägliche Szene, die kein Ende nehmen wollte, zu beenden, einen Gegenwehrversuch zumindest zu wagen oder auch zum Angriff überzugehen, aber Sofia saß wie gelähmt da, hatte Augen einzig für die Reaktionen – die ausbleibenden Reaktionen – meines Vaters, lauschte nur auf die Worte, die mein Vater nicht sprach, und es waren diese Worte, die schon die Logik der absurden Situation erforderte und die dennoch nicht gesagt wurden, die Sofia niederwarfen und nicht meiner Mutter wiederholungsstrotzender, ungereimter Wortschwall; denn anfangs blickten ihre Augen noch kampfbereit, voll Feuer, ungebändigt und hingerissen, aber dieser Blick starb zusehends ab, wurde trüb und trüber – schrecklich, dem langsamen Sterben, dem in die Länge gezogenen Mord an einem Blick beizuwohnen –, bis nur ein todtrauriges, verglühendes Häufchen Asche von ihm übrig war, dasselbe, das in den verwunderten Augen des Jünglings noch einmal aufgeflackert sein muß, als irrtümlich das tödliche Messer seine Brust traf, das auch in den Augen der kleinen Meerjungfrau gewesen sein muß, als ihr Prinz ihr mitteilte, daß er sich mit der allergewöhnlichsten, fadsten und alltäglichsten Prinzessin zu verheiraten gedenkt – und das Schlimmste ist nicht, daß sie jetzt keine Menschenseele mehr bekommt, denn die Menschen und ihre Seelen haben bei ihr inzwischen jegliches Ansehen verwirkt, das Schlimmste und Traurigste ist die Entdeckung, daß auch ihr charmanter Prinz wie seine Prinzessin nur furchtbar gewöhnlich ist, daß sich alles eigentlich gar nicht gelohnt hat, wie es auch für Undine nicht eigentlich schrecklich ist, ihren Hans zu verlieren, sondern daß er sich, als er sie auf dumme Weise betrog, selber verlor, sie betrog mit einer armseligen Arroganten, die infam freundliche Vögel ermordet und die er nicht einmal wirklich liebt –, es muß auch in den Augen der Bauernmädchen sein, die in ihrer Hochzeitsnacht verlassen werden – und auch sie tragen nur scheinbar um sich selbst, um ihr Verlassensein Leid, unterschwellig aber eigentlich um ihre beklagenswerten flüchtigen Bräutigame, die nun die ganze Nacht durch todkrank mit Schatten tanzen und beim Morgengrauen sterben müssen –, und in Ariadnes Augen in dem Moment, als sie nach ihrer Aussetzung auf Naxos erwacht und erkennt, daß auch Theseus, der scheinbar Unanfechtbare, geflohen ist, weil selbst makellose Helden, die sich an der äußersten Grenze ihres Wagemuts sogar dem Minotauros stellen – dem zarten Minotauros, so verwundbar in seinem verratenen Labyrinth –, weil selbst die herrlichsten, tapfersten Fürsten, die Überlebenden tausender Schiffbrüche, die Angst packt, wenn sie unterwegs auf das nie Geahnte stoßen, auf den furchtbaren Blick bedingungsloser Liebe (Theseus flieht nicht vor den schlimmsten Stürmen, nicht vor zornigen Götterdrohungen, er flieht vor Ariadnes furchtbarer, wie ein marschierendes Heer so bedrohlicher Liebe), einer Liebe, derer nur ganz selten sehr junge Menschen fähig sind, kleine Meerjungfrauen, Nixen, irgendwelche unbedachten Jungfrauen und vielleicht die im Labyrinthenschlaf versunkene Ariadne – nie die Ariadne, die Dionysos auf Naxos fand! Sie mögen – Theseus und alle andern – ihr Leben lang nach Liebe umhergezogen sein oder es vermeinen, wenn sie sie finden, wenn sie Liebe in einem Ausmaß finden, wie sie es sich nie vorgestellt haben, wie sie es für undenkbar, beinahe für monströs hielten, dieses Ausmaß an Erfaßt- und Verlassensein, diese so versengende, so einschneidende, so gefährliche, so zu letztem Einsatz und höchstem Risiko bereite Liebe – schließlich reicht sogar das blondbezopfte unschuldige süße Gretchen seiner Mutter am Ende einen unter Umständen tödlichen Schlaftrunk, ertränkt sein Neugeborenes im Teich und bringt seinen eigenen Bruder dazu, sich in ungleichem Duell erstechen zu lassen, was soll der arme Faust noch anfangen mit dem Engel, der aus Liebe zu ihm zum Monster wurde, wen wundert es, wenn ihn nach all dem Blut, all den Verbrechen und verletzten Grenzen vor ihr schaudert, wenn ihn Ekel oder gar Angst vor ihr packt?? –, wenn sie sie finden, schrecken sie doch zwangsläufig entsetzt und abwehrend zurück und sehen sich gezwungen, sie zu vernichten und zu fliehen, oder sie schlicht dadurch, daß sie fliehen, zu vernichten. Die gleiche Angst packte an jenem fernen Vormittag vor Jahren, auf dem Hof mit den veilchenblauen Prunkwinden und den Bougainvilleen, wahrscheinlich meinen Vater, nicht die Angst vor den blitzeschleudernden Augen der erzürnten Athene – obwohl er es sich mit ziemlicher Sicherheit so erklärte und auch ich selbst lange daran glaubte, das Entscheidende und Furchtbare sei Mutters jäher, heftiger Ausbruch auf dem Hof gewesen, obwohl ich erst viel später, vielleicht erst heute, begriff, daß sich auch meine Mutter bei allem Geschrei, aller Wut und allem Toben nur so verhielt, weil alle, und in diesem konkreten Fall mein Vater, es von ihr erwarteten –, sondern Angst vor dem Blick, mit dem Sofia ihrer beider – meines Vaters und ihr – Schicksal schlicht und eindeutig in seine Hände legte; die gleiche Angst empfinde ich heute vor Claras Blick und versuche sie vergeblich wegzuküssen, weil ich das Äußerste nicht riskieren will, ihren Blick am Ende auszulöschen, so wie mein Vater an jenem Vormittag mit seinem kleinmütigen Schweigen Sofias Blick auslöschte, als er sie verriet und damit sich für immer verlor – als er sie vielleicht darum verriet, um sich für immer zu verlieren, als er ohne Umkehr auf seine Chance verzichtete, nicht mehr die Frau zurückzugewinnen, nein, zu sich selbst zurückzufinden.

Mein Vater entschied für alle drei oder hatte vielleicht schon entschieden, bevor die Affäre überhaupt begann, bevor er eines Morgens zum erstenmal schwatzend bei Sofia sitzenblieb und ich merkte, daß wir den Badestrand versäumten und mir nichts daraus machte, als er, seine erkaltete Pfeife – die er ab und zu wieder anzündete, aber sie ging ihm an jenem Vormittag fast sofort wieder aus – zwischen den Lippen, vor dem Berg Papier auf dem Marmortisch zwischen sich und der andern Frau auf dem Schemel sitzenblieb. Mein Vater entschied drastisch für alle drei, und meiner Mutter beschied er eine Rattenrolle, die einzig mögliche, die einzige, die sie in dieser Geschichte für sie bereitgehalten hatten, eine Rolle, in der sie ein paar Stunden ihre olympische Gelassenheit und Würde verlieren sollte, weil mein Vater sie eigentlich so wollte, als Göttin, die auch Harpye sein konnte, wie er auch von Sofia wollte, sie dazu verdammte, trostlos eine Niederlage hinzunehmen, die sie nicht begreifen konnte, um dann für sich selbst wieder einmal einen Grund mehr zu sehen, sich zu bemitleiden und zu verachten – nichts genoß er mehr –, sein Image vom abgekämpften, willensschwachen, geschlagenen Mann zu kultivieren und zu pflegen, im Grunde war das typisch für meinen literaturbeflissenen Vater, der symbolische Handlungen so sehr liebte, daß er uns auch noch ein effektvolles Finale vorführte, daß er uns eine wirklich großartige Schlußszene bot – die Schlußszene des dritten Akts in einem Stück mit drei Akten, denn daß meine Mutter Sofia am Morgen danach auf die Straße setzte, war schon nicht mehr dazuzuzählen, war ein Epilog, auf den der Zuschauer unbeschadet verzichten konnte, war eine belanglose Fußnote, die mein Vater, der Autor, ohnehin kurzerhand zu überlesen schien –, die Schlußszene in einem dritten Akt, der im Rahmen des großen gesellschaftlichen Ereignisses spielte, mit dem die urlaubenden bourgeoisen Müßiggänger im Ort die Saison beendeten, auf dem berühmten Kurball, der dieses Jahr, so sah es zunächst aus, beinahe nicht stattgefunden hätte, so gewaltig goß es vom Himmel, in solch unmäßigen Strömen, wie ich es noch nie – es begann kurz nach dem Streit auf dem Bougainvilleenhof – hatte regnen sehen, und das sonst ausgetrocknete Flußbett trat über die Ufer, in den Häusern standen Erdgeschoß und Keller unter Wasser und auf den Straßen strudelte es wie Sturzbäche abwärts und riß die unglaublichsten Dinge mit, Autos ersoffen oder blieben in Schlammsümpfen stecken, 'und manches Boot wurde unter dem Andrang der Fluten vom Strand aufs Meer hinaus geschleudert, dennoch war alles vorbereitet, das Fest sollte um jeden Preis steigen, und mit einiger Verspätung trafen die Gäste nach und nach – wie ich hoffte, daß wir nicht gehen würden! – in kleinen Grüppchen auch im Kurhaus ein, abenteuerliche, absonderliche Gestalten in allen möglichen alten Jacken und Regenmänteln, mit vom Wind umgestülpten Schirmen und schweren Schuhen oder Gummistiefeln, aus denen dann unter Scherzen, Lachen und Naseschnauben Seiden- und Tüllkleider, goldene Sandaletten, komplizierte Duttfrisuren und seidige Locken stiegen, und so kamen auch wir vier an, denn Vater zwang die beiden, sich schön zu machen, als sei nichts geschehen, er war wieder Herr der Lage, übte wieder seine Befehlsgewalt aus, die er sich am Morgen auf dem Hof auch nur, weil es ihm so beliebte, einen Augenblick hatte entgleiten lassen, er zwang sie, ihre hergerichteten Kleider anzuziehen, sich sorgfältig zu frisieren und zu schminken – hübsch sollt ihr sein, die Schönsten auf dem Ball –, und im Kurhaus kam er an mit einer Frau an jedem Arm, setzte sich mit ihnen wie immer an den besten Tisch, den vor der Tanzfläche, und während die Kinder unserer Bekannten, die Urlaubsdorfjugend, die etwas älter als ich war, die damaligen Modeschlager anstimmte und mit doppelt schamloser, weil falscher Zurückhaltung vermeintlich exotische Tänze tanzten und sich am Ende dann die gleichen Zoten wie jeden Sommer vorspielten, während ich das Gefühl hatte, daß alle – diese Schweinehunde! – zu uns hinsahen und sich die Aufmerksamkeit zu gleichen Teilen auf die Vorgänge auf dem Parkett und das, was, wie man vermutete, an unserem Tisch passieren würde, aufteilte, war meine Mutter wieder einmal die Schönste unter den Schönen, die unbestritten Erste unter allen, die sich ihr ebenbürtig dünkten, war sie die Königin des Balls (wie es mein Vater scherzhaft, im Grunde aber ganz im Ernst, gefordert hatte) und warf – unumstritten Herrin über sich selbst, über das Kurhaus und die Welt, ihre herrlichen blauen Augen unerhört strahlend und klar – keine Spur von den bitteren Tränen, die sie noch vor Stunden, ja, noch als sie sich auf Vaters Befehl ankleidete und schminkte, vergossen hatte – Händeklatschen und Gelächter um sich wie eine gütige Göttin, die über den kleinen Kreis Auserwählter Blumen und Nektar ausstreut, und ihr innigstes Lächeln, ihre freundlichsten Worte und ihre glühendsten Blicke galten meinem Vater, der ganz natürlich, ganz still und ganz friedfertig an ihrer Seite saß – schließlich hatte er gesagt, was er zu sagen hatte, und was er verschwiegen, würde er, das wußte auch er, wohl nie wieder Gelegenheit haben auszusprechen –, wie Gott Zeus, vielleicht leise angewidert, aber eben nur leise, ein Zeus, der sich im Leben nur um eins sorgt: daß in den Gläsern seiner beiden Frauen immer genug Champagner ist und daß ihm selber die Pfeife nicht ausgeht – damals, am ersten Morgen im Bougainvilleenhof, hatte es ihm nichts ausgemacht, daß seine Pfeife wieder und wieder ausging, da hatte er freudestrahlend doziert und sich von Sofia bestaunen lassen, aber heute abend war es lebenswichtig, daß ihm seine Pfeife nicht ausging, und meine Mutter bedachte ihn also mit ihren schönsten Worten und ihrem innigsten Lächeln, ihn und Sofia, und Sofia saß ganz steif da, in ihrem Feiertagskleid, wie eine – Clara, Clara! – herausgeputzte Puppe, mit ausdruckslosem, bleichem Gesicht und auffällig kalten Händen – aber nicht wohltuend kalt wie in meinen Fiebernächten, nicht begütigend kalt wie in meinen Angstnächten, wenn sie sie mir sanft auf die Stirn legte, es waren nicht die Hände, die mir allmorgendlich ein großes Glas Orangensaft reichten, nein, sie waren jetzt anders kalt, todkalt, und reagierten nicht auf meine verstohlenen Berührungen, das Schlimmste aber waren ihre Augen, ihre schönen braunen Augen, aus denen meines Wissens keine Träne kam, ihre trockenen, tadellos geschminkten, gnadenlos trockenen und geschminkten und grausig leeren Augen, die keinen Blick mehr hatten, in denen nur noch die grausige Lücke war, die ein hingemordeter Blick hinterlassen hatte, Augen, so furchtbar wie der Tatort eines nicht wiedergutzumachenden Verbrechens. Sofias Augen ließen nichts mehr ein, ließen auch uns nicht mehr über ihre Schwelle, uns, die wir uns ihr unbeholfen näherten und wie bisher Zutritt zu ihr verlangten, sie waren glattpolierte, fugenlose Flächen und waren auch bei geöffneten Lidern unwiderruflich zu, so unaufweckbar tot, daß ich nicht begriff, wie die Welt ungerührt weiterkreisen konnte, wenn so schreckliche Dinge geschahen – was waren Regentropfen, was ein Gewitter, ein Sommerregen, gegen eine Katastrophe von solch kosmischem Ausmaß –, wie man ein Fest feiern konnte, wie unsere Bekannten uns mit schadenfroher Neugier belauern konnten, statt uns entsetzt anzustarren, wie vor allem mein Vater immer noch Gläser nachfüllen und meine Mutter unentwegt in die Runde lächeln konnte, und auch als die Hälfte des Programms herum war und der Wind plötzlich drehte und im Handumdrehen alle Wolken mit sich fortriß und ein wundervoller runder Mond wie ein blutgefüllter praller Ballon hervortrat und das Lorcahafte an der Szenerie damit vielleicht etwas übertrieben war, übertrieben im Verhältnis zu dem Auftritt, die mein Vater sich für uns zurechtgelegt hatte, selbst da merkte ich immer noch nicht viel, weil ich Augen nur für Sofias Augen, ihre eiskalten Hände und ihr starres Gesicht hatte und auch nicht auf das bildhübsche brünette Mädchen im duftigen türkisen Tüllkleid achtete, das jetzt mit einem Riesenkorb voll Wachsblumen auf die Bühne trat – auch einer der himmlischen und grotesken Einfälle, himmlischen weil grotesken, wie sie die Leute meines Standes so gut in Szene setzen, mit denen sie einen ganzen Sommer auszufüllen wissen, seit fast drei Monaten war schon von nichts anderem mehr die Rede als von diesen gräßlichen Wachsrosen und von dem beinahe unerschwinglichen Preis, der dafür verlangt werden sollte, um den war nämlich lange gestritten worden, und schließlich einigte man sich darauf, daß man es möglichst teuer, maßlos teuer, machen wolle, weniger um endlich das nötige Geld für den Bau eines Seitenaltars in der Seitenkapelle irgendeiner Kirche und irgendeines Heiligen zusammenzubekommen und damit Ruhe vor dem Dorfpfarrer zu haben und ihm ein anderes Thema für seine Sonntagspredigten zu liefern, als um zu garantieren, daß auch wirklich nur die Mächtigsten im Ort ihrer Gattin, Freundin, Schwester eine solche Rose verehren konnten, so daß dies eine Mal bei ihnen, als sie diesen hohen Preis festsetzten, doch einmal die Eitelkeit den Sieg über ihren notorischen Geiz davontrug, nicht einmal da fiel mir auf, daß mein Vater, als das junge Mädchen auf die Bühne trat, wie auf ein Stichwort hin hochsprang und nach vorn ging, und als ich endlich hinsah, stand er schon neben ihr, mitten auf der Tanzfläche, bei dem Blumenmädchen, und alle Lichter waren angezündet und alle Scheinwerfer strahlten die beiden an, und es ergab eine solche Helligkeit, daß von des Mondes rötlichem Licht nichts mehr zu sehen war, und alles im Kurhaus wußte schon, was passierte, lange vor mir, es herrschte zähe, ungläubige Stille, die machte mich ja erst aufmerksam, erst da merkte ich, daß etwas ganz Außergewöhnliches im Gange war oder gleich geschehen sollte und daß mein Vater uns zu Ehren – der verlassenen Nixe Sofia, der Göttin und Harpye, meiner Mutter, und den Feriengästen, die er nun doch noch überrumpeln und ausstechen konnte, vor allem aber sich selbst zu Ehren – die Sensation des Abends vorführte, denn er war behend, ohne seine verdrossene Miene abzulegen, mit elegantem Schritt übers Parkett zu dem Mädchen vorgetreten, hatte ein paar Worte zu ihr gesagt, hatte ihr die Hände voll Geldscheine gestopft – oder ihr auch nur einen Scheck gegeben, und alles andere phantasiere ich –, hatte ihr den Korb mit allen Rosen darin abgenommen – so daß keine einzige

Gattin, keine Braut, keine Mutter oder Schwester einer Ortsgröße eine von diesen häßlichen, aber begehrten Rosen bekommen würde – und schritt nun, immer noch mit steinernem Gesicht und ganz selbstverständlich, nur verhalten lächelnd, wobei das Lächeln auch ein Reflex der Scheinwerfer sein konnte, zurück zu unserem Tisch, und alle wußten im voraus – zumindest meine Mutter und ich, und auch Sofia –, was nun geschehen würde, daß nämlich mein Vater – in einer schönen, sich selbst huldigenden Theatergeste oder zum sarkastisch-verächtlichen Spott auf das Gesindel im Smoking und die hochnäsige Damenwelt, die den ganzen Sommer schadenfroh und faul über uns hergezogen waren, oder auch als Ritualstrafe, als symbolische, aber notwendige Buße für die Göttin, die er für Augenblicke zur Harpye gemacht, die er dazu gezwungen hatte, die er nun aber doch erst wieder läutern mußte, bevor sie ihren alten Platz im Olymp einnahm, und der vor allem er, und nur er, wieder ihren Platz zuweisen mußte, auch wenn er sie vor ein paar Stunden auf die Palme und aus der Fassung gebracht hatte, vor allem aber, jedenfalls hoffe ich, vor allem, war es wohl eine letzte schmerzlich schuldbewußte Gabe an einen von ihm hingemordeten Blick: wir wußten, daß mein Vater den unsinnigen Rosenkorb der halb ohnmächtigen Sofia auf den Schoß stellen würde.

Mein Repertoire an Geschichten ist aufgebraucht – oder zumindest habe ich das Gefühl, in Wirklichkeit sind meine Geschichten sozusagen unerschöpflich –, ich habe also das Gefühl, mein Repertoire an Geschichten ist aufgebraucht, und ich kann sie nicht mehr vor jeder Liebesmöglichkeit so gut wie unverändert auffrischen, wiedererwecken, neu erleben, so als sei Lieben nur der allerbeste Vorwand, Vergangenes auferstehen zu lassen – oder zu erfinden, alte verstaubte Erinnerungen aus dem Schrank zu holen, die Kostümkoffer zu öffnen und vor einem unverbrauchten und womöglich – Wunderwerk der Liebe – sogar vage interessierten Zuschauer das Kostüm «frühere Traueranlässe» anzulegen – die im Grunde eine einzige Trauer bilden: das Kostüm stets neu aufgelegter Einsamkeit, aus der das Leben besteht. Doch, Lieben ist nur ein Vorwand – du übertreibst, meine Clara, so narzißtisch bist du nicht –, ein noch preziöseres Bild von sich zu vermitteln – doch, Clara, so narzißtisch bin ich, auch wenn mir das Bild vielleicht gar nicht gefällt, das ich von mir hätschele und pflege, so wie mein Vater bis zuletzt sein Image vom resignierten, müden, leicht zynischen und durchaus ästhetischer Gemeinheiten fähigen Manne pflegte –, ein Vorwand, um sich aufzuplustern, nur trister und grauer und um vieles farbloser als bei den meisten Vögeln und bei vielen Fischen. Darum habe ich ja all mein Gefieder, meine Federhäubchen und Federbüsche, schon ausprobiert und wieder abgelegt, darum habe ich ja mit meinen durchsichtigen Flossen und bunten Fischschwänzen gewedelt, in warmen tropischen Meeren, in abgrundtiefen Grotten, darum habe ich über die lauschende Clara – meine aufmerksamste, meine ungewöhnlichste Zuhörerin, denn Clara ist nicht, das wollte ich nie sagen, ein Glied in einer langen Kette von Liebhabern und Liebhaberinnen, und vor Clara war auch keiner so nahe daran, meine nicht wiedergutzumachende Vergangenheit mit mir zu teilen, sie sich aufzuladen, mir in meiner unzugänglichen Einsamkeit zur Seite zu stehen – meinen bittersüßen Schwall Erinnerungen ausgeschüttet, Erinnerungen, die noch lebendig sind, auch wenn sie sich vielleicht nie so abgespielt haben, wie sie mir im Gedächtnis geblieben sind und wie ich sie erzähle, darum habe ich Clara die ältesten, die zutiefst mir gehörigen Geschichten erzählt – bis auf eine, die bisher noch keiner kennt, die zu erörtern oder zu besprechen ich mich bis jetzt auch immer standhaft weigerte, die wie ein vergifteter Schatz zuunterst in meinen Sümpfen liegt und pocht und brennt wie eine fortschwärende Wunde, bis auf die eine Affäre, deretwegen ich aus meinem Labyrinth mußte und es zerstörte und dennoch auf immer darin verharren mußte, die ich vielleicht deshalb noch niemandem erzählte, nicht einmal Clara, weil ich vielleicht außerstande bin, den tödlichen, unstillbaren Schmerz, nach dem vielleicht alle Geschichten zu Ende sind und eine graue Zeit der Daten, Fakten und Zitate beginnt, zur Geschichte zu verkürzen, zur Geschichte anzuordnen, in Geschichtenform zu pressen; darum habe ich meine Geschichten erzählt, habe Kostüme angelegt und abgelegt, bin in alle Ecken und Winkel meiner Labyrinthe und Höhlen gekrochen und lebe jetzt in Frieden – oder so gut wie in Frieden – unter den Gespenstern einer Vergangenheit, die ich für Clara (oder für mich selbst, und Clara war nur ein Vorwand), die ich jedenfalls liebevoll rekonstruiert habe; oder vielleicht wollte ich auch, daß diese Vergangenheit, dadurch daß ich sie wieder einmal zum Leben erwecke, dadurch daß ich sie endlich einmal für eine andere Zuhörerin erwecke, daß sie nun endgültig stirbt, statt wie ein unglückliches schlafloses Gespenst umherzuspuken, daß sie endlich friedlich auf dem Gottesakker unter blühendem Mandelbaum ruhen kann, und da: die Gespenster verflüchtigen sich auch schon, die Vergangenheit zerbrökkelt, widerstandslos und ohne Lärm, und ich bleibe hohl und besänftigt zurück, und gleichzeitig blüht inmitten von Schutt und Trümmern Clara auf – Clara, die am Ende der Geschichte von Sofia lachend fragt, wozu ich ihr das erzähle, womit ich sie schrekken, wovor ich sie warnen wolle, vor mir oder vor ihr? Und ich wisse doch, sie ließe sich nicht abhalten. Clara blüht auf unter den Ruinen, wird freier, ich erlebe, in der alten Villa meiner Großmutter, die Geburt einer anderen Clara, und dabei berühren und liebkosen wir uns ohne Pause, aber auch ohne Ungeduld und Angst, mit einer neuen, eben gelernten Sanftmut, alles dank der neuen, heiter überströmenden Clara, die nun, da die Gespenster der Vergangenheit ausgelöscht sind, ganz selbstverständlich die Zügel an sich nimmt, denn zu solch verzweifelt wilden Zärtlichkeiten wie an unseren ersten Tagen, so furchtbar wie das Krächzen von Seevögeln, die sich an Gewitterabenden auf dem Festland verirren, ist es nicht wieder gekommen, und wir liebten uns auch nicht noch einmal so rücksichtslos – und dabei so zart – wie vor dem verlöschenden Kaminfeuer an dem Abend, als Clara zu mir kam; unsere Tage und Nächte verschmelzen jetzt zu einem einzigen, nie endenden Liebesakt, den Clara jede Sekunde neu für mich erfindet – zwangsläufig neu erfinden muß, weil weder sie noch ich wußten, daß es ihn überhaupt gab –, zu einer Liebe ohne Vorsätze und Ziele, so zart und unbeholfen, köstlich und weise wie die Liebe zweier Kinder, die seit Jahrhunderten nur Liebe betreiben, zu einer Liebe, die keinen Gipfel und kein Ermatten – kein Vorher und kein Nachher – kennt, weil da, wo die Liebe einen Gipfel erreichen und die Sehnsucht sterben könnte, stets eine feine, begehrliche Glut weiterbrennt, weil unsere Körper, selbst wenn wir schlafen, sich weiterwiegen, sich weiterschaukeln, weiter die Verstrickung suchen, weil wir uns im Schlaf, oder in endlosem Dämmerschlaf, lieben, obwohl ich eigentlich nicht weiß, hat Clara in all diesen Nächten und Tagen überhaupt einmal geschlafen? – sie sagt ja –, denn wenn ich aufwache, sind da jedesmal ihre weitoffenen Augen, die mich belauern, meinen Schlaf behüten, und ihre Hände und ihr Mund setzen schon wieder zur Liebkosung an, ihre Beine wollen mich umschlingen, und daß ich gelegentlich müde oder hungrig bin – daß ich überhaupt etwas anderes als Liebe verspüre – ist für dieses tolle Kind eine zwar rührende, aber schwer begreifliche Schwäche, sie läßt mich dann zwar schlafen oder bringt mir mit herablassend oder spöttisch zustimmender Miene zu essen, so als willfahre sie den – uns gar zu fremden – Launen eines kleinen Kindes oder armen Erdbewohners, der mit all seinen Mängeln und Gebrechen, der Ärmste, ins Land der Nixen oder Marsmenschen verschlagen wurde, aber ob sie selber in den Tagen und Nächten, die wir uns in dem leerstehenden Haus jetzt schon lieben, auch nur eine Stunde geschlafen hat, kann ich nicht sagen, wenn ich sie frage, sagt sie ja, sagt es aber nur, damit ich sie nicht weiter behellige, damit ich aufhöre, dummes Zeug zu reden, damit ich mich endlich dem einzig Wichtigen, vor allem einzig Realen widme, uns zu lieben, darum kippt sie ab und zu hastig und unbeteiligt Obstsäfte oder große Gläser Milch mit Honig hinunter, die ich für sie bereite, und ich muß schon sehr drängen, damit sie endlich einwilligt, einen Anruf nach draußen zu tätigen und Fleisch und Eier und Brot zu bestellen, lauter unerquickliche, zum ausschließlichen Gebrauch von ausgehungerten Erdbewohnerinnen bestimmte, feste Nahrungsmittel, die Nixe ernährt sich nämlich weiterhin von Milch und Saft, der sich anscheinend besser mit der Liebe verträgt, denn ein Draußen dürfte es nach ihrem Willen gar nicht geben, nichts, was jenseits der Haustür liegt, und langsam verwandelt sie Großmutters alte Villa auch in eine uneinnehmbare Festung, in ein Dornröschenschloß, um dessen Mauern, gedüngt von ihrer Sehnsucht, eine dichte Hecke, ein undurchdringliches Gestrüpp aus dem Boden schießt und wächst, in dem jede Begierde, jede Neugier jeglichen potentiellen Einbrechers in unsere Einsamkeit ihr Ende findet, verwandelt das Haus am Meer in das Gruselschloß, wo in Sälen und heimlichen Gärten die Liebe der Schönen und des Tiers gedeiht (und wir sind beide, das weiß ich jetzt, die Schöne und wir sind auch beide das Tier), und keiner würde es wagen, uns zu stören, keiner durch das verzauberte Gatter schreiten, hinter dem der Rosenstock mit den weißen Rosen blüht, ansonsten hausen in dem

Schloß nur unsichtbare Diener – ich habe der Putzfrau Bescheid gesagt, sie soll in diesen Tagen nicht kommen, auf den Möbeln sammelt sich der Staub, aber das stört, wie es scheint, weder Clara noch mich –, denn wer wahrhaft das Gefühl hat, «meine Einsamkeit fängt zwei Schritte von dir an», dem bleibt nichts anderes mehr zu tun, als abzuwarten, daß um zwei magisch in eins verschmolzene Einsamkeiten eine dichte Wand aus undurchdringlichem Dschungel wächst, dem bleibt nichts anderes mehr übrig, als abzuwarten, daß jetzt, sofort, die Ewigkeit beginnt. Und während mit ihrem gleichbleibenden, glühenden Eifer die äußere Realität auslöscht – wenn es eine Realität gibt, wenn es etwas Äußeres gibt –, während sie die sogenannte Welt, die hinter Hecken und Mauern, uns fremd, uns vielleicht sogar feindlich gesinnt, fortexistiert, von uns fernhält, während Clara düster nägelkauend über meine höchst seltenen, kurzen Anrufe wacht, die aber eben unentbehrlich sind, wenn meine Mutter und Guiomar nicht hier auftauchen sollen, Anrufe, bei denen ich den beiden zu erklären versuche, daß ich ein paar Tage hierbleiben möchte und Großmutters Tod verwinden und das, was sie meine Schwierigkeiten mit Julio nennen – was sie wohl darunter verstehen? –, verarbeiten möchte; während sie danach stundenlang den Hörer neben den Apparat legt oder Maite – wenn die Ärmste schließlich durchkommt – zur Antwort gibt, ich sei nicht da, oder, ich sei gestorben, während sie mit unendlichem Mißtrauen den Briefträger in der Nähe des Gartentors sieht – aber Clara, Clara, wer sollte mir denn hierher schreiben? Während sie den Lebensmittellieferanten und die Putzfrau – die, verwundert, daß wir sie nicht brauchen, doch noch gekommen ist – in fiebernder Hast wegschickt, als sei schon deren Anwesenheit auf der Schwelle eine Gefahr oder als wittere sie einen schwelenden Brand in einer Ecke des Hauses und müsse rennen, ihn löschen; während sie den Leuten, damit sie gehen, horrende Trinkgelder in die Hand drückt und dann wieder vergißt, die Rechnung zu bezahlen – als sie schon auf der Straße sind und nicht begreifen, was vorgeht –, während sie all das tut, errichtet sie ganz nebenbei in einer nicht näher definierten Zeit und an einem undefinierbaren Ort aus puren Worten eine andere Welt, errichtet – wenn ich aus dem Seidenkokon schlüpfe, in den sie mich einspinnt, denn das tut sie, sie steckt mich in einen Seidenkokon – für uns beide eine Zukunft, unerreichbar, unwahrscheinlich, eine Zukunft, die meiner – endlich friedlich unter blühenden Mandelbäumen schlafenden – unwahrscheinlichen, ständig neu erfundenen Vergangenheit entgegensteht und sie doch fortsetzt, und in die wir beide in zwei strahlende Schmetterlinge verwandelt bald fliegen werden, in eine Zukunft, die genauso gut in den Marseiller Vororten wie in den kolumbianischen Urwäldern angesiedelt sein könnte, die sich mal in Paris, mal in New York, mal auch hier in Barcelona abspielt, in der wir aber immer, unwandelbar, beisammen sind, ohne Ende beisammen sind, in der wir uns immer lieben und aus unserer Liebe das Zaubermittel machen, das die Welt verändert, weil unsere einmalige Liebe, wie sie vielleicht nur alle tausend Jahre vorkommt, nicht – so hat es Clara bestimmt – in uns selber enden darf, sondern alle Bedrückten und Unterdrückten, alle ungerechterweise Getretenen und alle Einsamen auf dieser Erde einschließen muß, weil eine solche Liebe uns zu ungeahnten Höhen emporreißen muß, weil sie uns befähigen muß, endlich alle Grenzen hinter uns zu lassen, ein für allemal alle Regeln zu durchbrechen und danach neue zu ersinnen, ich fürchte sogar – fürchte zutiefst –, daß Clara uns in ihren Phantasien im Partisanenkostüm sieht – ihr zumindest würde es nicht übel stehen –, wie wir bewaffnete Überfälle ausführen und Terrorbomben werfen und dazwischen unsterbliche Sonette dichten oder bahnbrechende Studien über Ariost verfassen, uns in den Gefechtspausen aber – der alte Traum: Kunst, Liebe und Revolution vereint – mit immer neuen Zärtlichkeiten liebkosen, und mit Händen, die noch nach frischer Tinte und selbstproduziertem Schießpulver riechen.

Da wir Erdenmenschen aber nicht nur regelmäßig tierisches Eiweiß zu uns nehmen müssen und in den unpassendsten Momenten, zum Beispiel um fünf Uhr morgens, einschlafen, wenn man uns gerade erzählt – denn bei Clara ist das Eis gebrochen, ihr verbissenes, feindseliges Kleinmädchenschweigen aufgegeben –, wie es ist, wenn man sich beim Duft von Dynamit, frischen Gedichten und Tropenfrüchten, ringsum exotisches Vogelgezwitscher und das Zischen kolumbianischer Urwaldschlangen, unter den Sternen liebt, da wir Erdenmenschen zuweilen eben auch aus unseren vier

Wänden herausmüssen und sogar frische Luft schöpfen müssen – Luft, die nicht gerade aus Höfen mit Bougainvilleen stammt –, darum willigt Clara argwöhnisch, aber letzten Endes doch einsichtig, schließlich ein, vor Tagesanbruch eine Bootsfahrt (diesmal freilich ohne Schwäne und Französinnen) mit mir zu machen. Wir schleichen uns im Morgengrauen verstohlen aus dem Haus: ich, weil ich gar nicht daran denken möchte, was die Leute im Dorf über uns reden, die mich schon von Kind auf kennen, beobachten und mißbilligen, und ihrem boshaften Klatsch mit neuen Anblikken nicht noch mehr Nahrung geben will; und Clara, weil sie jeden Kontakt mit der Außenwelt – und Außenwelt ist alles, was außerhalb des Kokons atmet, den sie absondert und in den sie mich, in den sie uns, langsam, aber unerbittlich einspinnt – dunkel als Gefahr empfindet, die den Bann brechen – den Kokon zerstören – könnte. Erst als wir auf dem Boot sind und die Taue eingeholt und der Motor angeworfen ist – und eine riesengroße, wahnsinnsgroße, runde rote Sonne aus dem Meer himmelaufwärts steigt und ihre blutige Spur auf dem Wasser hinterläßt, eine Szenerie, die für meinen Geschmack zu übertrieben ist und mehr zur theatralischen Seele meines Vaters paßt –, erkenne ich, daß mich eigentlich nicht die stickige Enge von Haus und Blumenhof hinaustrieb, nicht einmal das Ersticken am Seidenkokon oder an der Langeweile, sondern daß es mich einfach gelüstete, die veränderte Clara vor einem bekannten Hintergrund zu sehen. Und nun gleiten wir still über ein Meer aus Blut und Blei zu der Bucht mit den tollen Möwen, und ich werfe wieder den Anker mitten in der fast kreisförmigen Bucht, und das Meer ist genauso unauslotbar tief und rätselhaft blau, und Mondkrater ragen steil in den Himmel, nur krönen heute keine Möwen die Zacken und das Wasser ist spiegelglatt, es herrscht gänzliche Stille, als ich den Motor abstelle. Nachdem Clara blühend und sehr schön in ihrem glänzenden, schwarzseidenen Badeanzug, die offenen glatten Haare im Rücken – die im Wasser dann um sie treiben – ins Meer gesprungen ist, und ich hinterher, und wir uns getaucht und gehascht und gestreichelt haben – sonderbar die Berührung ihrer langen Beine, ihrer dünnen Arme, ihrer schmalen Hüften, ihres süßen Munds im schweren kalten Wasser –, klettern wir wieder aufs Boot, und Clara setzt sich auf die von der ersten Morgensonne angewärmten Planken, und ich lege mich in ein Badetuch gewickelt auf den Rücken, den Kopf in der Kuhle zwischen ihren angewinkelten Schenkeln und dem Bauch, und spüre, wie es in ihr lebendig und warm an mein Ohr pocht, als hielte ich eine rauschende Muschel ans Ohr, und mein Kopf wird zweimal geschaukelt, vom leisen Schlingern des Meers unterm Boot und vom gleichmäßig atmenden Mädchenkörper, und ich habe das Gefühl, ich segle, ich schwebe, ich erlebe einen der seltenen Augenblicke, in denen alles zur Ruhe kommt und das Leben sanft dahinfließt, und ich entdecke ungläubig, überrascht, daß ich seit vielen, vielen Jahren zum erstenmal wieder vollkommen glücklich bin, und ich schließe die Augen, und genauso sanft, ohne Schluchzen und ohne Schütteln, fließen salzige Tränen über meine Wangen und vermischen sich mit den schweren salzigen Wassertropfen, die aus Claras Haar auf mich tropfen, und beides, Tränen und Meerwasser, läuft mir, vermischt, am Hals herunter, stürzt die schmale Ritze zwischen meinen Brüsten hinab, und ich kann nicht genau sagen, hat Clara wirklich, laut und vernehmlich: «Was war das eigentlich mit Jorge?» gefragt, es kann auch sein, daß sie gar nicht den Mund aufgemacht hat, daß nichts die völlige Stille unterbrochen hat; zu hören ist nur das leise Scheppern der Wellen gegen die Bootsflanken und Claras Atem an meinem Ohr, aber ich denke doch, wenn schon Wunder geschehen – und ein Wunder ist es, wenn ich mich schon fast nicht mehr allein fühle, ein Wunder, daß ich vor Liebe weine, ein Wunder, daß Claras über mich gebeugtes Gesicht, ihr tropfendes Haar, von dem es wie auf von tausend Sommersonnen ausgeglühte, öde Erde auf meinen Körper regnet, ihre Hand auf meinem nackten Schoß, daß das alles schon so nah ans Glück herankommt –, wenn schon Wunder geschehen, denke ich, so kann ich vielleicht auch meine Wunde vorzeigen und das Vorgefallene jetzt vielleicht endlich – nach jahrelanger unmäßiger Angst – auf die vernünftigen Ausmaße einer Geschichte reduzieren; vielleicht läßt sich mit Jorge ja eine Geschichte bauen, eine mehr in meiner Serie Geschichten, nur weitaus intimer und unendlich schmerzlicher, und sie dann Clara darbringen, damit sie sie archiviert und zu den andern stellt und meine Lebensserie endlich vervollständigt, sie Clara darbringen zum Dank für das unsinnige, unvorstellbare Glück, das sie sich unermüdlich für mich ausdenkt und mir aufzwingt, ohne daß ich es verdient oder gehofft hätte. Ihr diese Geschichte darzubringen, oder die plumpen Fragmente einer zusammenhanglosen, kläglichen Geschichte, wie wenn man jemandem ein verwildertes, ausgehungertes und herrenloses Kätzchen voller Flöhe schenkt, das man eben auf der Straße aufgelesen hat, denn nur Clara wollte und konnte in meiner ganzen tausendjährigen Einsamkeit bis in meine Abgeschiedenheit vordringen, nur sie in mein finsteres Labyrinth treten, darum hat sie es verdient, daß ich ihr mein tieferes, und weil tieferes auch wunderes, Ich preisgebe, diese letzte Realität – elend, zitternd und krank –, die verschüttet und tödlich unter allem Schein und allen Halbwahrheiten, allen meinen Verkleidungen liegt, *in principio era il dolore*, nicht wahr, Jorge? am Anfang war der Schmerz, und das Ende muß – ich frage mich, ist das Ende nun da, bin ich nun nah am Ende? – ähnlich einem endgültigen, bruchlosen Nachlassen des Schmerzes sein, sogar du – merkwürdig, daran zu denken – tust mir an diesem Tag nicht mehr weh, und dazwischen sind bodenlose Abgründe – tiefer und breiter, als man Menschenmaß zutraut –, in denen sich Schmerz und Taubheit abwechseln oder übereinanderschieben, und da, mitten im Abgrund, kommt es mitunter, ganz selten, eingekeilt zwischen Ozeanen voll Unglück, zu kurzen, ganz ganz kurzen Augenblicken des Glücks, zu Momenten wie jetzt, da ich mich in Clara kuschele wie in ein Nest und ihr ganzer Leib mir zur Wiege wird, zur Seemuschel, zur warmen Höhle, und ich mich – unsinnig, ganz unsinnig! – der Illusion hingebe, (der Illusion, die man von allen Illusionen später am teuersten bezahlt, der man den höchsten Tribut an Tränen und Blut entrichten muß, aber daran will ich jetzt nicht denken), der Illusion, ich sei doch nicht ganz allein und man könne jedes Ding – auch die Einsamkeit, auch die Trauer und die Angst, sogar meine Geschichte mit Jorge – irgendwann einmal auch mit jemandem teilen.

Für Clara lasse ich Jorges Geschichte so anfangen, wie meistens Märchen anfangen, mit Es waren einmal ein König und eine Königin, als schmerze die Geschichte im Märchenkostüm etwas weniger ... Die Königin war weißhäutig und blond und hatte riesige, durch nichts zu erschütternde, herrliche Blitze schleudernde Augen, Göttinnen- oder Zauberinnenaugen, und sie hatte gleichermaßen wunderwirkende Hände, in denen alle verborgenen Waldesdüfte versammelt waren. Und der König gab sich rätselhaft und entrückt und auf erlesene Art müde, seine Augen waren hell wie die der Königin, nur konnten sie deren tödliche Blitze nicht schleudern, und sein Haar war blond wie ihres, und er rauchte englischen Tabak in dunklen, schön gemaserten Holzpfeifen – fast alles, was der König gebrauchte, war importiert, und fast alles kam aus Engelland –, daß sich über Zimmer und Bougainvilleenhof ein weißer Rauch verbreitete, der köstlich nach Honig duftete. Der König und die Königin liebten sich nicht. Sie liebten sich ganz offensichtlich nicht, und Liebe hätte bei ihnen, selbst in raffinierte angelsächsische Formen gekleidet, deplaciert gewirkt, schablonenhaft, ans Geschmacklose grenzend (und Geschmacklosigkeit galt in ihrem Reich als Staatsverbrechen), aber dafür unterstützten sie sich gegenseitig und achteten sich. Der eine betrachtete zufrieden den andern, besah sich in ihm sein Spiegelbild, und sie sagten erhebende Dummheiten auf wie: «Doch, die Schönheit eines Menschen beginnt im Knochenbau» – wie anders klingt dagegen «meine Einsamkeit beginnt zwei Schritte von dir», aber dafür hatten sie auch unleugbar lange, feine, harmonische Gliedmaßen – oder: «Es geht doch nichts über blaue Augen», auch wenn Vaters Augen graugrün waren, solche Details änderten am Großen und Ganzen nichts. Und war man einmal blond, hatte weiße Haut, helle Augen und einen feingliedrigen Knochenbau, so war es seltsamerweise logisch, daß man auch honigduftenden englischen Tabak rauchte, in geräumigen lichten Häusern voll schöner Dinge wohnte, in die Oper, ins Theater und zu Konzerten ging, daß man Kunstwerke kaufte, Ölporträts in Auftrag gab – meine Mutter als Amazone, die Reitpeitsche mit Elfenbeingriff, ein Setter zu ihren Füßen –, Mahagoniregale mit ledergebundenen Goldschnittbänden füllte, antike Waffen oder Elfenbeinschnitzereien sammelte, einmal im Jahr den Wagen wechselte und schöne Ferienhäuser am Meer besaß, Häuser mit Hinterhöfen voll Bougainvilleen und violetter Prunkwinden, mit Zügerattern und Schilfrauschen, daß man vor allem Schwärme von Menschen um sich hatte, die einem gern schmeichelten und dienten. Meine königliche Mutter betrat Geschäfte, Cafés und Restaurants, Friseur- und Schneidersalons und Taxis wie eine Göttin, die aus einer Laune heraus als Frau umhergeht, durch deren plumpe Gewänder jedoch eindeutig das Licht des Olymps scheint. Mein königlicher Vater ließ sich – stets mit einem Hauch von Süffisanz, Pedanterie und Langeweile – zu Kunst, Philosophie, Politik und Moral vernehmen, als benenne er Dinge, die er eben erst erschaffen hätte, und stelle sie für den Rest der Ewigkeit an ihren Platz. In unserer Welt war es entsetzlich wichtig, daß die Dinge unverrückbar an ihrem Platz standen. Beide waren gleichermaßen herablassend und eisig freundlich, wie ich es mir von Göttern vorstelle. Sie bewegten sich beide – und mit ihnen ihresgleichen – auf der Insel – die Geschichte spielt auf einer armseligen kleinen, grauen Insel, Clara, einer im riesigen Ozean verlorenen, gottverlassenen Insel, obwohl das die gewöhnlichen, platten Menschen, die auf ihr leben, nicht wissen, einer Insel, die von Anfang an oder zumindest schon lange zu Grauheit und Mittelmäßigkeit verdammt ist, darum wären das Königspaar fern von der Insel wohl kaum so schön und groß und blond gewesen und die Häuser hätten nicht so geräumig und wohnlich, die Wagen nicht so neu und groß und ihre Waffen nicht so alt gewirkt, und auch ihre ästhetischen und moralischen Weisheiten, ihre Ästhetik des guten Geschmacks und die ganze Krämermoral hätte, aufs Festland verfrachtet, nicht die geringste Geltung gehabt –, sie bewegten sich also auf der Insel, so als gehöre ihnen die Welt, und diese spezielle Existenzform wird ja zäh den Göttern zugeschrieben. Bis der König und die Königin eines Tages ein Kind bekamen, das konnte keine Fee unter allen Feen, mochte sie auch noch so gute Absichten haben und Gaben auf Gaben auf die Wiege häufen, zu einer echten Prinzessin machen, zu einer wirklich prinzessinnenhaften Prinzessin, zu einer hübschen, graziösen und lieblichen Prinzessin, denn das Kind war – so etwas kommt in den begnadetsten, mächtigsten, gesegnetsten Familien vor – dünn und braun geraten, mit schwachen Gliedern und bleichem, statt weißem oder elfenbeinernem Gesicht, und mit braunen Augen, die zu allem Unglück noch schielten, was sich mit den Jahren allerdings, auch ohne gute Feen, korrigieren ließ, ein Kind, mit tausend Ängsten belastet und einem fatalen Hang zur Traurigkeit, ein – das sahen bis auf meine Mutter alle, sogar der König, sofort – absolut unverbesserliches Wesen, ganz anders als die übrige Brut, daß man sich wirklich fragen durfte, an welchem Unglückstag in welchem Schaltjahr und in welcher hexenschwirrenden Sabbatnacht es wohl gezeugt worden war, und bis auf Sofia – aber Sofia war in gewisser Hinsicht zum Feind übergelaufen und schloß mit mir einen Pakt mit der Finsternis – wußten die zahlreichen Hauslehrer und Kindermädchen, die bei uns ein- und ausgingen, obwohl es außer mir eigentlich keine Kinder gab – hätte ich einen Bruder gehabt, wäre einiges vielleicht anders gewesen, oder, wer weiß, vielleicht hätte ich ihn auch auf hoher See erschlagen und stückchenweise in die salzschaum-, in die blutschaumgekrönten Wellen versenkt –, bis auf Sofia wußten die Lehrer und die diversen Fräuleins und Mademoiselles und Señoritas, die mich zu Hause betreuten, jedenfalls nicht, woran es bei mir eigentlich lag und was sie anfangen sollten, weil ich den Lehrstoff ja schnell und leicht aufnahm und mich still verhielt und willig die von meiner Mutter ausgewählten Kleider anzog, weil ich sogar, wenn auch zähneknirschend, zu den Parties der Kinder aus ihrem Bekanntenkreis ging. Was war aber zu tun, wenn ich die Märchen und die Lektionen eben oft falschrum verstand und nicht auseinanderhalten konnte, wer die Guten und wer die Bösen waren, wenn ich mich unweigerlich auf die Seite der Verlierer und der Verfolgten schlug und selbst bei den vermeintlich strahlendsten Happy-Ends untröstlich weinen konnte; was war zu tun, wenn Kleider, die den allerersten unter den Prinzessinnen wahrhaft wohl angestanden hätten, an mir wie Lumpen hingen (weil ich wahrscheinlich nicht nur nicht die allererste unter den Prinzessinnen war, sondern überhaupt nichts Prinzessinnenhaftes an mir hatte) und wenn ich mich auf Parties – in den Kinderzimmern derselben Häuser, in denen meine Mutter als unbestreitbar erste unter ihresgleichen ihr Licht und ihren Duft durch die Salons verströmte –, vertraut mit der Dunkelheit und mondlosen Nächten, wie ich war, am Ende stets in die hintersten, dunkelsten Winkel verkroch, wenn ich bestenfalls noch in der Küche mit den neugeborenen Kätzchen spielte oder in der Bibliothek in Büchern blätterte? Nichts von dem, was ich fühlte und dachte – und zum allgemeinen Entsetzen und Befremden hin und wieder auszusprechen wagte, so daß, wenn ich sprach, und ich sprach selten, oft unbehagliches, betroffenes Schweigen herrschte und sogar ich begriff, daß mir etwas Ungehöriges entfahren war, wenn ich auch nicht wußte, was –, paßte in die abgeschlossene Inselwelt, in die ich geboren war und die damals die einzige Welt war, die ich kannte. Und darum – fragt oder sagt Clara – baute Ariadne ihr Labyrinth. Ja, Ariadne begann schon als kleines Kind, als sie noch zwischen den Tischbeinen in Vaters Arbeitszimmer auf dem weichen dunkelgrünen Teppich ihre ersten Märchen las, oder sogar noch früher, da begann sie schon, insgeheim ihr Labyrinth auszuheben. Ariadne suchte sich, vielleicht weil sie in einem Schaltjahr in der Sabbatnacht geboren war, von jeher obskure Bundesgenossen, Wesen, die wie sie in dieser stahlharten, keimfreien, glitzernden Welt nicht leben konnten und ihr gerade darum auf ihrem Flug ins Land Nirgendwo vielleicht den Weg weisen konnten, mit denen man am Ziel dann gemeinsam eine unterirdische Hütte fände, ein wahres Zuhause für verirrte Kinder, ein wärmendes, abgeschlossenes Obdach, in das weder das grelle Sonnenlicht noch der schreckliche Blick der blauen Augen käme. So wurde aus Ariadnes schrecklicher Einsamkeit ihr Spielgefährte Minotauros geboren, und beide wuchsen in der feuchten Tiefe heran, wo absonderliche fleischfressende Purpurblumen wuchsen und sich unauslotbare heiße Sandsümpfe erstreckten, wo wunderschön grüne Echsen, die nie das Tageslicht sahen, mit beschuppten Leibern und endlos langen Schwänzen krochen. Dort spielten und wuchsen und liebten sich Ariadne und der Minotauros viele Jahre lang. Bis eines Tages Theseus kam. Ja, eines Tages kam Jorge, Clara. Jorge gehörte nämlich wie Theseus nicht der Welt meiner Eltern an; er hätte sich diesem grotesken Kreis Halbgötter auch nie angeschlossen – schloß sich ihm tatsächlich nie an, wollte mit diesem gestaltlosen Geschlecht frühgealterter Kinder nichts zu tun haben. Jorge hatte keine lichten blauen Augen, keine weiße Haut, und auch sein Knochenbau, dessen bin ich fast sicher, war nicht schön; dafür hatte Jorge einen langen Weg zurückgelegt und gehörte auch nicht zur trotzigen Dienerrasse, zur gestaltlosen Schar derer, die sich vor ein paar Auserwählten bücken und kriechen. Jorge hatte einen langen Weg hinter sich, kam von anderen Kontinenten und verlachte, weil er einen wahren, einen gewaltigen Kampf ausfocht, unseren lächerlichen Aufwand, unser Pygmäengezänk, er spottete über Gebäude, die mich erdrückt hatten, unter denen ich vor allem jahrelang gelitten hatte, er verlachte die Welt, die mir Angst machte, die ich aber trotzdem nie ernsthaft in Frage gestellt hatte, weil ich sie für überlegen und darum unveränderlich hielt, obwohl sie mich doch abgewiesen und in ein finsteres Labyrinth verstoßen hatte, verstehst du, Clara? Theseus lachte über unsere falschen Operettengötter, über unsere Ästhetik des guten Geschmacks, die sich auf alte Waffen, Elfenbeinfigürchen, Stilleben und Landschaftsaquarelle und Porträts von Damen in Amazonenkostümen mit Settern zu ihren Füßen gründete, er lachte über unsere armselige Krämermoral und unseren Kastengeist, und selbst wenn er hin und wieder darüber in Zorn geriet – weil meine Eltern und die ihren sich eben durch die Welt bewegten, als gehöre die Welt ihnen –, so nötigten sie ihm doch, zumindest in der ersten Zeit, meist nur Lachen und Mitleid ab, brachten ihn allerhöchstens noch in Wut. Wenn Theseus meiner Mutter ins Gesicht sah – meinen Vater würdigte er keines Blicks –, ihr ernsten Auges fest in die blauen Augen sah, und dabei lachte, nicht einmal böse, sondern, glaube ich, fast peinlich berührt lachte, als sagte er sich oder sagte ihr: «Schade um eine so wunderbare Frau» (denn selbst Theseus sah in meiner Mutter wohl eine wenn auch nur potentiell wunderbare Frau), so wankte das Kartenhaus, in dem ich gefangen gesessen hatte, in seinen Grundfesten, im Pappmachéolymp brach Panik aus, man wollte nicht glauben, daß das Unvorstellbare, das Unerwartete, Clara, eingetreten war, auf das ich dennoch, ohne es zu wissen, seit tausend Jahren gewartet hatte, tausend Jahren, in denen mein Stolz erniedrigt, aber nicht gebrochen, nicht besiegt, in seinem brennenden Felsen geschlafen hatte und auf den Helden gewartet hatte, der als einziger die Flammenwand durchschreiten und ihn erwecken konnte, tausend Jahren, in denen Ariadne in ihrem geheimen Labyrinth träumte, ohne recht zu wissen, war der Minotauros ein Produkt ihrer Träume oder war mein ganzes Ich nur ein Traum, in einer Fiebernacht dem träumenden Hirn des Minotauros entsprungen, war alle Sehnsucht nach einem Bruder und alle Angst vor einem Bruder nur ein Traum bis zu dem Tag, da Theseus, da Siegfried kam, und der Stärkste war und die Flammen austrat und die Berge und Gipfel einebnete und das Labyrinth zum Einsturz brachte und mich – weil er der Stärkste war – bei der Hand faßte und ich ohne Bedauern zusah, wie die Schlösser der Götter hinter mir in Flammen aufgingen, die unterirdischen Felsgewölbe einstürzten und der Minotauros starb, nicht von Theseus' Hand im Kampf, sondern Stückchen für Stückchen, zentimeterweise, aus

Trauer über meinen Fortgang starb, oder weil Jorge ihn in mir auslöschte und ich ihm damit in mir, ja, ich! endgültig den tödlichen Stoß versetzte. Ich folgte Theseus an Bord seines Schiffes und wäre, hätte er es verlangt, hätte Jorge mich darum gebeten, genauso gut übers Meer gegangen, Theseus hätte nur die Hand auf den Wellen nach mir auszustrecken brauchen, er hätte nur sagen müssen: «Komm!» Und ich bin sicher, das Wasser hätte mich getragen, ich wäre bis ans Ende der Welt übers Wasser gegangen, meine Eltern existierten nicht mehr, und ihre hohle Welt nicht mehr, auch nicht das Zwergengeschlecht, in das ich durch ein Versehen geboren wurde, auch nicht die Katakomben, die ich mit dem Minotauros so liebevoll zu unserer Zuflucht ausgebaut hatte, schließlich ging ich endlich an seiner Seite, schließlich geleitete er mich hinaus, zur Freiheit, zur endgültigen Begegnung mit mir selbst und mit den Menschen – nicht mit Königen, nicht mit Dienern oder Göttern, sondern mit Menschen unter Menschen –, schließlich waren wir unterwegs zu Ländern ohne Grenzen, wo die Menschen notgedrungen anders und besser sein mußten ... denn das Leben kann, wie du sagst, Clara, auch anders sein, damals glaubte ich das – glaubte es, weil ich ihn liebte, wenn du das verstehst, wenn du für einen Moment nachempfinden kannst, wie ich ihn liebte –, und auch heute noch, selbst heute, beharre ich in schlaflosen Nächten noch darauf zu glauben, daß das Leben hätte anders sein können ... daß es damals anders werden sollte ... Jetzt tupft Clara mit feinen spitzen Fingerkuppen behutsam meine salzigen Tränen ab und legt mir ihre schwerelose Hand vor die Augen, zwischen Augen und Sonne, und sagt ganz leise und vorsichtig und überaus zärtlich, als spräche sie zu einer Kranken, als pflege sie eine Todkranke, die eine einzige Wunde ist, und sagt abschließend mit einer Stimme, die wie Balsam ist, damit ich nicht weiterrede – weil es ihr weh tut oder weil es mir zu weh tut –, damit ich es nicht aussprechen muß, um mir die äußerste Qual zu ersparen: «Aber Theseus ließ Ariadne auf Naxos zurück.»

Clara läuft mir jetzt durchs Haus hinterher wie ein Schatten – der wiedergefundene Schatten einer Frau, die einst ihren Schatten verlor –, kauert sich zu meinen Füßen zusammen, wenn ich im Hof mit den Bougainvilleen im Schaukelstuhl sitze, bettet ihren Kopf auf meinen Schoß, kuschelt sich auf dem Sofa im Wohnzimmer an mich, vor dem Kamin, den wir seit unserem ersten Abend nicht wieder angezündet haben, weil es – plötzlich und diesmal endgültig – Sommer geworden ist, und vom Plattenspieler tönt ein französisches Chanson aus den fünfziger oder sechziger Jahren nach dem anderen, Clara weiß, daß sie mir gefallen, Clara meint – in einem Anflug von Eifersucht –, sie könnten bei mir vergessene, schmerzhafte Wünsche wiedererwecken, dabei denke ich in diesen vom normalen Lebenslauf abgehobenen Tagen, die Clara den gnadenlos verrinnenden Minuten und Sekunden listig abringt, denn irgendwie hat sie den schier aussichtslosen Wettlauf mit der Zeit gewonnen, ich denke in diesen Tagen meistens an nichts, ich lebe frei von Erinnerungen, zucke nur einmal unter einem scharfen Schmerz zusammen, winde mich vor unerträglichem Ekel, als Clara, wo zum Teufel hat sie die Platten her, Pasolinis bittere, kratzige Stimme auflegt, kratzig und bitter wie die Stimme Jorges, «in principio era il dolore», und dann «io ho sbagliato tutto, tutta una vita», und mich dabei mitfühlend ansieht, fast erschrocken, was sie da getan hat, dabei, so scheint es, fast ebenso wie ich – nein, so sehr nun doch nicht – leidet, aber immerhin doch so, wie wenn sie mir, nur zu meinem Besten, die heilende bittere Medizin verabreicht, und vielleicht ist Pasolinis geliebt-gehaßte Stimme ja tatsächlich die wundertätige Lanze, dank derer die Wunde endlich vernarben kann, und Clara klettert flink und geschmeidig wie eine Katze zu mir aufs Bett und streckt sich seltsam gewandt – wie ich es nur bei einer meiner Katzen sah, einer dreifarbigen Straßenkatze mit bösen gelben Augen, die ihr Futter hartnäckig aus der Küche stahl und nie etwas annahm, das man ihr, und sei es auch ich selber, auf einem Teller reichte, die mir allerdings, das schon, weich aus der Hand fraß und mich dabei aus großen zärtlichen, goldgelben Augen unbewegt und starr ansah, einer Katze namens Muslina, die vor langer Zeit lebte und starb –, streckt sich seltsam gewandt neben mir aus, wie ich es eben nur bei Katzen und bei Clara sah, nur jene Katze und Clara schmiegen sich so geschickt an mich, daß man sich mit einer größtmöglichen Hautfläche berührt. Und Claras Haut ist auch seidig wie Katzenfell, sie gleicht überhaupt einer großen, tolpatschigen, wärmenden Katze, die einem beim

Gehen zwischen den Beinen herumstreicht, die mir überraschend auf den Schoß springt, die sich beim Schlafen an mich schmiegt, bei mir einrollt, und alles mit der erschreckenden Zutraulichkeit gezähmter wilder Tiere, der rückhaltlosen Ergebenheit nicht zur Unterwerfung – höchstens zur Unterwerfung aus Liebe – geborener Tiere, die, wenn sie allem entsagen, wenn sie ohne Absicherung und Berechnung, ohne die Möglichkeit des Rückzugs, alles hingeben, dann nicht ertragen können, daß man ihren grausigen Verzicht, ihre Hingabe, nicht selbstverständlich und freudig entgegennimmt, Claras Augen – die jeden Tag mehr das Gold, das dunkle flüssige Gelb wilden Honigs annehmen – verfolgen mich nämlich, belauern mich wie einst Muslinas hingebungsvolle, unruhige und beunruhigende Augen, registrieren meine harmlosesten Gesten, mein Erschrecken und meinen Ärger und beobachten mich, selbst wenn ich – vor allem, wenn ich – schlafe, Clara wacht jede Sekunde, als hinge ihr Leben, als hingen unser beider verschlungene Leben davon ab, über das langsame Wachsen des schon fast fertigen Kokons, der mich, noch sehr zart, sehr zerbrechlich, aber doch schon so erstaunlich strapazierfähig umgibt, daß mich nichts mehr hinab in die Sümpfe meiner merklich blasser werdenden Vergangenheit ziehen kann, daß, ist erst der letzte Seidenfaden versponnen und der Kokon hinter mir lückenlos verschlossen, nichts mehr mich zur Umkehr bewegen kann. Erst dann kann Clara vielleicht ausruhen, erst dann neben mir einschlafen, ihr unruhiges Wachen aufgeben und schlummern bis in den dann nicht mehr ungewissen, dann unvermeidlich kommenden Tag, der dann kommt wie der Gang der Jahreszeiten, vorhersehbar und real, wenn alle Kerkertüren sich von selber öffnen und ich als Schmetterling auferstehe, bis zu dem Tag, da ich vielleicht wieder fliegen kann und mit Clara sogar dieses Leben anfange, das sie sich für uns ausmalt und das sie vorhergestaltet – indem sie eine Wohnung für uns sucht, von ihrem Vater Geld besorgt, mich auffordert, Seminare für die Universität vorzubereiten –, ein Leben, von dem ich gar nicht weiß, ob ich daran glaube, weil mir nie jemand erklärt hat, daß Vögeln meiner Gattung noch einmal Flügel wachsen können, weil mich nie jemand darüber aufgeklärt hat, daß gelbäugige streunende Katzen, herrenlose menschenscheue Katzen, um das Wesen, das sie lieben, manchmal die wärmendsten Seidenkokons spinnen können, und daß, wenn die Liebe, diese Liebe, stark genug ist und der Kokon, den Clara um mich baut, den ich sie bauen lasse, es aushält und wenn wir beide es wirklich wollen, daß die wunderbare Geschichte, die Clara für mich ersinnt, dann vielleicht doch noch wahr werden kann, wahr genug, um all die Jahre, all die hartnäckig falsch verlaufenen Jahre, auszulöschen, und wahr genug, daß ich meine Entscheidung, nicht zu leben, widerrufen kann. Jedenfalls reicht mir Clara, sei es, weil sie glaubt, der Kokon sei nun endgültig fertig, sei es – und das kommt mir wahrscheinlicher vor –, weil es zu dem Zauberwerk gehört, daß den letzten Faden, den, der die Kapsel, aus der ich verändert widerauferstehen soll, abschließt, ich selber spinnen muß und die letzte Prüfung nur ich bestehen kann, Clara reicht mir jedenfalls, nachdem sie vorher jeden Anruf zäh von mir abgewehrt hat, meine Antworten an meine Mutter und Guiomar tagelang überwacht hat, nachdem sie tausendmal an meiner Stelle geantwortet hat, ich sei nicht da, und meistens den Hörer daneben liegengelassen hat, Clara reicht mir jetzt den Hörer, reicht ihn mir allerdings, wie man seinem besten Freund eine giftige Schlange reicht, den Arm steif ausgestreckt, den Hörer so weit wie möglich vom Körper weg, ist dabei blasser denn je, und ihre Stimme klingt zum erstenmal in diesen Tagen hart und gleichzeitig zittrig, sie ist nicht mehr Balsam oder zutrauliches Miauen, sondern feindselig wie an unseren ersten Tagen – immer wird Clara aggressiv, wenn ihr etwas zu weh tut –, und dabei teilt sie mir mit, als brauche es noch irgendeine Erklärung, als hätten wir nicht beide vom ersten Abend an, als wir uns in Großmutters Haus einschlossen und eine Zukunft auszumalen begannen, auf diesen Anruf gewartet und ihn gefürchtet, teilt mir mit: «Julio ist am Apparat.» Er hat länger gebraucht, als wir dachten, als wir fürchteten, vielleicht weil er länger brauchte, herauszufinden, wo ich war, hat dann aber doch den besorgten Hinweis meiner Mutter oder Guiomars Mahnungen bekommen oder boshafte Bemerkungen von seiten unserer Freunde – wenn man das Freunde nennen kann – aufgeschnappt und fand die Eskapade – meine, nicht seine – diesmal wohl doch gravierend genug, um von irgendeinem entlegenen Erdstrich nach Ithaka aufzubrechen, fabelhafte Geschäfte, an die ich nicht glaube, aufzugeben, eins seiner vielen nicht weniger fabelhaften Mädchen stehenzulassen, an die ich auch nicht so recht glaube, auch wenn ich weiß, daß Geschäfte wie Mädchen existieren und mir ihre Existenz eindeutig nachgewiesen wurde ; schließlich ist Geld vorhanden und wir schwimmen darin wie in einem eintönig rauschenden Goldstrom, schließlich wissen alle unsere Freunde, und lassen es mich mitwissen, daß auch meine seltenen, raffinierten, vom Kaiser importierten und dann in ferne Lande zurückgeschickten Nachtigallen, auch mein schwarzer Schwan, es mit den stets breitschultrigen, langbeinigen, blonden oder roten Mädchen – Schönheiten auch sie von der Art, auf die meine Mutter aus ist, die im Knochenbau anfängt, wenn auch ihre Einsamkeit bestimmt nicht zwei Schritte von jemandem anfängt – nicht aufnehmen können, mit Mädchen, die oft spärlich bekleidet oder nackt auf den Titelseiten der Illustrierten prangen, mit einem seltsamen Lächeln, das mich vielleicht als einziges etwas aufmerksam auf sie macht und mir im Kopf herumgeht, denn diese Mädchen schieben beim Lächeln, zumindest in den Illustrierten und vor allem Titelseiten, graziös und viereckig ihr Schnütchen vor, sonderbar, ein viereckiges Lächeln, mit diesen Mädchen wandert Julio durch Filmstudios, Modestrände und die Spielkasinos der Welt, und zudem werden sie mit den Jahren immer jünger, immer blonder, rothaariger oder schlanker, auch das Schnäuzchen wird beim Lächeln immer viereckiger, und es ist schon kurios, daß Julios Geschäfte und Julios Frauen für mich trotz aller Gegenbeweise, die ich im übrigen nicht suche und nicht hoch bewerte, nicht die geringste Glaubwürdigkeit besitzen, sie nie besaßen, daß auch Julio selber in den allermeisten Momenten, die unser gemeinsames Leben ausgemacht haben, für mich eigentlich kein reales Dasein besaß, und wenn ich seine Stimme noch so deutlich am andern Ende der Leitung höre, ihn sagen höre, in genau zehn Minuten sei er da, hole er mich an der Haustür ab, wenn ich ihn noch so deutlich wiederholen höre, er liebe mich – gewiß, mit der irrealen Liebe eines irrealen Herrn –, und wenn er mich noch so oft schwören läßt, ich werde ihn empfangen – wie soll ich einen Unsichtbaren empfangen? –; aber Spaß beiseite, allmählich wird mir angst, ich sehe mit einer letzten vagen Hoffnung zu Clara, sie möge aufbegehren, mir das Telefon aus der Hand reißen und ohne Gepäck irgendwohin mit mir fliehen, aber Clara sieht mich nicht einmal an, es steht bereits fest, die letzte Prüfung muß ich allein bestehen, den letzten Kokonfaden allein spinnen, Clara bedeutet mir mit einer resignierten Geste ihre Einwilligung, ich sage Julio, bis gleich, lege endlich den Hörer auf und verwende die zehn Minuten, die mir noch bleiben, darauf, Clara in allen mir bekannten Tonarten und in einigen unbekannten, die jetzt, aus dem Wunsch, sie zu beschwichtigen, in mir hochkommen, zu beteuern, ihr unter Küssen und Umarmungen, die sie, ganz in sich versunken und bleicher denn je, nicht zu spüren scheint, wie sie mir auch, in sich versunken und bleicher denn je, nicht zuzuhören scheint, ihr zu beteuern, daß ich zum Abendbrot ja wieder da bin und mir wünsche, sie deckte den Tisch im Hof mit den Bougainvilleen und den violetten Prunkwinden, weil die Nacht heute bestimmt schön wird, es ist zunehmender Mond, fast schon Vollmond, und zum Essen wollen wir Wein aus Großmutters Keller trinken, den besten Jahrgang aus Frankreich, und uns eins der sinnlosen, köstlichen Festessen gönnen, die Clara – an Tagen, an denen sie meinen unverständlichen irdischen Hungeranfällen willfährt – manchmal für mich veranstaltet, ein Festessen, das einmal nach ätherischen Zwergenimbissen aussieht, ein andermal den üppigen Freßgelagen von Wikingerfürsten gleicht, die eben in erbitterter Schlacht eine normannische Festung geschleift haben, das aber nie nach Menschenmaß gemacht ist, ich beteure ihr, wir wollen bei Mondschein essen und beim Schein der Kerzen, um uns Nachtfaltergesumm – kein Nachtfalter, ich schöre es dir, Clara, soll sich die Flügel verbrennen –, und hinterher wollen wir einander in den Armen liegen und, im selben Traum versunken, die ganze Nacht und alle übrigen Nächte, die uns noch bleiben, durchschlafen.

Julios Körper ganz nah an meinem Körper – das heißt, Julios tadelloser Anzug, seine silbergrauen Schläfen (wobei der Ausdruck «silbergrau» eigens für Julio geprägt worden zu sein scheint), sein leiser Duft nach englischem Kölnischwasser und Virginiatabak –, ganz nah bei mir, denn Julio ist aus dem Auto gestiegen – einem dieser großspurigen Hollywoodschlitten, vor denen man sich immer verpflichtet fühlt, etwas zu sagen, bei denen ich aber nie weiß, was ich sagen soll, weil mir, und das geht mir bei Julio oft so, nur

Slogans aus Fernsehspots einfallen, so als wären wir beide, und der Wagen natürlich auch, Figuren auf einem Werbefoto –, Julio ist aus dem Auto gestiegen, als er mich durch die Gartentür kommen sah, und flüstert mir jetzt, den Mund dicht an mir, mehrmals hintereinander meinen Namen ins Ohr, und sogar die zwei Silben meines Namens, die sich in Claras Mund, so oft sie sie auch wiederholt, sonor und schön anhören, klingen bei ihm falsch, und ich habe dadurch das Gefühl, ich heiße wie die Heldin eines Fotoromans, und dabei fürchte ich noch, daß Clara uns vom Fenster oder von der Haustür aus sieht, daß sie uns sehen muß und daß dieses ganze billige Schauspiel – das Julio meinetwegen, aber auch meiner unsichtbaren Gespielin, seiner unbekannten Rivalin wegen, aufführt, denn er setzt ganz selbstverständlich voraus, daß sie uns zusieht, und gewiß spielt bei ihm auch der Wunsch hinein, sie herabzusetzen und irgendwie auch zu provozieren, genauso wie es bestimmt zu seinen Erwartungshaltungen gehört, (dieses Wort würde er benutzen und auch in seinen Erwartungshaltungen verfällt Julio seiner Gewohnheit gemäß auf das Schalste und Phantasieloseste), Clara in ein animierendes, banales Dreiecksverhältnis zu lokken –, fürchte, daß dieser ganze Auftritt Clara verwirrt, daß er für sie den Anschein des Realen bekommt, so zum Beispiel diese besitzergreifende Beschützerpose, mit der mir dieser Mann den Arm um die Schultern legt, mit der er mir Dinge ins Ohr sagt, mir die Wagentür aufhält und in den Wagen hilft, als wäre ich eine alte Frau oder behindert, als bekäme ich Beine, Tasche, Rock nicht von allein hoch, und wie er mir einen letzten Kuß auf die Wange haucht, bevor er sich ans Steuer setzt und sein absonderliches, raketenförmiges Glitzerding startet (hoffentlich nicht zu den Sternen). Und ich brauche nicht erst nach hinten zu sehen, um zu wissen, daß sich auf dem Raumschiffheck samtige rote Rosen mit langen Stielen türmen, die er die Floristin weder anfassen noch arrangieren, kein einziges Blütenblatt mit falschem Tau besprühen ließ, weil Julio sich nie etwas Neues ausdenkt, nie improvisiert, weil er seit langem weiß, daß ich Rosen eben mag, blutrot, dunkelrot, und mit langem Stiel und unretuschierten Blütenblättern, darum brauche ich auch nicht zwischen den vielen – unmäßig vielen, übertrieben vielen – Rosen nachzusehen, ich weiß auch so, dazwischen steckt ein Kärtchen, und auf dem Kärtchen stehen – ich brauche gar nicht hinzusehen – die drei Wörter des Rituals, «Ich liebe dich», die bei ihm so hohl – falsch wäre nicht genug – klingen, denn es ist ja durchaus möglich, daß Julio mich liebt, nur verfließen die Worte bei ihm, wenn er mich damit meint, wie seine Liebe, wie mein zweisilbiger Name oder die Blumen, verlieren ihren Sinn. Clara wird nie verstehen können, verstehe ich es, außer in kurzen Augenblicken der Intuition oder der Einsicht, doch kaum selbst, wieso ich fast dreißig Jahre meines Lebens, das heißt, mein ganzes sogenanntes Erwachsenenleben, mein Frauenleben, in solch stumpfsinniger Falschheit hinbringen konnte, wie ich in diese Falle tappen, vor allem aber, wie ich so lange in ihr steckenbleiben konnte, in dieser riesigen vertrackten Falle, nein, nicht einmal das, in dieser lachhaft winzigen Mausefalle mit ihrem Stückchen verschimmeltem Käse – wo ich Käse doch nie mochte –, denn wenn es sich auch zufällig so ergab, daß ausgerechnet ich darin sitzen mußte, so habe ich doch nie aufgehört, die Falle grotesk zu finden, eine plumpe Falle aus den jeweils neusten, raffinierten Automodellen (Raketen, die mich doch nie zum Mond fahren), aus Luxuswohnungen, die unbewohnbar sind, auch wenn sie regelmäßig in japanischen Illustrierten abgebildet werden und zum Filmen von Fernsehspots unvergleichlich geeignet sind, aus Männern im reifen Alter mit silbergrauen Schläfen, mit italienischer Garderobe, importiertem, bestem englischem Lavendelparfüm und Filterzigaretten – während mein Vater wenigstens Pfeife rauchte und meine Heirat, auch das muß gesagt werden, möglicherweise nie guthieß und Julio einen Vollidioten fand –, aus Leinwandumarmungen, ins Ohr geflüsterten Worten, Bergen roter Rosen – Julio erfuhr nie, daß ich heimlich im Bund mit den Narden stehe und daß in meinen Katakomben prachtvolle Orchideen blühen, vielleicht weil ich ihn nie etwas, das mir teuer war, das mir gehörte, entdecken ließ –, eine Falle aus zahllosen Kärtchen, beschrieben mit in den Jahren ausgebleichter Tinte, auf denen unwandelbar «Ich liebe dich» stand (beziehungsweise stünde, hätte man sie aufgehoben), wobei jedes Kärtchen und jeder Blumenstrauß für das Ende, durch natürlichen Tod oder durch einen zu großen Skandal mit der logisch darauf folgenden Schelte und den Einmischungsversuchen meiner Frau Mutter – die eben hin und wieder, immer bei den unpassendsten Gelegenheiten, doch beschließt, sich für meine Angelegenheiten zu interessieren und mein abdriftendes Leben wieder in die rechte Bahn zu lenken – oder unserer Bekannten, ja, sogar Guiomars – du gehst zu weit, wie kannst du Mutter das antun? – und den logisch darauf folgenden Ordnungsappellen – Seitensprünge ja, Julio, wir tun alle, was wir können, aber doch ohne Schweinereien –, wobei jedenfalls jedes verblichene Kärtchen und jeder sehr schöne, immer übertrieben große Rosenstrauß für das Ableben einer Amoure mit einer Blonden, Roten oder Braunen, Glatten oder Gelockten steht, für Frauen aller Augen- und Hautfarben, nur jung, schön und langbeinig mußten sie sein und auf Titelseiten mit viereckigem Mündchen lächeln, sie wurden sogar immer jünger, immer hübscher, immer goldglänzender – wie auch seine Wagen immer protziger, immer auffälliger werden und immer mehr wie altmodische Wildwestkarren oder Interkosmosraketen aussehen –, je mehr Jahre vergingen, an je mehr Jurys und Festivals er teilnahm, je mehr sein Filmwerk anwuchs und sich die Kritiklorbeeren häuften – die eine ebenfalls blonde und langbeinige Sekretärin in ledergebundene Alben klebt –, und je gründlicher und unabweisbarer er sich darüber klar wird – auch wenn er das keinem gesteht –, daß er «den» Film nie mehr drehen wird, daß «sein» Film auf ewig ungemacht bleibt, obwohl mich das nicht allzu sehr bekümmert, denn das Spaßige an der Falle ist ja – und darauf ist meine sonst so scharfsinnige Mutter, die sonst so geschickt das Steuer ergreift und die Fäden von unser aller Leben in der Hand hält, nicht gekommen, und auch Guiomar nicht, sonst so praktisch veranlagt und in menschlichen Dingen so versiert, und auch meine Freundinnen nicht, die mir, Maite meist voran, am Telefon abwechselnd (bei einem neuen Seitensprung) ihr Beileid oder (bei jeder neuen Heimkehr, mit dem dazugehörigen Kärtchen im Rosenstrauß) ihre Freude ausdrücken oder uns (bei jeder neuen Sternstunde in Julios Karriere, bei jedem neuen Sieg nach unserem Zwergenmaß) gratulieren –, das Spaßige ist, daß ich sehenden Auges in die Falle getappt bin und mit einem Mann, den ich nicht nur nicht liebe, sondern auch nicht hasse, nicht einmal verachte, über den ich mir gar kein Urteil mehr bilde, weil er mich schon seit Millionen Jahren – so vielen, daß ich mich an keine Zeit davor mehr erinnere und nicht sicher bin, ob es sie je gegeben hat – nicht mehr interessiert, zu einem solchen Grad nicht mehr interessiert, daß ich nicht einmal neugierig auf seine Reaktionen bin und mich natürlich auch nichts lockt, ihn kennenzulernen, und die Filme, bei denen er Regie führt – immer mit einer schönen, möglichst berühmten Schauspielerin, immer über ein Thema, das der letzte Schrei sein soll, aber nur das ist, was in London oder New York vor zehn Jahren Mode war – finde ich weder gut noch schlecht, sondern schlicht langweilig und absolut unglaubhaft, selbst nach der Logik des Absurden, von der Julio nicht viel versteht; sie sind fleischlos, ohne Rückgrat, als handelten sie nicht von Männern und Frauen, als seien sie, die Filme, gar nicht richtig da, wie auch die Mädchen, die mir doch eigentlich weh tun sollten, nicht richtig da sind, weshalb ich mir auch ihre Namen und Gesichter nie merken kann, weil sie mich einfach nicht interessieren, auch wenn mir das keiner – am wenigsten Julio – glaubt oder glauben will, ich bin mir einfach sicher, sie bestehen nur aus einem Lächeln mit eckigem Schnütchen und einer nach Badedas riechenden, ausrasierten Scham, und auch Julio besteht eigentlich nur als Institution, als nationale Institution, die die Kritiker und das Publikum erfunden haben, weil sie ihn brauchten, vielleicht, um sich zu legitimieren und sich an eigenen Schwachstellen abzustützen, die mich nichts angehen, und als Eheinstitution, die sich meine Mutter und Jorge mehr der Gesellschaft wegen als fürs Privatleben vereint für mich ausgedacht haben – daß Jorge und Julio sich persönlich nicht kannten, tut nichts zur Sache –, denn Julio war für mich immer nur eins: permanentes und meistens schmerzendes und gegenwärtiges Sinnbild für die Art Leben und die Art Sterben, die Jorge mir zugedacht hatte, und die lächerliche Falle, die groteske Mausefalle, in der ich ersticke und in der alle meine Hoffnungen und Zukunftspläne verendet sind, an deren Gitterstäbe ich ja selber nicht glaube, aus der ich aber trotzdem – oh Clara, Clara! – nicht mehr freikomme, die Falle hat Jorge für mich und meinetwegen ausgesucht und gebaut, als er mich ohne Hoffnung auf Erlösung auf Naxos zurückließ, als er mich ohne die Möglichkeit zur Wiederbegegnung auf halbem Weg zwischen meinem schon nicht mehr bewohnbaren Labyrinth, das meine einzige Zuflucht war und in dessen Trümmern der Minotauros aus Liebe zu mir nun im Sterben lag, und der anderen, utopischen Welt sitzenließ, der anderen Welt, für die es keinen anderen Beweis gab als Jorges Worte, die verschüttete

Sehnsüchte in mir aufweckten, jener Welt, von der ich wohl nie erfahren werde, ob sie hätte wahr werden können, ob es sie gibt, ob es sie irgendwo für irgend jemanden gegeben hat – auch wenn du, Clara, noch an sie glaubst und obwohl deine Verliebte-Nixen-Welt, in der die Menschen besser und anders und sogar schöner sind und sich die Beziehungen, alle Beziehungen, zwischen den Menschen nicht auf Gewalt, wie konnte ich dergleichen je glauben? sondern auf Vernunft und Gerechtigkeit gründen, obwohl deine Welt derjenigen, die Jorge aus Bruchstücken seiner Pläne und aus meinen Träumen vor mir aufbaute, sehr ähnlich sieht –, weil ich zu jung war, zu schwach war, weil ich aus einem Zwergengeschlecht kam, das, ohne je erwachsen zu werden, früh gealtert war, weil ich eine Zuflucht nur in geträumten Irrgärten und Liebe nur beim Minotauros gefunden hatte, darum floh Theseus feige, nun auf Dauer und grausam feige, wie vielleicht nur Helden fliehen können, und nahm die Seekarten und das Schiff mit, darum stimmt es nicht, Clara, daß Ariadne Theseus hätte übers Meer hinterherfahren können, daß sie allein, ohne Theseus, hätte übers Meer fahren können – es stimmt aber auch nicht, daß sie sich ins Meer stürzte, um zu sterben, ins Meer, das Sterben ist –, sie hätte auch nicht übers Wasser gehen können, und sei es auch nur, weil Theseus, bevor er ging, nicht «Komm mit mir» zu ihr sagte, sondern sich in seinem Schiff wie ein Verräter fortschlich, ohne Ariadne die Möglichkeit zur Rückkehr zu geben, ohne ein Adieu oder eine Nachricht oder ein «Komm mit mir» zu hinterlassen; so daß Ariadne, die dumme Prinessin, die allerletzte Prinzessin, die, ohne daß man ihr das Fliegen beigebracht hätte, aus dem Nest gerissen worden war, verlassen auf Niemandsland zurückblieb, ausgeliefert dem erstbesten Gott oder Ungeheuer – das Menschengeschlecht begann und endete mit Jorge –, das des Wegs kam und sie retten wollte, und als dann Julio kam, wählte nicht eigentlich ich ihn (oder höchstens aus verkehrten Gründen: weil er mich nicht verstand, weil ich ihn nicht lieben konnte, weil er mir nicht in meine Grotten und Irrgärten folgen würde, weil es ein schlimmerer, kleinerer Tod war, ein schlimmerer, feigerer und bei weitem schmerzhafterer Freitod), wählte ihn nicht einmal meine Mutter, mochte sie es auch noch so hinausposaunen und nicht müde werden, von ihm und dem Glück zu erzählen, daß ihrer Tochter widerfahren war – ein unerhörtes Glück nach dem Skandal, der Jorges bloße Existenz von Anfang bis Ende gewesen war –, mochte sie ihn auch noch so stolz an unserem Pygmäenhof vorzeigen (ich war natürlich wieder zurück auf meiner kleinen Insel, in meinem Elternhaus, bei unserem Zwergengeschlecht, und hatte alle Hoffnungen, doch noch davonzufliegen, verloren). Trotzdem; ausgesucht hatten ihn weder meine Mutter noch ich: ausgesucht, für mich ausgesucht hatte ihn Jorge, sein großartigster, zerstörerischster Hohn, Jorge, der ihn doch auf jeder unserer Glitzerzeremonien, unserer geheiligten Kulthandlungen, mit seinem grausamen Spott vernichtet hätte, Jorge, der ihn unendlich herablassend stehengelassen hätte, Jorge hatte ihn für mich ausgesucht, als er mich nicht mit auf sein Schiff nahm, als er mir jedes Recht verweigerte, selber zu entscheiden, ob ich bleiben oder mit ihm kommen wollte, als er nicht sagte «komm mit mir» – denn hätte er es gesagt, hätte Jorge «komm mit mir» gesagt, ich wäre augenblicklich zur Frau geworden, mir wären Flügel gewachsen, ich wäre übers Wasser gegangen, das Meer hätte mich getragen –, sondern mich zum schlimmsten Durchschnitt, zur durch nichts gemilderten Gewöhnlichkeit verurteilte; oder vielleicht wollte Jorge das gar nicht für mich, vielleicht tappte ich nur deshalb in die Falle und blieb so lange – mein ganzes Leben – darin, weil ich furchtbar und nutzlos an ihm Rache nehmen wollte – nutzlos, weil ihm das (und auch nichts anderes) nichts mehr anhaben kann, dem unbeirrbaren Segler auf seinem Schiff ohne Wiederkehr –, und im Grunde gab mir Jorge, als er mich erbarmungslos auf Naxos zurückließ, ohne mir eine Nachricht oder ein Lebwohl zu hinterlassen, ohne mir vor allem ein «Komm mit mir» zu hinterlassen, im Grunde gab er mir damit unwiderruflich und ein für allemal zu verstehen, daß, welchen Weg ich von da an, in meiner Zukunft ohne ihn, auch immer einschlüge, mochte auch er selbst ihn mir ausgesucht und indirekt aufgezwungen haben, ihn ginge das nichts mehr an, ihn beträfe das nicht mehr.

Wir sitzen immer noch im derzeitigen Moderestaurant an dem Tisch, der – so lange, wie die Mode dauert – ständig auf Julios Namen reserviert ist, sitzen bei würzloser Gänseleberpastete und einem Burgunder, von dem ich morgen schreckliche Kopfschmerzen haben werde. Ich versuche, nicht darauf zu hören, was Julio mir – eine unausrottbare Manie von ihm – penetrant ins Ohr flüstert, wage aber nicht, ihn zum Schweigen zu bringen, indem ich ihm sage, das sei alles nicht wichtig, ob meine Liebe nun berauschender sei als Wein und lieblicher als alle Wohlgerüche, ob ich ein verschloßner Garten sei, eine verborgene Quelle, ein versiegelter Born, ob ich unter Tausenden auserwählt, ob ich die Eine sei, die Königin, um deretwillen Jungfrauen und Kebsen verstoßen werden, aber warum kann ich ihn heute nicht zum Schweigen bringen? Ich hätte es zwar längst tun sollen, vor fast dreißig Jahren, aber warum kann ich ihm jetzt nicht, gleich hier, klarmachen, daß, was er mir seit Ewigkeit wiederkäut, mich alles nie interessiert hat, nicht im geringsten, auch nicht beim allerersten Mal, weil ich das Hohelied Salomo schon kannte, bevor ich ihn kannte, und weil er es außerdem immer falsch zitiert, aber warum kann ich jetzt, hier und heute, nicht aufstehen, solange ich noch nicht zu betrunken bin, und den Burgunder und die französische Gänseleberpastete und die roten Rosen endlich stehenlassen, warum kann ich die lächerliche Rolle der Angetrauten eines aufgeplusterten Pygmäenmanns, an der mir doch nichts liegt, nicht aufgeben? Warum stehe ich nicht einfach auf, ohne überhaupt ein Wort zu sagen, wozu brauche ich das? Ich weiß doch, es gibt nur eine Art, einen Mann zu verlassen: man steht auf und geht. Warum laufe ich nicht in den Hof mit den Bougainvilleen, warum trete ich nicht gleich heute, womöglich an Claras Seite, meine einsame Lehre im Fliegen an? Warum versuche ich nicht endlich, auf dem Wasser zu gehen, ohne daß jemand die Hand ausstreckt und sagt «Komm mit»? Warum sollte ich nicht wirklich unvergängliche Sonette schreiben, warum es nicht wenigstens versuchen? Was hindert mich, im Amazonasurwald den Guerillakampf zu führen oder mich unter den Sternen oder auch im Dschungel der Städte zu lieben, mit wem es mir beliebt? Warum nicht schon heute irgendwo kämpfen, auch wenn der Kampf wahrscheinlich aussichtslos ist, dafür aber lebendig und real und immer noch besser als diese mittelmäßige Darstellung eines Ich, in dem ich mich nicht erkenne, als dieser Abklatsch von Leben, als diese Rache, die meine Mutter und Jorge sich für mich ausgedacht haben? Warum soll ich mich nicht heute endlich einmal damit abfinden, daß die Kontinente bereisende, auf Eingeborene herabsehende, mit einer Riesenhandschrift beschriebene Ansichtskarten und absurde Geschenke verschickende, alte Lady nicht viel mit mir zu tun hat und daß sie – mit ihrer Liebe oder Lieblosigkeit – endgültig hinter mir liegt? Warum soll ich mich nicht damit abfinden – nein, wie könnte ich! – , daß Jorge seit dreißig Jahren tot ist, warum nicht einsehen, daß er, als er mich so brutal und unbegreiflich, ohne Nachricht und ohne Lebwohl, auf der Kristallinsel sitzenließ, als er die dumme Prinzessin verließ, daß er da sein eigenes Schicksal wählte und um seinetwillen, nicht meines und für mich: schließlich konnte ich mich damals nicht entschließen, ihm zu folgen, stürzte mich nicht ihm hinterher ins Meer und also in den Tod, schließlich beschloß ich irgendwie doch, in einer Welt ohne Jorge weiterzuleben, warum sollte ich da dieses halbe Leben nicht wenigstens jetzt aufgeben, diesen unentschlossenen, langsamen Selbstmord, zu dem ich mich damals, womöglich um ihn zu strafen, verurteilte, warum soll ich nicht wenigstens in den mir noch verbleibenden Jahren ein reales Leben beginnen? Aber ich stehe nicht auf, ich halte den langen kühlen Römerstiel in den Fingern – dies und die Farbe des Weins darin, ist das einzige, was mir am Burgunder gefällt – und sage laut, Clara wartet bestimmt auf mich, und Julio erwidert, wir können sie ja anrufen und den Fahrer nach ihr schicken, und setzt noch hinzu – und in diesem Augenblick haben wir, Clara, Liebes, glaube ich, das Spiel verloren –, wenn es mich glücklich mache, er habe nichts dagegen, wenn du eine Weile bei uns wohntest, es ist, wie als mein Vater der armen Sofia den unsinnigen Korb voll Wachsrosen in den Schoß stellte, und zum erstenmal an diesem Abend steigt beklommen die Ahnung in mir auf, ich könnte vielleicht – unter anderm, weil ich von dem Burgunder der mir überhaupt nicht schmeckt, bald zu betrunken bin – überhaupt nicht mehr vom Stuhl hochkommen, und du, Clara, müßtest die ganze Nacht allein im Bougainvillenhof auf mich warten – wie lange wohl? Wann wird der Verdacht aufkommen, wann die Gewißheit sich festigen, daß ich dich, daß ich mich, verraten habe? – Müßtest auf mich warten und mich hassen, während dein Zwergenmahl, dein Feenbankett verdürbe und die Kerzen langsam niederbrennen und die Nachtfalter einer nach dem andern mit verbrannten Flügeln auf den Boden oder die Tischdecke fallen würde, und als Julio mich beim Arm nimmt und fast zum Wagen schleppt, als er mir ins Auto hilft – ich habe da, in wenigen Stunden zum Krüppel geworden, Hilfe nötig –, kommt mir nicht einmal der Gedanke, ihm zu sagen, ich wolle ins Haus meiner Großmutter zurück, wozu auch, jetzt noch, den bitteren Anblick will ich mir ersparen, euch beide zusammen zu sehen – er, ganz Zuvorkommenheit, silbergraue Schläfen, ganz verständig und charmant, du, mit Verratene-Meerjungfrauen-Augen, die mich fassungslos anstarren: ich lasse mich fahren, wohin er will, was liegt noch daran, die Nacht ist, zumindest diese Nacht, für uns beide ohnehin unwiederbringlich verloren, und Julio bringt mich in einen sonderbaren Glaskasten mit blendendweißem Boden, so groß, daß alles für Riesen gemacht scheint, ein Operationssaal für Riesen, wo schaurige Eingriffe, grausige Amputationen – doch nicht an mir! – vorgenommen werden, aber nein, der Schein trügt, es ist doch kein Operationssaal, auch kein extra für mich eingerichtetes Filmstudio, erklärt Julio angestrengt seiner Frau, die ohnehin zu betrunken ist, um ihn zu verstehen, es ist ein Kasten für präparierte Schmetterlinge, eine Sammlerschachtel in Weltraumdimensionen, ganz aus weißem Glas, und weiß ist auch mein Körper im Scheinwerferlicht, als unpassenderweise alle Scheinwerfer auf einmal aufleuchten und Julio mich auf weiße Kissen und Deckbetten vollweißer Federn legt. Und als er mich ableckt und anfaßt und an mir saugt, als er mich begeifert und beknabbert, empfinde ich nichts mehr, nicht einmal Trauer, weder über mich noch über Clara, weil ich weiß, ab jetzt nimmt bis zum Ende alles unerbittlich seinen Lauf, und obwohl dies kein Studio ist, ist es doch wie bei einem fertiggedrehten Film, den man sich – vielleicht ich – Jahre später noch einmal ansieht, man ist gleichgültig, und nicht einmal heute gerät ihm der Film annähernd glaubhaft, nicht einmal heute ist er imstande und erschafft Menschen aus Fleisch und Blut, in dem Film aber, den er jetzt abspult, der mich nicht interessiert und an den ich nicht glaube, werde ich von einem Sammler gedreht und gewendet, wie eine Gliederpuppe in diverse Posituren gesetzt, diene zur Vorführung von Taschenspielertricks und Posen, und dabei nützt alles nichts, weil das Drehbuch schwach ist und an den handlungstragenden Figuren nicht viel Wahres ist, aber am Ende hat er mich doch da, wo ich hingehöre, auf dem Rücken, ich blicke an die weiße Decke, und sein Körper lastet schwer auf mir, ich liege von seinen Armen und Beinen wie in einen tödlichen Schraubstock gepreßt, es ist weder an Fliegen noch an Gehen übers Meer zu denken, ich kann mich nicht rühren, und jetzt trifft mich, brutal vorgestoßen, auch sein Geschlecht wie eine glühende Nadel, nein, wie eine Feuerkugel, die zielsicher durch den Reifen fliegt, bohrt sich wie ein Pfeil ins Schwarze, ohne daß der Schütze Augen oder Hände braucht, so spektakulär, so circensisch, so exakt ist der Vorgang, daß man applaudieren möchte – schade nur, daß ich mich nicht rühren kann und die Hände nicht freihabe –, ich denke mir, der Sammler muß stolz auf seine Tat sein, da er sie immer von neuem vorführt, und die Mädchen, die er in angeblichen Avantgardefilmen unter den Mitwirkenden nennen läßt oder auf die Titelseiten intellektueller Pornoillustrierter bringt, bewundern und lieben ihn vielleicht auch darum, vielleicht mögen frisch mit Badedas geduschte, ausrasierte Schamlippen solcherart Rangehen, vielleicht sind sie ja keine armen aufgespießten, keine armen tobenden Schmetterlinge wie ich – das sagte Clara einmal, in einer anderen Welt: ich sei ein tobender Schmetterling –, die ihre Flügel nicht mehr bewegen können und mit rohen, festen Schlägen in immer schnellerem Takt wieder einmal, für immer, an den grabweißen Boden des großen Glaskastens genagelt werden, ich kann nur stillliegen und zur erbarmungslos weißen Decke starren, zur Decke ohne feuchte Stellen und durchscheinende alte Farbschichten, ohne Stuckblumengirlanden, auf denen morgens die alten Freundinnen der Kindheit, die Feen, auftauchen, zur unbarmherzig weißen Decke starren und die Lippen zusammenpressen, die Kehle zugeschnürt, um nicht zu schreien, um nicht vor Schmerz aufzuschreien, vor allem, zuvorderst aber, um nicht vor Lust aufzuschreien, vor roher Lust, dabei stellt sie sich am Ende doch ein, hysterisch und verkrampft, sie ist unvermeidbar und verhaßt wie der Tod, ich hasse sie wie den Tod, sie ist eine andere Art Tod, es ist mein eigener Tod, der auf mir reitet, mich unentrinnbar zwischen seine Beine spannt, sukzessive in rohen, immer roher werdenden Angriffen in mich dringt, es ist der Tod, der etwas in mich gießt, mich überschwemmt, aus mir tritt, der todbringende Julio reitet mich wie eine definitiv gezähmte, elende Schindmähre, wenn auch nicht von ihm gezähmt, nicht von diesem Zirkusprotz, Trensen, Zaumzeug,

Sattel und Steigbügel legte nicht er mir an, nicht er jagte mir als erster die Sporen in die Flanken, daß ich mich aufbäumte und ergab, du bist nur eine Maske, Siegfried ist es, der mich tückisch im Gewand eines unfähigen Königs reitet, Siegfried, der mich für nichts und wieder nichts – für den Tod – aus meinem tiefen Schlaf in den Felsen weckte, Jorge, der mich zu diesem Tod schleifte, Jorge, der Julio gar nicht kannte und ihn doch dafür aussuchte, in Gestalt des Todes fortzusetzen, was immerdar Leben hätte sein können, was es aber nur in Guiomar wurde, nie in mir, nie für mich, und auch jetzt, während mein Tod mich reitet und abtötet, und ich an den Deckel der unbarmherzigen Schachtel starre, die vor langer Zeit über mir zugeklappt ist, während ich mich verzweifelt bemühe, bei diesem hysterischen Lustersatz nicht zu schreien, denke ich wieder einmal an das einzige, woran ich – konfus und ach so schmerzend – denken kann, an all die Meerjungfrauen, die jetzt für immer vergeblich die Küsten nach einer Menschenseele absuchen, an all die in ihrer Hochzeitsnacht grundlos verlassenen Bräute, an einen braunen Knaben mit orientalischen Augen, der soeben irrtümlich erstochen wurde, an Ariadne, die verlassen auf der Insel Naxos sitzt.

Ich wache in einem großen, weichen, niedrigen, wirklich sehr bequemen Bett auf, es ist anscheinend mein Bett, mein Ehebett, das ich manchmal – oft, zu oft, es war jedes Mal zu oft – mit Julio teile, wache in einer fremden Wohnung auf, die wie die Ausstattung in einem amerikanischen Film aus den zwanziger Jahren oder wie die Szenerie für eine Fotoserie in einer Architekturzeitschrift aussieht, überraschenderweise ist es dann aber doch meine Wohnung, wenn ich sie auch nicht als meine anerkenne und mich fast darin verlaufe, eigentlich gehört sie nämlich Julio, und Julio hat mit meiner Mutter – unter anderem – die Vorliebe für oberflächliche, überflüssige Veränderungen – nie die große Veränderung, nie die Veränderung – gemeinsam, die Vorliebe für das Neue und Glitzernde, darum habe ich es längst aufgegeben, mich mit Architekten und Dekorateuren herumzuschlagen – wie ich es auch aufgegeben habe, in solchen Wohnungen nach dunklen, mir verbündeten Flecken zu suchen, unterirdische Geheimbündnisse einzugehen, und vielleicht war das ja Julios und meiner Mutter Ziel, als sie mich in solch unbewohnbare Häuser verbannten –, und lasse ruhig zu, daß Türen gemauert werden, wo keine waren, daß Wände versetzt werden, daß sinnlos teppichbelegte Stufen aus dem Boden wachsen, daß die wenigen Möbel, die ich, vielleicht weil sie länger standen – schon fast ins Herz geschlossen habe, spurlos verschwinden und daß ich in regelmäßigen Abständen in einen Wagen gesetzt und woandershin gefahren werde – Möbelwagen brauchen wir nicht, die Einrichtungen werden ja nie weiterverwertet, nur mich schleppt man, vielleicht weil ich mehr wert bin als die Möbel, von Maisonette zu Landhaus und von Landhaus zu Apartment mit –, wofür Julio und meine Mutter mir denn auch entgegenkommen und mir meine zwei verborgenen Löcher lassen, vom Verkauf der Wohnung, in der ich als Kind mit meinen Eltern wohnte, also absehen und einwilligen, daß in Großmutters altem Haus am Meer nichts von der Stelle gerückt wird, weil man den geschlagenen Geistern eine letzte Zuflucht, den todwunden Bestien ein letztes Obdach zum Sterben lassen muß. Ich schrecke unangenehm berührt aus dem Schlaf, weil das Stubenmädchen, das Julio oder die Haushälterin oder wer auch immer für mich eingestellt hat, mir – Ironie des Schicksals! – ein großes Glas kalten Orangensaft reicht und mir ausrichtet, der gnädige Herr sei sehr früh aus dem Haus gegangen – ist seelenruhig an die Schöpfung eines genialen Werks gegangen, nachdem er die Nacht über Schmetterlinge gekreuzigt hat! – und habe ihr eingeschärft, die gnädige Frau nur ja nicht vor Mittag zu wecken, und außerdem habe Maite mehrmals angerufen. Das Glas kalten Orangensaft in der Hand wie einen kraftlosen Talisman, der mir sowieso nichts nützt und keinen Schmerz erspart, höre ich Maites frohlockende Stimme, die Stimme, die sie nur bei großen Anlässen – also zum Erzählen unerhörter Skandale oder großer Katastrophen, die sie nicht betreffen – auflegt, höre Maite triumphierend verkünden – und kann sie nicht einmal dafür hassen, weil es ja nicht nur Bosheit ist, jedenfalls nicht die Art Bosheit, die ich verstehe und die ich praktizieren kann, sondern Einfalt, die pure Dummheit meiner Zwergeninsel –, verkünden, daß unsere Clara – unsere Clara? – ein neues Verhältnis oder daß sie zumindest die Nacht, ich nehme an, den letzten Teil der Nacht – an welchem Punkt wurde sie sich wohl verzweifelt bewußt, wann kam ihr die unerträgliche

Gewißheit, daß ich sie verlassen habe? – mit dem Kaiser verbracht hat. Ich lege wortlos auf – was soll ich auch sagen? Was erwartet Maite von mir? Und was macht es noch aus, wenn man mich für halb verrückt hält? – und verkrieche mich ganz still im Bett zwischen meinen Decken, liege ganz still, bemühe mich inständig, an nichts zu denken, nichts zu empfinden, mir vor allem nichts auszudenken, liege ganz ganz still, als könne ich den Schmerz so wenigstens für Augenblicke hinausschieben, noch tut es nämlich nicht weh, noch spüre ich so gut wie nichts – nur leichte Übelkeit, eine gewisse Betäubung –, und das macht mir nur noch mehr Angst, daß die Schmerzen nicht schlagartig, nicht vernichtend, nicht auf einmal kommen, daß sie nicht genau in der nötigen Stärke und im richtigen Moment auftreten, daß sie auf sich warten lassen und noch die – ach so trügerische – Illusion in dir nähren, du brauchtest nur still genug, nur unbeteiligt genug, nur gedankenleer genug zu sein, so gingen die Schmerzen vielleicht an dir vorüber, ohne dich anzutasten, so bemerkten sie dich vielleicht nicht, verschonten dich vielleicht sogar ganz und gar, darum verhält man sich ganz still, damit sie nicht kommen, damit sie einen nicht sehen und einen vergessen, und wünscht sich dabei doch inbrünstig, sie mögen nur endlich kommen, sie mögen gottverdammich doch endlich kommen, damit diese furchtbare Ungewißheit, die noch schlimmer und grausamer ist als der Schmerz, endlich ein Ende hat, damit man die Qual endlich vor sich, endlich in sich, hat, damit man sich mit ihr bekanntmacht, ihre Beschaffenheit erkennt und erfahren kann, aus welchem Stoff sie gemacht ist, damit man eben weiß, welche Leiden einem diesmal beschieden sind. Ich kauere reglos mit angezogenen Knien im Bett, wie als ich die ersten Male meine Tage hatte, etwas Blut war schon zu sehen, aber die Schmerzen waren noch nicht da, und ich setzte mich auf den Boden, auf den grünen Teppich, den Rücken an den Ledersessel in Vaters Büro gelehnt, wo ich auch meine ersten Märchen gelesen hatte – und wo alles nach dem Honigduft aus seiner Pfeife roch –, und wartete, die Knie am Kinn und die Arme um die Beine geschlungen, auf den unerträglichen, unausbleiblichen Moment, da eine wüste, grausige Hyäne stundenlang an meinen Eingeweiden schlingen würde, ohne daß ich daran stürbe, ohne daß ich sterben dürfte, oder auch wie an dem Tag, als ich mir – ich lebte damals schon mit Julio zusammen – in der Küche eine Kasserolle siedendes Öl über die Hand goß und meine Haut in Sekundenschnelle runzlig wurde wie ein Stück altes Pergament, das man ans Feuer hält, oder wie ein hauchdünner Chevreaulederhandschuh, den man verkehrt herum auszieht und dabei von den Fingerspitzen aufwärts zum Handgelenke hin ineinander schiebt, aber ein paar Sekunden lang – vielleicht die schlimmsten – spürte ich erst einmal gar nichts, nur panische Angst vor dem Schmerz, den ich nicht kannte, der sich, wie ich wußte, aber doch pünktlich einstellen würde und den ich mir unaushaltbar vorstellte, schrecklich das Warten auf Schmerzen, die sicher und unvermeidlich kommen, aber eben noch nicht da sind, noch kein Gesicht und keinen Namen haben, furchtbar, daß die schlimmsten und aufwühlendsten Schmerzen in meinem Leben nicht schlagartig einsetzen und dann vielleicht langsam vergehen – wer sich nur die, nicht einmal tröstliche, Dummheit ausgedacht hat, die Zeit heile alle Wunden! –, sondern daß sie lange auf sich warten lassen, so lange, daß ich mitunter nicht sagen kann, wann sie angefangen haben, um sich dann unpräzise und hinterhältig anzuschleichen und nach und nach stärker zu werden, mich ganz auszufüllen, ohne je wieder nachzulassen oder zu vergehen, denn *in principio era il dolore*, und dieser Schmerz soll wohl erst im Tod ohne Traum wieder aufhören. An dem Abend nämlich, als ich zu Jorge in die Wohnung kam – wir hatten uns den ganzen Tag nicht gesehen, und der Tag war strahlend, fast verzaubert gewesen, einer von den Tagen, an denen die Luft sauber ist und der Himmel hoch und blau und bei Anbruch der Dunkelheit in ein intensives Rot übergeht, einer von den Tagen, an denen man am Ende der Straßen das Meer ahnt und alle Straßen der Stadt in ein gegenwärtiges, allgegenwärtiges und doch unsichtbares Meer zu münden scheinen, ein Meer, das nicht viel mit Sterben zu tun hat, einer von den Tagen, an denen mir meine Stadt schön vorkommt, obwohl ein Zwergengeschlecht sie erbaut hat, und an denen ich die Leute unerwartet herzlich finde und unterwegs bummle und Blumen, riesige Nardensträuße und perverse Orchideen kaufe, die mich plump an mein Labyrinth erinnern, lauter unnützes schönes Zeug kaufe und mich in Straßencafés setze und Erfrischungsgetränke mit aufregenden Namen bestelle, die in großen Gläsern mit Zucker am Rand und vielen ringsherum herausschauenden Früchten gebracht werden, und an diesem bewußten Abend hatte ich für Jorge eine Meerschaumpfeife gekauft, eine sehr schöne Pfeife, bei der der Kopf mit einem komplizierten Hut voller Knospen begann und im Brustansatz einer Dame endete, und es war Monatsende und kein Geld mehr da, der Einkauf war ein Wahnsinn gewesen, und ich öffnete lachend die Tür, hatte überhaupt den ganzen Tag vor mich hin gelacht, meine Vorfreude so vorweggenommen, Jorge zu erzählen, wie wunderbar und strahlend der Vormittag gewesen sei, wie wundervoll und strahlend die Zeit und die ganze Welt überhaupt seien, weil es ihn gab und er mich liebte, daß der Himmel ganz rot geworden sei, nachdem er erst blau gewesen, daß die Leute freundlich seien und eigentlich gar nicht feindselig und kleinlich und grausam wirkten, daß es vielleicht nicht stimmte, daß die Hölle in den andern sei, an all das dachte ich lachend, als ich die Tür öffnete und mit dem Schlüssel und der Handtasche und dem riesigen Nardenstrauß nicht zu Rande kam, dem Strauß, der uns mit seinem Duft wie in meinen Kindheitsträumen trotz Jorges vergnügt-verzweifelter Einwände bei der Liebe begleiten sollte, und eigentlich war der Tag deshalb so strahlend gewesen, weil ich wußte, weil ich zu wissen meinte, Jorge würde mich an diesem Abend erwarten, und ich würde ihm erzählen können, daß ich den Tag strahlend gefunden hätte, und weil ich meinte, zu wissen meinte, Jorge würde mich alle Abende und alle Morgen meines Lebens erwarten, wie er mich, seit wir uns kannten, jeden Abend und jeden Morgen und zu jeder Tageszeit erwartet hatte, seit er mich aus meinem finsteren Labyrinth gerissen hatte und wir beide fröhlich gemeinsam den Minotauros erschlagen hatten, seit er mich aus meinem bleiernen Schlaf im Flammenfels geweckt hatte, der vielleicht schon allzu lange dauerte, seit er mich auf die Kruppe seines Pferdes gehoben hatte und mit mir hinaus ins Licht, ins Leben, in die schönen Frühlingstage in meiner Stadt geritten war, denn damals war es wirklich Frühling, und ich lernte es, den zauberhaften Augenblick zu erhaschen, wenn die ersten zarten, blaßfarbenen Knospen aus den Bäumen sprießen, lernte die Rückkehr der ersten Schwalben erkennen, gemeinsam gaben wir den Bäumen und den Vögeln Namen, und an jenem einmaligen Frühlingstag, jenem unwiederholbaren und unwiederbringlichen Frühlingstag hatte ich so viel Spannendes gesehen, das ich erst durch Jorge sehen gelernt hatte und das ich ihm jetzt erzählen wollte, sobald er die Meerschaumpfeife angezündet und ich die Narden in eine große blaue Vase gestellt hätte, mir Kleid und Schuhe ausgezogen und mich neben ihn aufs Bett gelegt hätte und durchs offene Fenster die letzten Streifen noch rötlichen Lichts von diesem wunderbaren Abendrot sähe; als ich also in die Wohnung kam, weil sich der Schlüssel am Ende doch im Schloß drehte und die Tür aufsprang, wußte ich sofort, wußte lange vorher, will sagen, Sekunden bevor ich in unser Zimmer trat und Jorge sah, wenn das noch Jorge war, wenn daran von Jorge noch etwas übrig war, wußte mit unfehlbarer Sicherheit, daß etwas Furchtbares geschehen war, litt aber noch nicht, als sei meine Leidensfähigkeit zu klein für das, was da grausig und unumstößlich auf mich niederging, als müßte diese Fähigkeit erst noch wachsen und sich weiten, um dieses unerforschte, unbekannte Ausmaß an Schmerz einzulassen, ihm Platz zu bieten; ich spürte gar nichts, als seien meine Möglichkeiten, zu empfinden, mir etwas zu Herzen zu nehmen und zu leiden, vorübergehend aufgehoben, auf eine ferne Zukunft verschoben, dabei tat ich schnell und präzise, ja, effektiv wie ein Automat, was nun einmal zu tun war, und eigentlich war gar nichts mehr zu tun, gab es für mich auf der Welt nichts mehr zu tun, trotzdem rief ich unseren Hausarzt an, rief nach einem Unfallwagen, sagte ein paar Freunden Bescheid, Freunden von Jorge, die ich nie mehr wiedersehen wollte, sie umarmten mich schluchzend, insgeheim abgestoßen von meinem steinernen, tränenlosen Gesicht, verdächtigten mich insgeheim vielleicht sogar, Jorge nie so geliebt zu haben, wie sie es sich dachten, spürte nicht einmal etwas, als ich seinen Leichnam berührte, nicht einmal, als ich ihm den Puls fühlte, der nicht schlug, als ich, das Ohr wie oft beim Liebesspiel auf seiner glatten nackten warmen Brust, sein Herz abhörte, und erst als ich nach etwas zu suchen begann – ich wollte es haben, bevor der Arzt und die Freunde kämen, bevor die Wohnung voll fremder Leute wäre, die unnütze Bewegungen machten und sinnlose Dinge sagten –, erst als ich immer hektischer zu suchen begann, je deutlicher mir wurde, daß es vergeblich war, nach einer Nachricht, einem Brief, einem Zeichen zu suchen begann, das mir den weiteren Weg wiese oder mir zumindest Lebewohl sagte, erst als mich, als träfe mich von innen her ein Feuerspeer, der Gedanke durchfuhr, der völlig unvorstellbare Gedanke, Jorge könne mich verraten haben, erst als ich langsam begriff, daß er mich für nichts und wieder nichts aus dem elterlichen Palast entführt hatte, daß der Minotauros vergeblich gestorben war, daß die brennenden Felsen unter dem Fuß des Helden ganz umsonst erloschen waren und daß ich für nichts und wieder nichts aus meinem irgendwie doch glücklichen, zumindest nicht unglücklichen Jahrhundertschlaf aufgewacht war, der ja ohne Jorges Eingreifen ewig hätte dauern können, erst als ich allmählich begriff, daß sein Glauben an eine andere Welt oder seine Absicht, mich das Fliegen zu lehren, falsch und erlogen war, und daß, sollte er doch daran geglaubt haben, zumindest ich in dieser Welt nicht vorkam oder nur höchst unscheinbar vorkam, als bedauernswertes Spielzeug von ehrgeizigen, abgekämpften Helden, von kleinmütigen Helden, die auf halbem Wege kehrtmachen und einen schlafend auf der Insel Naxos zurücklassen, denn was ich langsam doch begriff, war, daß ich ohne Schiff und ohne Route, ohne Kompaß und Wegekarte, schmählich verlassen war, verlassen lange bevor ich Zeit gehabt hätte, fliegen, segeln oder auf dem Wasser gehen zu lernen, ich begriff, daß keiner «komm mit mir» gesagt hatte, daß er allein entschieden hatte, daß es für ihn keine mögliche Reisegefährtin, keine Partnerin gab, daß er mich von seiner Entscheidung ausgeschlossen und in einem Ausmaß gedemütigt hatte, wie ich es auch in den schlimmsten Augenblicken meiner Kindheit nicht vorhergesehen hatte, ich begriff, daß Jorge das entscheidende Spiel hinter meinem Rücken gespielt hatte, ohne mir eine einzige Karte, eine einzige Schachfigur zuzuteilen, ohne mir auch nur fünf Minuten für eine Rede zu meiner oder unser beider Verteidigung zu gewähren, oder für die Bitte, er möge doch bleiben oder mich mitkommen lassen, ich begriff, daß jetzt nur noch eine Frage offenstand, nämlich ob er, ohne mich zu beteiligen, als eine Art aufgeklärter Despot, so wie man über das Wohl und Wehe von Kindern und Tieren entscheidet, für uns beide entschieden hatte oder nur für sich, ohne meiner zu gedenken, offen blieb also nur noch, ob er mich, als er eine Tablette nach der andern hinunterwürgte, dazu verurteilte, auf meine Zwergeninsel, ins elterliche Schloß, zurückzukriechen, ob er mich bewußt zur Ehe mit Julio, zu meinem Liebesschwindel, meinem Arbeitsschwindel, meinem Lebensschwindel verdammte, zu meinem schlechten Gewissen und meinem Heimweh nach dem unwiederbringlichen Minotauros, nach unauffindbaren Irrgärten, oder ob er mich schlicht und einfach vergessen hatte – entlaufene Prinzessinen, die untersten auf der Prinzessinnenrangleiter, dumme Prinzessinnen, haben eben keinen Einfluß auf die Geschicke von Helden, die für sich die einsame Heldentat der Selbstvernichtung wählen –, ob ich, wie übrigens ohnehin die übrige Welt, als er sich rücklings aufs Bett legte und vor dem schönsten Abendrot in diesem Frühling die Augen schloß, einfach nicht mehr für ihn existierte; erst da begann verstohlen und allmählich etwas bei mir, das nicht im eigentlichen Sinne Schmerz war, sondern eher nach Haß aussah, weil es aus der fürchterlichen Gewißheit geboren wurde, wenn er stürbe – und ich wußte, er würde sterben –, wenn Jorge stürbe, bevor er mir die Chance gegeben hätte, mich zu äußern und wenigstens ein klein wenig zu handeln, eine Rolle zu spielen – bestünde sie auch nur darin, daß ich ihm meine Enttäuschung und Verachtung ins Gesicht spuckte, daß ich ihn ohrfeigte, bis ihn mir jemand aus den Händen risse –, wenn Jorge für immer stürbe, ohne mir die Gelegenheit zu einer Gegenrede und zum Mitspielen bei seinem einsamen Spiel zu geben, bei seinem Spiel mit dem Tod, das er ohne mich zu spielen beschlossen hatte, dann gäbe es für mich keine Rettung und kein Entkommen mehr, weil ich nie wieder, selbst wenn irgendwann jemand «komm mit mir» sagte, übers Wasser gehen, nie allein ins Land Nirgendwo fliegen könnte, verlassen, wie ich war, auf Naxos, ohne Flügel und ohne Ruder, und nur Jorge hatte, wenn auch auf schreckliche Weise, sein Schicksal bestimmt, hatte gewählt und sein Schicksal in höchstem Maße frei und mit bleibender Effizienz in die Hände genommen, hatte nur mich dabei für immer auf etwas Schlimmeres ausgesetzt als die Kristallinsel, auf der die Toten wandeln, hatte mich in ein grausiges Niemandsland verbannt, wo ich nie zu mir finden, nie mich erkennen sollte, mich meinem Zorn überlassen, meinem Haß, meiner Überzeugung, daß ich schnöde verraten wurde, vom Tod und vom Leben ausgeschlossen wurde, einem Gefühl, von dem ich nicht weiß, ob ich es mit Schmerz richtig benenne, und das sich auch nicht mit der Zeit legen, nicht jeden Tag, jeden Monat oder jedes Jahr ein wenig schwächer werden konnte – es ist einfach falsch, daß Leid mit der Zeit vergeht, wahre Verletzungen sind immer zeitlos –, es würde sich im Gegenteil immer tiefer einfressen, ganz allmählich immer unerträglicher werden, wie ein böses, langsam um sich greifendes Geschwür, das sich mit nichts betäuben, das sich auch nicht amputieren läßt, weil es am Kern unseres Daseins frißt, und das sollte nun bis zu meinem Tod mit mir wachsen, damit mußte ich in gewisser Hinsicht, immer nur bis zu einem gewissen Punkt, leben lernen.

Vor den Fensterscheiben regnet es alle Trübsal der Welt, als begänne der Herbst, wo doch gerade der Sommer anfängt, und ich stelle verblüfft fest, wie kurz doch meine Liebschaft – Liebschaft? – mit Clara gewesen ist, fünfundzwanzig Tage, sechsundzwanzig, höchstens siebenundzwanzig, meine Liebschaft – ich bringe das Wort Liebe nicht über die Lippen, als verschlösse mir eine heimliche Qual oder eine verborgene Scham den Mund –, die nun hier in diesem Hotelzimmer zu Ende geht, wo Clara, ohne mich anzusehen, an mir vorbei auf- und abgeht und ihre Koffer packt. Auch Clara hat sich nämlich entschlossen, auf ihre Zwergeninsel, ins Pappmachéschloß ihrer Eltern zurückzukehren, nur glaube ich, kriecht sie nicht dahin und kehrt auch nicht als Besiegte und nicht für immer zurück, denn eigentlich geht sie ja nicht zu ihren Eltern, sondern sie flieht vor mir, aber sie bewahrt unversehrt, so gut wie unversehrt, ihre Fähigkeit, übers Wasser zu gehen, neue unterirdische Welten zu erkunden, fliegen zu lernen und Flügel hervorzubringen – und das, obwohl ich nicht «komm mit mir» gesagt habe – vielleicht weil ich ihr noch im Verrat die Möglichkeit gab, die Jorge mir verwehrte, nämlich zu widersprechen, so oder anders zu handeln, Position zu beziehen und Rache zu nehmen, die Möglichkeit, mich zu verletzen, indem sie die Nacht mit dem Kaiser verbringt – Clara mit dem Kaiser: Clara, wie sie vom Bug meines Boots springt, Clara, wie sie sich in sich selber an mir rächt: Clara, wie sie bei allem, was sie verletzt, aggressive Antworten gibt, wie wilde Straßenkatzen, wirklich herrenlose, gejagte Katzen, wenn sie um unserer Liebe willen zu Schoßkätzchen werden und wir sie am Ende verletzen, verlassen oder verraten, eben immer mit Augenauskratzen reagieren oder sich in der Fifth Avenue aus dem achtzigsten Stockwerk stürzen –, oder mich mit diesem letzten

Tete-à-tête zu verletzen, mit ihrer Stimme am Telefon, als sie: «Ich würde dich, bevor ich fahre, gern noch einmal sehen» sagt, einer unpersönlichen, zum erstenmal ohne Zittern sicheren, festen Stimme, einer Stimme, die meinen Namen auszusprechen – es täte uns beiden weh – allerdings sorgfältig vermeidet, wie sie auch ihre Koffer akkurat mit erstaunlich sicheren, festen und präzisen Bewegungen packt – und dabei sorgfältig vermeidet, daß sich unsere Blicke treffen –, Koffer wie aus Packwettbewerben, aus Preisausschreiben für die perfekte Hausfrau, packt – wer hätte gedacht, daß meine ungelenke blaue Puppe solche Koffer packen kann? –, und es tritt deutlich zutage, daß es keine Erklärungen, keine Vorwürfe geben wird, daß sie mir überhaupt nichts sagen wird, daß sie mich einfach nur hierhaben wollte, daß ich ihr zusehen sollte, wie sie ihre Sachen packt, wie es vor den Fensterscheiben regnet, und das in diesem Zimmer, einem in meiner Erinnerung immer schäbigen Zimmer, in dem es, obwohl ein Zimmer in einem Luxushotel, nach Abwasser und Feuchtigkeit riecht und aus dem man, durch Fenster und Regen, auf graue Wände sieht. Hier stehe ich bei Clara, und sie sieht mich nicht an und sagt kein Wort, außer, daß ich sie nicht zum Flugplatz bringen soll, das mache schon ein Taxi, wahrscheinlich warte es unten schon, und wir wissen beide, daß wir uns immer noch lieben, wissen aber auch beide, daß es für uns keine andere Lösung gibt, als daß sie weggeht, nicht weil eine Nacht mit Julio oder eine Nacht mit dem Kaiser so schwer wögen, sondern weil ich sie immer wieder verraten würde, um mich zu verraten, sie verletzen, um mich zu verletzen, alle Hoffnung in ihr abtöten würde, um jede Hoffnung in mir auszulöschen, weil ich eben nicht die geringste Chance mehr habe, vielleicht nicht nehr habe, weil ich jede Minute neu beschließe, sie nicht zu haben, weil ich damit an einem Entschluß festhalte, den ich vor Jahren an einem Frühlingsabend faßte und dem ich seitdem unerschütterlich treu geblieben bin –, nicht die geringste Chance, fliegen zu lernen (nicht einmal nach Flügeln steht mir noch der Sinn), ihr aus dem engen Fensterrahmen hinaus zu folgen und mich gemeinsam mit ihr auf den Weg nach dem Land Nirgendwo zu machen, darum wird mir mit einemmal klar, daß ich das von Anfang an wußte, von Beginn unserer Liebschaft – unserer Liebe – an fast schlafwandlerisch sicher wußte, daß ich mir – und wahrscheinlich auch ihr – da nie etwas vormachen konnte, und daß ich bei aller Trauer und bei allem Wissen, daß ich mich bald schrecklich nach ihr sehnen werde, auch jetzt erkenne, daß Clara mit ihrer Abreise doch eine große Last von mir nimmt und daß ich erst, wenn Clara am andern Ende der Welt und aus meiner Reichweite ist, wenn sie, im kolumbianischen Urwald oder wo immer sie will und kann, mit anderen zusammen, wie ich hoffe, kämpft, liebt und dichtet, daß ich erst dann trotz meiner Sehnsucht wieder problemlos in den Dämmerschlaf meines Lebens – meines Nichtlebens – verfallen kann, in meinen verwunschenen Wald, meine Meeresuntiefen, meine Flammenriffe, und mich dabei wie eine bewegliche, dressierte Aufziehpuppe, die mich effektvoll und sogar zu meinem Vorteil vertritt, auf Galadiners und Filmpremieren, in der Universität und in meinen Liebesnächten bewege – wenn das Liebesnächte sind, die langen Ritte eines Fremden auf meinem toten Leib –, eine Aufziehpuppe, die für mich spricht, geht und sogar denkt, und viel besser, als ich es könnte, so daß meine Mutter und Julio und Guiomar hinter meinem Rücken glücklich die Köpfe zusammenstecken und erleichtert aufatmend tuscheln können, Gott sei Dank hat sie wieder einmal eine Frühjahrskrise überstanden, sie sieht ja gut aus, sie sieht ja hübsch aus, wie wär's, wenn wir für ein paar Tage nach New York flögen oder uns einen neuen Afghanenhund kauften oder auch mal wieder umzögen, und dann schleppen sie mich glücklich treppauf und treppab, und mir wäre alles gleichgültig, mir täte nichts mehr weh, nähme Clara doch, so hoffe ich, auch die mir verbliebene Leidensfähigkeit mit, ließe mir nur die Sehnsucht, so daß mich nicht einmal mehr der Verlust meiner letzten, unplanmäßigen Möglichkeit zur Umkehr, zur Umkehr zum Leben, schmerzte, dieser wahnsinnigen, wundervollen Möglichkeit, die Clara hieß und die jetzt immer noch hier ist, erreichbar für meine Hände und meine Worte, meine Küsse und mein «geh nicht weg», die aber im Grunde schon gegangen ist, denn die wahre Trennung beginnt, im Gegensatz zum Schmerz, schon kurz bevor durch die Trennung die physische Lücke entsteht, sie beginnt in dem Moment, wo wir klar erfassen, daß der andere geht und daß wir ohne ihn zurückbleiben werden, und Clara ist eigentlich nur noch hier, um mich auch noch die letzten Minuten zu strafen, die letzten Minuten aus der Ruhe zu bringen – lieber nicht daran denken, daß sie womöglich ein «geh nicht» von mir erwartet –, bevor sie mich ausruhen läßt, bevor sie mich schlafen läßt, bevor sie mich sterben läßt, bevor wir beide dieses grauenhafte Zimmer verlassen, in dem es stinkt und in dem man durch Regen und Fenster nur graue Wände sieht, bevor wir mit ihren Preisausschreibenkoffern hinausgehen, auf daß ich frei bin und für immer bar jeder Hoffnung, bar der lästigen Versuchung zu leben, bar der trügerischen Illusion, es könne für mich eine Gefährtin geben, auf daß ich endlich ruhig bin. Erst im letzten Moment – das Gepäck hat der Hotelboy bereits im Taxi verladen, Clara hat ihre Rechnung bezahlt und Trinkgeld verteilt – haucht mir Clara einen Kuß auf die Wange, lächelt mit dem mir vertrauten, traurigen Clara-Lächeln, verliert für Sekunden ihr Selbstbewußtsein und ihre Sicherheit, kommt ganz nah an mein Ohr und flüstert, ich weiß nicht, ob um mich ein letztes Mal zu züchtigen oder zum Zeichen der Vergebung, jedenfalls beweist sie damit unmißverständlich, daß sie mich bis zuletzt versteht: «Und Wendy wuchs heran.»